Weniger Unglück als die Abwesenheit von Glück ist das Hauptmerkmal der Paarbeziehungen, die Rosamond Lehmann in diesem in den dreißiger Jahren entstandenen Roman schildert. In der nordenglischen Provinz wohnen, starr in frostiger Atmosphäre, Grace und Tom, Norah und Gerald, zwei Ehepaare, unzufrieden, ohne ihr Unbehagen benennen zu können, erstickt in Monotonie und grauem Alltag. Im Verlauf der Geschichte machen sie die Bekanntschaft eines Geschwisterpaares, das wie eine frische Brise die Szenerie in Bewegung bringt. Wünsche, Träume und neue Kräfte werden wach, Frauen und Männer blühen auf, wirken liebenswerter, auch tragikomisch. Am Ende stehen sie vor einer neuen Wirklichkeit, eine Hoffnung hat sich erfüllt.
Rosamond Lehmann hat auf die ihr eigene meisterliche Art die Choreographie menschlicher Gefühle aufgezeichnet. Sie skizziert großartige expressionistische Bilder, Situationen von subtilem Realismus und zärtlichem Humor. Eine Zeit wird lebendig: England zwischen den Kriegen, alter Glanz und neue Moden. Eingebettet ist der Roman in die Natur. Stadt und Land spiegeln in der poetischen Sprache der Autorin die Jahreszeiten.

Rosamond Lehmann, geboren 1901 in Buckinghamshire, gestorben 1990 in London, schrieb Romane und Erzählungen. Ihr erstes Buch »Dusty Answer« erschien 1927 und wurde von Lesern und Kritikern begeistert aufgenommen (»Dunkle Anwort«, Fischer Taschenbuch, Bd. 3771). Außerdem liegen vor: »Aufforderung zum Tanz«, Bd. 3773; »Wie Wind in den Straßen«, Bd. 10042; »Der begrabene Tag«, Bd. 11907; »Der Schwan am Abend«, Bd. 3772.
Eine neue Generation von Leserinnen und Lesern hat Rosamond Lehmanns Bücher in den vergangenen Jahren wiederentdeckt.

Rosamond Lehmann

Wintermelodie

Roman

Aus dem Englischen
und mit einem Nachwort von
Christine Frick-Gerke

Fischer Taschenbuch Verlag

Die Frau in der Gesellschaft
Herausgegeben von Ingeborg Mues

Deutsche Erstausgabe
Veröffentlicht im Fischer Taschenbuch Verlag GmbH,
Frankfurt am Main, Dezember 1995

Titel der englischen Originalausgabe:
›A Note in Music‹
Erstmals erschienen bei Chatto & Windus Ltd 1930
Neuausgabe Virago Press Ltd 1982

Gesamtherstellung: Clausen & Bosse, Leck
Printed in Germany
ISBN 3-596-12563-4

Gedruckt auf chlor- und säurefreiem Papier

Für Wogan

»But the present, like a note in music,
is nothing but as it appertains
to what is present and what is past.«
W. S. Landor

Der Titel der Originalausgabe –
»A Note in Music« –
ist diesem Zitat
von W. S. Landor entnommen

Erster Teil

Sie kleidete sich fürs Abendessen an. Nebenan hörte sie Tom in der Badewanne planschen, und wieder und wieder sang er den Refrain zu einem seiner drei Lieblingslieder:
›*Oh, lucky Jim,*
Ich be... neide... ihn.‹
Jedesmal, beim Hören seines kläglichen Baritons, tauchte, so gereizt sie auch war, die gleiche Erinnerung auf. Sie erinnerte sich an ihr Zuhause, eines Augusts, vor endlosen Jahren, und an das Gartenfest auf dem sonnigen Rasen. Sie sah die Damen der Pfarrgemeinde, wie sie auf den Rohrstühlen aus dem Gemeindesaal saßen, zu tief ins Gras sanken, weil der Sommer naß gewesen war. Sie sah ihren Vater, den Pfarrer, auf einem Podest stehen und dröhnen: ›*Oh, lucky Jim...*‹[1] Aus ihrem geheimen Ausguck im Apfelbaum hatte sie zugeschaut; und mit einemmal, als sie diese melancholische schwarze Gestalt sah, mit arglosem Gesicht und offenem Mund, war sie darum so rot geworden, daß es schmerzte; hatte begriffen, daß er sich lächerlich machte, und hatte kichern wollen, ihn bitten, aufzuhören, ihn vor den Damen der Pfarrei beschützen wollen.
Seit damals war sie einen langen Weg gegangen; aber wo standen die Meilensteine oder die Wendepunkte? Nichts schien rückblickend da, außer gelegentlich grotesken und unberechenbaren Gedankenblitzen, die sie manchmal unerwartet überkamen; und bestimmt, dachte sie (zog dabei ihre Strümpfe an), lag nichts vor ihr.
Beim Wohltätigkeitsbasar im vergangenen Jahr hatte Norah sie lachend gedrängt, die Wahrsagerin aufzusuchen: »Sie ist wirklich unheimlich. Sie hat mir die erstaunlichsten Sachen gesagt. Meine ganze Vergangenheit.« Sie hatte gespottet und sich geweigert,

hatte gemacht, daß sie von Norah fortkam, war zu ihrem Kuchenstand zurückgeeilt: In Wirklichkeit hatte sie Angst vor der Wahrsagerin. Sie stellte sich eine Frau vor, die ihre Handfläche betrachtete und schließlich sagte:

»Seltsam, hier ist gar nichts: nichts in Ihrer Vergangenheit, nichts in Ihrer Zukunft. Was den Charakter angeht – faul – gierig – verschlossen – ohne Willen und Ziel.«

Das war vor einem Jahr. Und heute hätte sie noch mehr Angst... unendlich mehr Angst vor jemandem, der in ihr Herz blickte. Sie knöpfte ihren altmodischen Batistunterrock zu, hielt inne und knabberte nachdenklich an ihrem Fingernagel.

Der Gesang im Badezimmer hatte aufgehört, und sie vernahm gewaltiges Brausen, Gurgeln und Plumpsen, Anzeichen, daß Tom sich aus dem Wasser gehievt hatte und mit einem Satz auf der Badematte gelandet war.

Er verspätete sich, wie immer. Toms Unpünktlichkeit war ein eigenartiges Phänomen, angesichts der Tatsache, wie konventionell er sonst in beinah all seinen Gewohnheiten war. Sie verzog abschätzig den Mund beim Gedanken an seinen täglichen, qualvollen und manchmal vergeblichen Kampf, nicht zu spät ins zu Büro kommen. Bis an sein Lebensende würde er halbherzig gegen seine Unpünktlichkeit ankämpfen und der Verlierer sein.

Sie waren ein liederliches Paar, dachte sie, öffnete den Schrank und nahm ihr altes schwarzes Seidenkleid vom Bügel. Er versteckte sich hinter seiner Akkuratesse, hinter unanfechtbarer Ordnung in persönlichen Dingen; Verwahren von Packpapier und Bindfadenresten, einem Terminkalender und einem mehrspaltigen Haushaltsbuch, in dem sich nicht einmal die allwöchentlichen Pennies für den Straßenmaler schamhaft verstecken konnten, sondern jeden Freitagabend unter *Wohltätigkeiten* eingetragen wurden... Und das Feinmachen fürs Abendessen war auch seine Idee. »Wir halten den Standard hoch«, sagte er.

Sein Lieblingswort war Gentleman, dachte sie (als sie umständlich in ihr Kleid stieg und die Schulternähte verdächtig krachten). Eine Smokingjacke, egal wie eng und unkleidsam, war das Aushängeschild eines Gentleman, und allabendlich bekam sie zu hören, daß er eine Privatschule besucht und dort Kricket gespielt hatte, gern angeln ging; und daß er ganz anders dastände, wären seit dem

Krieg nicht so schwere Zeiten und wäre er jünger und hätte nicht vier Jahre gedient. Kein Fairfax hat je Geschäfte gemacht, sagte er. Aber der Besitz war unrechtmäßig an einen anderen Zweig der Familie gegangen. Er betonte es oft vor Fremden. Der Krieg hatte all die alten Familien an den Bettelstab gebracht, fügte er dann hinzu: kein Geld, vor Gericht zu gehen. Anderenfalls...

Sein Stammbaum nahm in Gesprächen angsteinflößende Ausmaße an, dachte sie (zog den Unterrock hoch, der hinten verrutscht war). Ihre Unterröcke guckten immer vor; dabei waren ihre Röcke, weiß Gott, lang genug. Sie hatte die Mode der kurzen Röcke nicht mitgemacht, einerseits, weil sie nie mit der Mode ging, andererseits, weil sie ihre Beine nicht mochte; hauptsächlich jedoch hatte sie nicht die geringste Lust, ihre Unterröcke zu kürzen. Diese stabilen aus Batist mit der Lochspitzenkante waren Teil ihrer Aussteuer gewesen. Niemand trug heutzutage solche Unterröcke, Norah machte ihr immer Vorhaltungen – doch es war ihr gleich. Sie mußte lächeln bei dem Gedanken, daß Norah gezwungenermaßen zugeben mußte, wie vorzüglich diese Sorte Unterrock zu ihrem altmodischen Körper paßte: wie die hautfarbenen Seidenstrümpfe, die, ihrer Ansicht nach, unbedingt zu Norahs gegenwärtigem Äußeren gehörten.

»Ein liederliches Paar«, murmelte sie halblaut und stellte fest, daß es ihr in Fleisch und Blut übergegangen war, Selbstgespräche zu führen – genau wie Toms Angewohnheiten ihm in Fleisch und Blut übergegangen waren... Wie konnte sie, ohne grob zu werden und nur auf Unverständnis zu stoßen, ihren Ehemann dazu bringen, nicht immer auf dem Gentleman-Thema herumzureiten?

Sie ihrerseits, dachte sie und versuchte zerstreut ihre Manschetten zuzuknöpfen, war schlampig, manipulierte die Abrechnung ihres Haushaltsgelds, stopfte weder ihre Strümpfe noch seine Socken; schon seit zwei Tagen hatte sie vergessen, den Klempner wegen der defekten Spülung anzurufen (und Tom war mit Recht ärgerlich); sie schwelgte in Romanen, statt sich zu bewegen... dennoch... dennoch... sie besah sich im Spiegel... schwach war sie nicht; nein, schwach war sie nicht. Sie besah ihren Hals, die breiten Schultern, ihren tiefen Busen, die festen dicken Fußgelenke. Mütterlich, fand sie und lächelte halbherzig – stämmig wie ein Baum. Eine Bauerntracht würde ihr stehen – runder Ausschnitt, kurzärmlige weiße Baumwollbluse, schwarzes geschnürtes Samtleibchen, leuchtendfarbene weite Röcke. Diese soliden Seidenkleider mit den losen Oberteilen unterstrichen oben und um die Hüften ihre Breite so unvorteilhaft. Am liebsten wäre sie Bäuerin, irgendwo weit weg, den lieben langen Tag auf dem Feld. Wenn der Abend anbrach, riefen die Männer und Frauen laut ihren Namen, hießen sie mit der Arbeit aufhören und nach Hause kommen; und einer lächelte sie an, ging langsam in der Dämmerung neben ihr, paßte seine großen Schritte den ihren an.

Sie schöpfte tief Luft und spannte die Armmuskeln... Nein, schwach war sie nicht, und das wußte Tom. Irgendwo in ihrem Innern war Kraft.

Ihr Hut fiel aus dem Schrank, und sie versetzte ihm einen Tritt, bevor sie ihn aufhob... Mit Kopftuch oder weitausladender Haube anstelle dieser enganliegenden unkleidsamen Filzhüte – nein, damit würde sie nicht so häßlich aussehen.

Sie murmelte: »Oh, du bist verrückt, du bist verrückt.« Nichts gab es, worauf sie sich freuen konnte. Wieso widersprachen sich Gedanken und Gefühle, wieso überwand sie diese innere Unruhe nicht? »Flatterhaft«, sagte sie, diesmal recht laut mit ihrer tiefen, rauhen Stimme.

Tom unterbrach die Ruhe im Badezimmer, sang lauthals »*Wi-i-ill ye gang*...«[2] und schwieg dann wieder.

Das Haar scheiteln, bürsten, Seiten auskämmen, dann Puder auflegen; das hintere Haar im Nacken einrollen. Die Seiten waren kurz. Sie hatte daran herumprobiert, in einem Anfall von Unwillen über ihre Frisur; doch das Ergebnis war nicht so überzeugend gewesen, um auch das Übrige abzuschneiden. So wie es war, mit diesen geraden Ohrpartien, sah es nur gewöhnlich aus. Außerdem wäre Tom entsetzt, wenn sie ihr Haar kürzte; es lohnte nicht auszuprobieren. So war er als Ehemann. Einmal hatten im *Daily Mirror* von solchen Ehemännern wie Tom jede Menge Leserbriefe zum Thema Ehefrauen mit Bubikopf gestanden... *Die Zierde jeder Frau*... Hundertmal hatte er es ihr gepredigt; was Wiederholungen anging, war er nicht zimperlich; die abgedroschensten Zitate, besonders aus der Heiligen Schrift, gab er mit seinem lauten, überheblichen Organ zum besten, als seien sie seine ureigene Erfindung.

Und sie ließ den Dingen weiter ihren Lauf... ließ sich gehen, das war es – denn jede Anstrengung war lästig geworden. Sie hatte es einigermaßen bequem, sagte sie sich (steckte die letzte Haarnadel fest) – ganz bequem eigentlich, dick und breit ins Leben eingebettet. Nichts spielte mehr eine Rolle, nichts würde jemals mehr geschehen.

Einen Augenblick wünschte sie sich, sehr unglücklich zu sein – *ein durchdringender Schmerz*, dachte sie, oder, besser, *eine schwere Sünde*: fühlen, was sie mit zehn Jahren fühlte, als sie mit aller Macht die Sünde wider den Heiligen Geist entdecken wollte; oder als sie dem Gärtnersjungen einen fremden Fluch nachrief, weil er sie geärgert hatte: das Gefühl des Erwähltseins, Alleinseins im Schatten der furchterregenden Macht des Schicksals.

Doch warum sich nicht wünschen, ganz und gar glücklich zu sein, getragen von reiner Ekstase, oder einfach vergnügt wie eine Lerche? Wie weit von jedem Vergnügen entfernt war dieses Leben! Zufriedenheit kam mit einer warmen, trägen Welle Wohlbehagen, wenn Annie die Vorhänge zuzog, das Kaminfeuer schichtete und sie mit einer großen Tasse Kaffee und einem Toastbrötchen alleinließ, einem neuen Büchereiroman; kam verträumt, wehmütig, voller Fragezeichen und leisem Bedauern, wenn Norah sie mit ihrem kleinen Automobil zu einer Fahrt über Land mitnahm.

Und ja, einmal war sie glücklich gewesen, damals, als sie einen jungen Hund gepflegt hatte, für fünf Shilling auf dem Markt gekauft, ein Tier mit schwachem Blick und zartem, unsäglich weichem Fellgesicht. Wie vergnügt der Hund gewesen war. Bei seinem Anblick war ihr warm ums Herz geworden, und er hatte mit ihr gespielt, war manchmal plötzlich an ihrer Schulter eingeschlafen, die Nase wie ein kühler Knopf an ihrem Hals. Doch trotz all ihrer Sorge hatte er gekränkelt. Einen Monat lang ging es ihm schlecht; dann lag er einen Tag und eine Nacht, gehüllt in ein Flanellhemdchen, auf ihrem Schoß und starb unerträglich ergeben. Es war schlimmer gewesen, ihr mehr ans Herz gegangen als die Totgeburt des Kindes vor acht Jahren. Den Tod des Hundes hatte sie als Zeichen gewertet, daß für sie nie wieder etwas recht würde, daß, was sie auch anfaßte, verdorrte. Sie hatte alles negativ gesehen. Der Hund damals hatte alles noch schlimmer gemacht. Das kleine Geschöpf stand für etwas, wogegen sie machtlos war, frühe Vernachlässigung, Krankheit und Leid; es war zum Symbol der Ignoranz und Brutalität der Stadt geworden. Tom hatte sie nicht getröstet, und sie konnte ihm nie gestehen, welch unüberwindliche Abneigung sie seitdem gegen das Markttreiben hatte – Männer mit Armen voll junger Hunde zum Verkauf, und schon überkam sie wieder der Zorn. Tom hatte sie nicht getröstet, doch sie hatte ihm dazu auch keine Gelegenheit gegeben. Sie war wie versteinert gewesen. Sie stellte sich Toms Gesicht vor, wenn sie zu ihm gesagt hätte:

»Hierüber werde ich nie hinwegkommen, Tom. Nie wieder werde ich mein Herz an etwas hängen.«

Es stimmte, doch sie hatte es nicht gesagt; die Erinnerung durchfuhr sie schmerzlich; ebenso hatte sie nie fragen können, was er mit dem kleinen, immer noch in das unnütze Jäckchen gehüllten Körper getan hatte, den er fortgenommen hatte.

Sie schüttelte die Puderquaste... Es war das einzige, was noch Sinn hatte, dachte sie – sich vor der Welt wie versteinert zu stellen; niemandem mitzuteilen: »Ich leide auch«; sich nicht mit diesem Eingeständnis Mitleid und Tratsch auszusetzen; nur ausgenommen ihr Verhältnis zu Norah; Norah, die sie aufzog und stichelte und manchmal nach dem Einkauf bei ihr vorbeikam; die sie mit der gleichen schroffen Herzlichkeit bedachte, die sie auch ihren beiden kleinen, kreuznormalen Jungen zukommen ließ.

Tom hatte auch keine Freunde, dachte sie: nur Leute, mit denen er samstags angeln ging oder sonntags Golf spielte. Gott sei Dank brachte er sie mittlerweile kaum noch mit nach Hause: Sie waren so langweilig. Er hielt sich gern für gastfreundlich – für einen Mann, bei dem Leute ohne große Umstände vorbeikommen konnten. Und damals waren sie ihr wohl weniger langweilig vorgekommen. Es hatte immer irgend etwas zu lachen gegeben, einfach etwas zu reden. Heutzutage waren ihr Essenseinladungen zuviel Aufhebens.

Wahrscheinlich ging es Tom genauso. Oder wenn nicht...

Mache ich Tom glücklich? dachte sie und hielt einen Augenblick an ihrem Frisiertisch inne, Worte blitzten auf und verschwanden, hinterließen keine Spur von einer Frage, nur ein vorübergehendes schwaches Erstaunen, als wäre ihr eine lang begrabene Nichtigkeit in den Sinn gekommen.

Sie wischte einen Puderrand vom Kinn. Puder rieselte auf ihr Kleid, und sie ließ ihn dort. Was das betraf, hatte Tom auch seine Ansichten – er schätzte gesundes Glänzen. Ihr Gesicht glänzte nie, dachte sie, warf einen prüfenden Blick in den Handspiegel aus Elfenbein. Sie hatte eine ziemlich dicke Haut, die immer kühl und trocken wirkte, gleichbleibend blaß. Außer, sie errötete; und das geschah zu ihrem Ärger nur allzuoft. Wie konnte sie sich versteinert stellen, solange sie dermaßen unkontrollierbar rot wurde und ihre Verwirrung, ihre Scham durchblicken ließ. Mit vierunddreißig war es wirklich lächerlich.

Jetzt war sie fertig. Sie besah sich im großen Spiegel, wie gewöhnlich, ohne sich wirklich zu sehen; ihre Figur, besonders in dieser schwarz glänzenden Hülle, deprimierte sie; sie fühlte sich nicht wohl in ihrer Haut.

Halb acht. Fischauflauf und gestürzter Schokoladenpudding zum Abendessen. Auf den Schokoladenpudding freute sie sich seit heute morgen, als sie ihn bestellt hatte. Von Tom kam kein Laut. Er kämpfte mit seinem Kragen.

Sie zog die Vorhänge auf und lehnte gegen das Fenster, sah hinaus. Der Januarvollmond sah starr auf eine Gasse, eine Reihe Hinterhöfe, leere Fenster und ein Auf und Ab von Dächern und Mauern. Nichts als Stadt und Mond, versteinert in frostiger Nacht.

Unvermittelt dachte sie an sanftgerundete Hügel, darauf junge Buchen, der grasbewachsene Abhang mondüberflutet; wo oder wann, wenn überhaupt, sie dies gesehen hatte, wußte sie nicht.

Das Land ging ihr nicht aus dem Kopf, stellte sie fest: Kein Tag verging ohne erinnerte oder erdachte Bilder. Die Himmel hier kannten kein Morgengrauen und keinen Sonnenuntergang, hinter Schieferdächern und roten Ziegelschornsteinen im Häusermeer – nur vor ihrem inneren Auge über dem freien Land; und Frühling und Sommer machten ihr immer noch Heimweh. Wie oft, wenn im armseligen Fliederbusch im Vorgarten ein Vogel sang, waren ihr die Sommerabende in den Sinn gekommen?... Doch das geschah nun nie wieder, weil die Straßenbahn jetzt bis ans Ende der Allee fuhr.

Sie ließ den Vorhang fallen, stand und horchte. Plötzlich war es überall still. Kein Geräusch klang im Haus oder auf der Straße.
Sie dachte: »Bald bin ich in mittleren Jahren«, und es schien, als hätte neben ihr jemand die Stille unterbrochen und ihr die Worte ins Ohr geflüstert.

Der Gong hallte. Sie öffnete die Tür zu seinem Zimmer und sah hinein. Er schnitt sich die Fingernägel.
»Gleich fertig«, sagte er. »Geh schon hinunter und fang an.«
Doch sie blieb an der Tür stehen.
»Ich habe den Klempner vergessen«, sagte sie.
»Mm. Ich habe dich heute morgen dreimal erinnert.«
»Ich weiß.«
Er nahm Geld und Uhrkette vom Toilettentisch.
»Ich hätte es wissen können«, sagte er, »ich hätte mich selbst darum kümmern sollen. Aber ich dachte, du hättest vielleicht... Den ganzen Tag nichts zu tun und dennoch... Aber es ist immer gleich.«
»Ich rufe morgen früh an«, sagte sie und dachte voller Abscheu an das Telefon.
Sie ließ ihn allein und ging über den Flur. Er holte sie an der Treppe ein und zusammen gingen sie nach unten, zwei Fremde.

Zehn Jahre hatte er darauf bestanden, die Form zu wahren und sich über Allgemeines zu unterhalten, sobald Annie im Zimmer war. Regelmäßig breitete sich Schweigen aus, wenn Annie hinausging; doch heute abend sprach er weiter, und sie sah, daß er sich, immer bereit, Reibereien zu vergessen, um einen angenehmen Verlauf des Abends bemühte.
Sie dachte, wie sie ihn wegen dieser an sich doch bewundernswerten Fähigkeit eigentlich nur verachtete. Alles Schwierige oder Unangenehme entglitt seinem Gedächtnis. Einen Augenblick war er trübsinnig, dann schüttelte er sich und lächelte wieder, reumütig vielleicht: »Komm, wir haben wieder gute Laune.«
Und sie war weiter beleidigt, immer beleidigt – spielte nicht mit, blieb verwirrt und widerspenstig wie ein Strang grauer, rauher, verhedderter Wolle.
Er sagte:

»Wir haben einen neuen Mann in der Firma. Der Neffe des Chefs oder vielmehr der Großneffe. Soll ein bißchen das Geschäft lernen, nehme ich an. Kommt sicher direkt von der Universität, so wie er aussieht. Langes Haar und eine schräge Krawatte. Eher ein Künstler.« Er lachte kräftig und fügte hinzu: »Dennoch, ist schon ein anständiger Kerl. Ich habe ein paar Worte mit ihm gesprochen, habe ihn begrüßt und ihm angeboten, ich stehe ihm gern mit Rat und Tat zur Seite, wenn er Probleme hat. Er hat mir sehr zivil gedankt.«

»Zivil«, dachte sie: noch eins der Worte, die nicht zu den alten Familien paßten. Sie warf ihm einen Blick zu – ein rundlicher, unauffälliger Mann mit spärlichem gestriegelten Haar – und überlegte, wie er auf den Neffen des Chefs gewirkt hatte, diesen jungen künstlerischen Mann von der Universität. Ob Tom ihm schon erklärt hatte, daß er wegen des finanziellen Mißgeschicks seines Vaters letztendlich doch nicht die Universität besuchen, sondern mit siebzehn ins Geschäft gehen mußte?

Er berichtete, der Tag sei flau gewesen – der Handel schien schlimmer denn je. Er berichtete, er wolle morgen Abend mit Potter Billard spielen. Er stellte fest, daß Annie einen prima Fischauflauf machte.

Wie dieses Zimmer ihr immer noch ans Gemüt ging! Selbst bei zugezogenen Vorhängen bedrückte sie die Aussicht auf die nackte Ziegelwand gegenüber.

Die letzten Bewohner hatten die Wände in einem toten Blau tapeziert, der Fries war orange. Die Glühbirne über dem Tisch strahlte unangenehm grell aus dem lachsfarbenen Rüschenschirm mit den Perlenfransen. Eigentlich wollte sie schon lange alles ändern; doch sie hatte es vergessen oder kein Geld oder nicht die Energie.

»Ich hätte es bestimmt nicht besser gemacht«, sagte sie sich.

Norah dagegen zog einen Kittel über und strich billige Stühle und Tische hübsch an; andere Frauen richteten eigenhändig ihre Räume neu ein – kaum einen Pfennig kostete es, brüsteten sie sich hinterher; fügten hinzu, natürlich mischten sie die gewünschte Farbe selbst. Aber sie würde sowieso nur alles restlos durcheinanderbringen. Immerhin, dachte sie, wenn ihr Haus häßlich und unpersönlich war – es war ihr immerhin bewußt. Sie schwärmte nicht von ihrem blaßrosa-goldenen Wohnzimmer wie manche dieser

Frauen. Sie artikulierte sich nicht in Königsblau mit Fries oder Orange mit schwarzen Streifen und hielt das obendrein für guten Geschmack. Es war lediglich, daß... daß sie sich überhaupt nicht artikulieren konnte – am wenigsten durch Besitztümer, durch farbige Wände und Möbel und Nippes, all diesen unglaublichen Schnickschnack im Haus. Sie haßte Besitz: Also tat sie, was am einfachsten war, sie vergaß ihn. Außerdem war sie gar nicht richtig hier... nein, hier war sie nicht: nicht in diesem Käfig.

Annie brachte den gestürzten Schokoladenpudding. Sie kam bedächtig und langsam und blieb, wartete auf ein Lob, wie immer.

»Prima Fischauflauf«, sagte Tom herzlich.

»Danke, der Herr«, sagte sie leise. Doch eigentlich blieb sie nicht wegen Tom.

Die beiden Frauen sahen sich über seinen Kopf hinweg an und lächelten. Sie verstanden einander wortlos.

Annies Blick sagte tröstend:

»Hier. Lächeln Sie einmal. Ihr Lieblingspudding. Sie essen eine ordentliche Portion, und gleich geht es Ihnen besser, Sie Ärmste.«

Sie wußte, sie war Annies Sorgenkind – wieso, wußte sie nicht genau: vielleicht, weil sie kinderlos war. Sie dachte, Annie war der einzige Mensch auf der Welt, dessen Mitgefühl sie ertragen konnte. Annie war die Warmherzigkeit in Person mit ihrer ausladenden Figur, ihrer Stimme, ihren Gebärden.

Sie nahm sich zweimal; und danach fiel es ihr leichter, endlich zu reden, freundlich zu antworten, als Tom vorschlug:

»Sollen wir ins Kino gehen? Hast du Lust, auszugehen? Nein – wohl zu kalt. Oder doch?«

Ängstlich bedacht, nichts Falsches zu sagen, verhaspelte er sich, widersprach sich.

»Im Imperial gibt es einen neuen Film«, sagte sie. »Den könnten wir uns ansehen.«

»Ist dir wirklich danach?«

Fast hätte sie geantwortet: »Wenn nicht, würde ich nicht hingehen«, doch sie bezähmte sich und nickte nur; ging dann nach oben, zog den alten pelzgefütterten grauen Stoffmantel an, den er ihr zur Hochzeit geschenkt hatte.

Als sie den Hut über ihr dichtes Haar zog, daß es schmerzte, dachte sie, ein Kurzharrschnitt verbessere vielleicht ihre Stimmung. Vermutlich fiel es Tom gar nicht auf, selbst wenn sie sich den Kopf kahlscheren ließ oder eine kühne Krause trug. Er sah selten jemanden wirklich an; nur schnelle, unaufmerksame, fast flüchtige Blicke. Sicher war es Jahre her, daß er sie angesehen hatte.

Und dennoch, dachte sie im Hinuntergehen, als sie ihn sah, massig, mit rotem Gesicht, wie er seinen Mantel zuknöpfte – dennoch beobachtete sie ihn ständig, blieb ihr seine Gegenwart ein immerwährendes Rätsel: Obwohl sie ihn und die Ehe und alles übrige seit langer, langer Zeit als selbstverständlich hinnahm, konnte sie sich nicht völlig daran gewöhnen, mit diesem Mann zu leben.

Sie saßen und sahen schweigend den Film. Er kaufte ihr Pralinen, und sie aß sie beim Zuschauen auf; und einmal in die Illusion getaucht, schwappte das Wohlbehagen wie eine träge Welle über ihren zähen, starren Alltag. Der blonde, wilde Schopf der Heldin, die dramatischen Augen, der Mund, die schlanke Figur verzückten und fesselten sie. Tom verblaßte im Dunkeln, verschmolz mit der Masse der kaum sichtbaren Gestalten, mit dem Tabakrauch und der gesamten Unwirklichkeit des höhlenhaften säulenbestandenen Saals.

Die Lichter gingen an, und sofort zerrann der illusionäre Raum unter ihren Füßen und verschwand, hinterließ kaum eine Erinnerung. Sie mühte sich auf die Beine, als der kolorierte Kopf König Georges auf der Leinwand erschien und die Geigen die Nationalhymne stümperten. Gleich griff Tom sie am Arm und schob sie umständlich voran, versuchte vor der Menge hinauszukommen. Wie immer weigerte sie sich, machte sich steif.

Da schubste er sie.

»Sieh mal«, sagte er, »das ist der junge Miller.«

»Wer ist der junge Miller?«

»Der neue Mann im Büro – von dem ich dir erzählt habe. Da, mitten in der Reihe sitzt er. Komisch, er muß die ganze Zeit hinter uns gesessen haben.«

Sie drehte sich um und sah im rosigen Schummerlicht die einzelne Gestalt eines jungen Mannes. Sie sah einen reglosen, in den Nakken gelegten Kopf, dichte, unordentliche Locken. Sein Gesicht

war im Schatten. Die Hände lagen auf den Knien, der Körper ganz in den Sessel versunken; er schien tief in Gedanken.
»Worauf er wohl wartet... Sollen wir zu ihm gehen und ihn ansprechen?« flüsterte Tom und suchte im Vorbeigehen seinen Blick.
»Nein«, widersprach sie scharf.
Doch er war nicht überzeugt.
»Wahrscheinlich kennt er keine Seele hier«, sagte er. »Nicht besonders lustig, am ersten Abend allein ins Kino zu gehen. Ich will ihm nur sagen, wir hätten ihn zu uns gebeten, wenn wir ihn früher erkannt hätten. Das ist doch nur zivil?«
Er war hin- und hergerissen. Sie dachte: »Er will einen guten Eindruck auf den Neffen des Chefs machen.«
»Laß ihn in Ruhe«, murrte sie. »Es geht ihm gut.«
Was hatte dieser so gelassen wirkende Mann mit einem Provinzpaar wie ihnen zu schaffen? Er ignorierte seine Umgebung bewußt und würde auf jede Störung höflich und kühl reagieren. Sie spürte, wie sie rot wurde, und zog Tom eilig weiter.
Am Ausgang drehte sie sich noch einmal um, sah, daß er aufgestanden war, durch die leere Reihe auf eine andere Tür zuschlenderte. Sie bemerkte seine Größe, seine breiten Schultern, und sekundenlang war ihr, als hätte sie ihn schon einmal gesehen... Hatte er nur gewartet, bis sich die Gänge leerten, um bequem hinausgehen zu können? Oder (wahrscheinlicher) hatte er sie und Tom erkannt und fand sie noch schlimmer als ihn, war zurückgeblieben, um ihnen nicht über den Weg zu laufen? Der Gedanke demütigte sie. Früher war es nicht so gewesen – ihr Vater hatte in Oxford studiert, hatte sie manchmal dorthin mitgenommen, und sie hatte gesehen, wie gut er dorthin paßte. Zuletzt, gleich nach ihrer Verlobung, hatten sie beide und Tom von London aus einen Ausflug gemacht. Jener Tag war ein Fehlschlag gewesen. Tom hatte in Oxford ganz fehl am Platz gewirkt, und sie hatte plötzlich gespürt, daß sie nicht mit ihm in Zusammenhang gebracht werden wollte – die Idee, ihn zu heiraten, entsprang einer inneren Verwirrung, die jetzt deutlich wurde... Doch zurück in London, verschob sich der Blickwinkel wieder, und wie er sie beide männlich und bestimmt durch den Verkehr lenkte, war ihr mehr oder minder recht erschienen. Sie hatte nur überlegt, ob alle emotionalen

Wahrheiten unbeständig waren, abhängig von Stimmungswandel und Umständen; und hatte weitergelebt.
Sie kamen hinaus auf die kalten Straßen.
»Da ist die Straßenbahn«, sagte Tom. »Beeil dich.«
Er griff sie am Ellenbogen, und sie verfielen in einen absurden Galopp. Laufen war schlimm genug; doch zum Laufen gezwungen zu werden machte sie wütend. Sie erreichten die Haltestelle, vor ihnen drängte sich eine gehörige Anzahl Menschen, die einsteigen wollten.
»Warum hetzen wir so?« keuchte sie. »Du wußtest doch, daß kein Platz mehr sein würde. Ich stürze mich nicht in dies gräßliche Gedränge.«
»Komm schon«, schob er sie. »Oben ist noch Platz.« Er griff die Haltestange und schwang sich auf die Stufe; streckte eine Hand aus, wollte sie nachziehen. Doch sie glitt zurück und sagte trotzig:
»Ich gehe lieber.«
Sie wollte die ganze Nacht draußen bleiben; wollte fortlaufen, wollte...
Er hörte sie nicht. Arme, Beine, Körper drückten ungehalten gegen ihn, schoben ihn die Treppe hinauf. Die Straßenbahn setzte sich in Bewegung; und das letzte, was sie von ihm sah, war sein rotes Gesicht, das suchend hinabsah, besorgt, verwirrt.
Kaum stand sie allein, spürte sie die schwarze Bedrückung von sich fallen. Die Straße schien gleich still und verlassen. Sie vergrub ihr Kinn im Pelzkragen und ging, fühlte sich leicht, ruhig und allein. Vor ihr schnitt der große schwarze Umriß der Kathedrale in den violetten Himmel, und daneben die Siegesgöttin oben auf dem Denkmal spreizte riesig schwingende Flügel. Ja, es gab hier Schönheit. Doch um die Ecke schlug ihr der Wind bitterkalt entgegen. Schließlich, dachte sie und lächelte ein wenig selbstironisch, war es doch zu weit, nach Hause zu laufen. Sie sprang in die nächste Straßenbahn und saß inmitten einer Reihe leerer Gesichter, starrte mit leerem Blick, bis sie vor ihrer Haustür anlangte. Sie schloß auf; und während sie die Tür wieder verriegelte, spürte sie erneut die Last, die sich auf sie legte.
Tom war hinaufgegangen. Sie hörte ihn in seinem Zimmer laut husten und sich räuspern. Sie saß minutenlang am knisternden

Gasfeuer, warf einen Blick in die Zeitung, aß einen halben Apfel; machte dann das Licht aus und stieg erschöpft die Treppe hinauf in ihr Zimmer.

»Müde«, flüsterte sie sich bei jedem Schritt zu. »Müde. Müde.«

Wann hatte sie sich zuletzt wirklich wohl gefühlt?

Sie zog sich im kalten Schlafzimmer aus und ging zu Bett, lag und schob die Wärmflasche auf und ab gegen die eiskalten Laken. Doch sie wurde nicht richtig warm. Sie hoffte, daß Tom sich beeilte: Er würde sie wärmen.

Sie hörte, wie die letzte Straßenbahn die Allee hinabächzte und unter dem Fenster hielt; wie sie dann mit einem Ruck wieder anfuhr. Es war der holpernde Zug, der beschädigte, der im Fahren kreischte und schwankte. Zuerst hatte sie angenommen, sie könne wegen der Straßenbahnen, die sich geräuschvoll vom Morgengrauen bis Mitternacht hin- und herschleppten, niemals schlafen; und jetzt gehörten sie, gemeinsam mit späten Schritten, dem Hupen, dem frühen Rumpeln des Müllkutschers und dem Samstagabendgelächter auf den Straßen, dem Schreien des Babys nebenan im Morgengrauen, zum Lärm des Lebens.

Sie dachte, wie es auf dem Lande war, und drehte sich um, vergrub ihr Gesicht in den Kissen, um die Januarsonne auf den Feldern besser zu sehen. An Heckenrändern drängten sich steif hohe Eschen und Haselnußruten; sie reckten sich glänzend in der Sonne wie Lanzen aus Bronze und Silber. Die ersten Lämmer im Jahr blökten... Das Licht der Felder im Januar schien blaß und violett... Doch in dieser Stadt im Norden hatte das Licht keine Farbe. Sie dachte an den kleinen Park mit seinem verlassenen Musikpavillon, den hüpfenden Rotkehlchen, mühsam wachsenden Sträuchern, Betreten-Verboten-Schildern, schweigsamen Kindermädchen, trübsinnigen angeleinten Hunden. Nur die jämmerlichsten, kümmerlichsten Blumen blühten in den Beeten; und selbst im Hochsommer verlor dieser Park nie vollständig sein tristes Wintergesicht.

Ruf den Klempner morgen an, den verdammten Klempner, wegen der lästigen Spülung. Zähl die Wäsche für die Wäscherei. Bring einen Rock zur Färberei... Der Film war kein bißchen gut gewesen. Woran hatte der junge Mann gedacht, als er allein da saß und seine Umgebung ausgrenzte? Einen Augenblick lang hatte sie geglaubt, sie hätte ihn schon irgendwo gesehen...

Tom kam und schloß leise hinter sich die Tür. Wortlos knipste er das Licht aus, stieg ins Bett und drehte sich auf seine Seite. Sie lagen mit dem Rücken zueinander, weit voneinander entfernt.
Bald hörte sie ihn tief und gleichmäßig atmen: Und dann drehte er sich wieder seufzend um und rückte näher zu ihr.
»Dir ist kalt«, sagte er leise.
»Ja.«
»Arme Gracie... Wird gleich warm.«
Er legte einen Arm um sie und zog sie dicht an sich. Es war beinah eine mechanische Geste – jahrelange Gewohnheit.
Eine Weile später flüsterte er:
»Tut mir leid wegen heute abend. Was war bloß?... Konnte nicht anders...Tut mir leid...«
»Schon gut«, flüsterte sie. »Macht nichts. Meine Schuld.«
Er seufzte schläfrig, aus seiner Kehle drang ein kläglicher Laut, wie bei einem Kind.
»Ist ja gut«, flüsterte sie. »Ist ja gut.«
Sie berührte leicht seine Hand.
Sie schliefen.

Zweiter Teil

Das Jahr glitt unmerklich von seinem ersten Monat in den zweiten.

In den südlichen Grafschaften kommt der Februar mit plötzlicher Stille, mit milder blauwäßriger Luft, mit gepflügter geheimnisvoller Erde auf dunklen Feldern, voller Sehnsucht, das junge Korn zu tragen. Aus dem Limettenbaum stößt die Amsel einen neuen Ruf in die schlüsselblumengelbe Dämmerung aus, und im Augenblick jenes Rufens bricht in der Imagination der Frühling ein; versiegelte Blüten sind prall, Krokusse überziehn die Wiese, die Schwalben segeln überm Fluß, starre Äste schwimmen in neblig frischem Grün.

Doch im Norden gibt es keinen Wechsel. Im Februar liegen noch windgewundene Schneekränze auf braunem Moor, alte Wehen türmen sich in den Gossen. Befreit der Regen die Erde für einen Tag, kerkert ein eisiger Frost sie gleich am nächsten Tag wieder ein.

Keinerlei Anzeichen von Wetterwechsel, dachte Norah, während sie vor Grace Fairfax' Haustür stand und ihre gerötete, schmutzige Nase wahrnahm. (Der Schmutz war im Winter schlimmer als im Sommer: Er drang bis in die kalte, rauhe Haut.) Der schwere Himmel sackte über die Dächer, und der Wind blies Papierfetzen über die Straße.

Einen Augenblick später konnte Grace Annie im Flur hören, wie sie ganz wie immer redete, leise sagte:

»Ganz gut, danke, Madam... O ja, Madam...und die kleinen Jungen, geht es ihnen gut?... War das schön, als Sie die beiden nachmittags mitgebracht haben, im Kinderwagen... Aber das ist natürlich schon lange her. Hab's fast vergessen... Wie die Zeit vergeht. War mal eine schöne Abwechslung für Mrs. Fairfax...«

Norah lachte lauthals.
»Oh, Nannies freier Nachmittag damals! Meine Freundinnen haben ihn sicher genauso gefürchtet wie ich. Immer habe ich die Kinder jemandem aufgehalst. Wissen Sie noch, wir haben sie einfach bei Ihnen in der Küche gelassen und sind zum Jahrmarkt gegangen?«
Genau das hatten sie! dachte Grace, die im Wohnzimmer lauschte: Hatten schnell ihre Hüte aufgesetzt und waren kichernd auf und davon, Karussell fahren, während Annie auf die Kinder aufpaßte: zwei gutgelaunte unerwachsene junge Frauen, die von Bude zu Bude zogen; später schoben sie gemeinsam den Kinderwagen nach Hause, machten nur noch Katzenwäsche mit den Kindern, verfrachteten die beiden eine gute Stunde später als gewohnt ins Bett.
Wie im Schlaglicht sah sie ein altes Ich: eine ausgeglichene junge verheiratete Frau, die hoffnungsvoll in die Zukunft blickte, beschäftigt wie alle übrigen Frauen auch. Was, um Himmels willen, war inzwischen mit ihr geschehen?... Es war alles ihre Schuld, denn eigentlich hatte sie keine Sorgen, keine wirklichen. Sie war zu geistlos, um im Herzen jung zu bleiben: Sie hatte den Jahren erlaubt, sie zu ersticken, sie langsam zu überwuchern wie eine Pflanze. Es war ihre Schuld; oder Toms Schuld vielleicht – der so grob war und soviel Whisky-Soda trank... Aber war es wirklich Ersticken – so innerlich beladen mit brütenden, kritischen Gedanken? Sicher war sie weniger dumm als früher, doch wer wußte das schon.
Wie typisch für Annie, daß ihr der Jahrmarkt einfiel! Immer kam sie mit Geschichten aus der Vergangenheit: Wie unendlich langweilig sie doch war. Stand vor der Tür und redete ohne Unterlaß:
»O ja, Madam, das war schön. Die kleinen Räuber! Der ältere hat sich in der Speisekammer eingeschlossen. Und der Kleine – war er nicht ein rührendes Seelchen? Wie er mich ansah, als ich Hoppereiter mit ihm machte: wie ein kleiner feiner Herr. Hätte mich fast bei ihm entschuldigt, daß ich so frei war. Als ob... Hinterher habe ich Mrs. Fairfax gesagt«, gestand Annie geradezu übermütig, »ich habe wirklich einen Augenblick gedacht, ich hätte mich vergessen, und Mr. MacKay säße auf meinem Schoß... Das Kind war ihm aus dem Gesicht geschnitten, so wie es mich ansah.«
Norah mußte wieder lachen.
»Kleine Ungeheuer!« sagte sie. »Sie hätten sie besser verhauen, wie die Mama es macht.«

Annie gluckste leise, mißbilligend, protestierend, was soviel hieß wie, seien Sie froh, daß Sie Kinder haben, und – obwohl sie den Scherz verstand – keine Mutter schlägt ihre Kinder, Sie sowieso nicht. Mit triumphierendem Blick begleitete sie Norah ins Wohnzimmer: Schließlich war dies ein besonderer Nachmittag für Mrs. Fairfax. Mrs. MacKay wollte einen Ausflug mit ihr machen.

»Habe wir ein besonderes Ziel?« fragte Grace, als sie davonfuhren.
»Ja, wir machen einen kurzen Besuch bei den Tanten. Eine hat sich vergangene Woche auf der Jagd ein Bein gebrochen, und ich habe mich noch nicht einmal nach ihr erkundigt. Leichtsinnige alte Person. Aber nicht totzukriegen.« Sie seufzte tief. »Wie soll ich Robin und David zur Schule schicken, wenn die Tanten nicht sterben und mir ihr Geld vermachen?...Aber keine Hoffnung.«
Norah hatte überall Verwandte: ein paar sattelfeste, handfeste unverheiratete Tanten in einem Feldsteinhaus auf dem Moor; Cousins, die ein großes Anwesen bewohnten und ihre Söhne zur Armee schickten; die Töchter blieben ohne Ausbildung zu Hause, steckten in abgetragenen, formlosen Tweedkostümen und engagierten sich bei den Pfadfinderinnen, züchteten Sealyhams, ritten unelegant bei der Treibjagd mit, im Herrensattel auf komischen Ponys, oder folgten der Jagd in einem abgewrackten Ford. Schließlich ein bärtiger älterer Cousin, der in einem Tal ein wunderschönes Haus bewohnte, Erstausgaben sammelte, Drucke, Gobelins und frühe englische Aquarelle; der sich überhaupt mit einer Aura von Kultur, Geheimnis und Tabakrauch umgab: obendrein mit ungestörter Stille, denn seine Frau war stocktaub und verbrachte ihre Tage im Chintz-Rosen-Wohnzimmer, weltvergessen, in französische und deutsche Klassiker versunken; oder im Freien, wo sie ihren Steingarten pflegte, die Rosen betrachtete und den Rittersporn.
Ja, Norah besaß eine einflußreiche Verwandtschaft; und das im Überfluß. Als Kind war sie von zu Hause aus London manchmal zu Besuch gekommen, war ausgeritten, gewandert, hatte Picknicks gemacht und war ein Wildfang gewesen. Einer der Cousins bei der Marine hatte sich unsterblich in sie verliebt, und sie hatte den Mädchen (die durch ihre Anwesenheit einen Anfall weiblicher

Eitelkeit bekamen) geholfen, sich Lockenfrisuren zu machen. Doch als sie erwachsen wurde, verloren sie sich aus den Augen. Norah nahm in London Tanzunterricht – oder Gesangsunterricht? – und besuchte viele Bälle; im Krieg war sie in Frankreich im Sanitätsdienst. Und schließlich, Jahre später, kam sie zurück aufs Land, doch nicht zu ihrer Verwandtschaft: kam zurück, verheiratet mit dem mittellosen Universitätsprofessor, der ganz anderer Herkunft war, der weder reiten, mit dem Gewehr umgehen, noch eine Angelrute halten konnte: schlicht ein Barbar ohne Manieren, befanden die Verwandten, rechneten ihm zugute, daß der frühe Erfolg in Cambridge, oder vielleicht der Krieg, ihn verwirrt hatte. Ihn zu treffen war unerfreulich – jedesmal war er ruhelos und abweisend, ein Tier in der Falle; den Mund machte er nur auf, um spitze Bemerkungen von sich zu geben; oder er bedachte Norah mit einem eisigen Blick, wenn sie ihn ins Gespräch zu ziehen versuchte oder ihn mit ihrem breiten Lächeln um seine Meinung bat; und manchmal geschah es, daß er plötzlich ein Buch griff und nach oben in sein Schlafzimmer stapfte. Ob Norah ihm sein Benehmen übelnahm, war schwer zu sagen. Sie war temperamentvoll, früher jedenfalls; doch keiner sah auch nur einen Funken Unwillen in ihrem Blick, sie lächelte weiter und beklagte sich nie.

Die Verwandten fanden, es war sinnlos, gegenüber Norahs Ehemann Gefühle zu entwickeln oder ihn anpassen zu wollen; und weil Norah selbst immerzu mit ihrem Haushalt beschäftigt war, ließen sie auch zu ihr den Kontakt einschlafen – oder vielmehr sie ließ ihn einschlafen; denn an den ländlichen Vergnügungen schien sie jedes Interesse verloren zu haben, ging niemals ohne ihren Mann aus.

Ihre Verwandtschaft hoffte, sie war glücklich. Kamen sie in die Stadt, gingen zum Zahnarzt oder zur Schneiderin, verbanden sie das Nützliche mit dem Praktischen und machten gelegentlich einen Anstandsbesuch, fanden sie immer noch frisch und energisch. Sie war schlank geblieben und sah immer noch besser aus als andere Leute. Um Augen und Mund war sie zwar älter geworden, aber schließlich war sie über dreißig. Ihr Haar war fast grau; doch das lag am Haartyp.

Als Norah nach einigen Jahren einen ramponierten Morris-Cowley anschaffte, erwiderte sie ihre Besuche gelegentlich; häufiger jedoch fuhr sie an ihren Häusern einfach vorbei, machte lieber mit ihren Jungen ein Picknick oder fuhr über die Moorlandschaft mit einer seltsam aussehenden Person aus der Stadt.

Endlich waren die Straßenbahnschienen außer Sicht, die letzten Cottages der Bergarbeiter; sie fuhren über eine Landstraße durch flaches Weideland und große gepflügte Felder, Dörfer, in denen alte Feldsteinhäuser, neue Ziegelbauten und Fabrikschornsteine standen; sie kamen allmählich ins Hochland, wo auf Wiesen Schafe weideten; dann steiler über Bergstraßen zum Hochmoor. Weit entfernt zu beiden Seiten erstreckten sich die Hügel, dunkle Umrisse aus fernen Zeiten, überrollten den Horizont, Zug um Zug, wie schaumlose Meereswellen. In der Gegend standen steinerne Mauern, Schäferhütten, in der braunen Heide rostige Flekken von altem Farn, das trübe Grün des Stechginsters, rauhes Gras, gelblich und lohfarben, als hätte schwaches Sonnenlicht es vergoldet; doch kein Strahl vom bleiernen Himmel.
Norah fuhr langsamer und sah sich um.
»Wie wäre es wohl«, fragte sie, »wenn ich mich hiernach nicht immer sehnte?«
»Vielleicht wird dein Sehnen eines Tages erhört«, sagte Grace.
»Nein, nein«, erwiderte Norah und sah übers Land. »Im Alter hält Gerry die Winter nicht mehr aus... Eigentlich jetzt schon nicht mehr. Wir ziehen nach Liverpool oder Nottingham oder an einen ähnlich heilsamen Ort der Bildung. Und unseren Lebensabend verbringen wir in einer *Pensione* in Bordighera. Gerry hockt wie ein feuerspeiender Drache im Rollstuhl, und ich schiebe ihn... wenn ich nicht schon im Grab liege.«
Während sie sprach, sah sie das Bild überdeutlich vor sich: sie selbst ausgemergelt unter der Erde; Gerrys Gesicht, wie er allein dasaß oder wachlag in finsterer Schlaflosigkeit; die Jungen in schmuddligen, abgetragenen Hemden irrten durchs Haus, hatten niemanden, der ihnen mit Rat und Tat zur Seite stand; Gerry verlangte immer zuviel auf einmal von ihnen, ständig trieb er sie an, und alle sehnten sich, gefangen in schwärzester Bitterkeit, stumm und tränenlos nach ihr. Sie spürte den abgrundtiefen Vorwurf; sie hatte sie verlassen und ruiniert: Schmerz und Zorn dreier Männerherzen... Gerry, der nur ihr vertraute (und kaum ihr), fluchte

wild, traute nun keinem mehr; und die Jungen wuchsen auf und verkamen, in der Pubertät hin- und hergerissen, irregeleitet von ihrer erwachenden Körperlichkeit. Sie sah übers Moor, dachte, da kannte sie sich aus; diese Lektion kannte sie allzugut. Damals, als sie sich ein erstes Mal verlieben wollte, ihr Innerstes noch weich und leicht wie ein Seidengewebe; statt dessen hatte sich ihr endgültig ein hartes, bleiernes Wissen eingeprägt, die männliche Lust... Jimmys Lust.

Es war ihre Idee gewesen, nicht seine, daß sie sich nichts vorenthalten sollten. Alles wollte sie über seine Kindheit und Schulzeit wissen, sie wollte auch jene, sonst unnütze, Vergangenheit vor ihrer Zeit besitzen. Damals war sie noch idiotischer gewesen als heute. Zum tausendstenmal quälte sie sich: Hätte sie ihn halten können? – dann verscheuchte sie die sinnlosen Gedanken, denn jetzt spielten sie keine Rolle mehr.

Sie hatte ihm ihre unbedeutenden Geheimnisse anvertraut, und er dafür... ja, zu guter Letzt hatte er ihr die seinen offenbart. Er hatte erzählt, daß er sich betrank, mit Huren schlief. All jene verborgenen Dinge, die sie bis dahin nur dem Namen nach kannte und die kaum ihre Neugierde weckten, die zusammengereimten Geschichten, über die sie mit den anderen lachte, ohne sie zu verstehen – alles hatte langsam Gestalt und Substanz angenommen: Jimmys Gestalt, seine Ausschweifungen, geheime Gestalten, gekaufte Körper, die ihn verlockten.

Wie hatte sie gelitten, daß er seine Unschuld verloren hatte – oh! sie litt immer noch – eine durchdringende, erstickende Eifersucht.

Sie erinnerte sich, wie er auf ihr Geständnis reagiert hatte: daß sie schon einmal glaubte, verliebt zu sein (in einen der Cousins) – daß sie sich hatte küssen lassen.

Hat *er* je...?

Armer Jimmy, so viele seiner Geständnisse waren unnötig gewesen, denn sie verstand seine Andeutungen nicht, hatte keine Ahnung und hegte deshalb keinen Verdacht. Er mußte sie erst aufklären, gründlich... armer Jimmy, der die unnötige Angst, die sinnlose Qual eines ahnungslosen dummen Mädchens am Hals hatte. Nur sehr langsam, schmerzlich langsam hatte sie seine Erklärungen begriffen. Doch er hatte beharrt... ja, er hatte beharrt.

Danach, so erinnerte sie sich, hatte sie immerzu an Sex denken müssen. Sie hatte an nichts anderes mehr gedacht. Ihre Tage waren wie ausgebrannt gewesen, die Nächte erregt und schlaflos. Ganz gleich wie ihre Unterhaltungen begannen, sie brachte sie eigentlich gegen ihren Willen auf das eine Thema, quälte sich und ihn mit Fragen und Antworten. Er hatte sie ausgelacht, er war zärtlich gewesen – schüchtern, gelangweilt, voller Ausflüchte, reumütig, böse, alles der Reihe nach. Und zuletzt hatte er geschrien: »Es ist zwecklos. Du verstehst es doch nicht –«, und sie hatte den Worten unsäglichen Überdruß und Jammer entnommen; als brauchte er sie und wußte, sie konnte ihm nicht helfen; sehnte sich danach, in ihr zu ruhen und bei ihr Frieden zu finden. Dann war alles mit einemmal klar und sicher gewesen. Im letzten Augenblick hatte sie ihn doch nicht im Stich gelassen. Jetzt sah sie klar und erkannte den Mann, den sie liebte, liebte ihn treu und leidenschaftlich; verwarf die falsche, leere Gestalt seines Idealbilds. Die Eifersucht war vergangen; Zaudern und Schmerz, Mißverstehen und wilder Stolz, alle verschwunden. Sie nahm seine Hand und ließ heiter alle Erfahrung gelten, von den erotischen Experimenten der Schüler zu den Freiheiten junger Männer. Sie hatte die Tatsache akzeptiert, daß seine Lust ganz und gar ohne Liebe sein konnte. Das war am schwersten gewesen; doch sie hatte es geschafft.

Armer Jimmy, er war unglücklich gewesen – damals wenigstens. Ja, vielleicht war er es, der am Ende unglücklicher war. Sein Selbsthaß, irrwitzig, phantastisch, war auch eine harte Lehre für sie; doch sie hatte triumphiert. Zu guter Letzt schien sie innerlich fest, unverletzlich – wie die Schwelle eines alten Hauses, blank (wenn auch ein wenig abgenutzt durch manche Vorfahren): Über sie konnte ein Mann sicher sein Haus betreten.

Es war eine große Liebe gewesen, dachte sie: Wieso (fragte sie sich zum tausendstenmal) hatte sie ihm nicht helfen können? Es war sein Fehler... so typisch für ihn... gerade als alles ins Lot kam. Selbst ihr zuliebe wollte, konnte er sich nicht retten. Ihrem leidenschaftlichen weiblichen Überlebenswillen hatte er seine männliche Gleichgültigkeit entgegengesetzt; und in der allgemeinen menschlichen Zerstörungswut war er verschwunden, lächelnd, achselzukkend, und hatte sie besiegt.

Und leider war die damals bitter erworbene Erfahrung nichts

mehr wert, Jimmy war lange tot, und sie war mit Gerald MacKay verheiratet; ihr Mann war ein ordentlicher, unschuldiger Mensch, die Schwierigkeiten, die seine Männlichkeit mit sich brachte, beschäftigten ihn nicht; vielleicht war er sich ihrer nicht einmal bewußt: Heranwachsenden Jungen war er keinerlei Hilfe.
Doch warum solche Sorgen? Die Jungen kämen zurecht, wie andere Jungen auch. Vielleicht war es heutzutage auch anders, wo alles offen, aufgeklärt schien: Vielleicht waren Mädchen nicht mehr so schockiert. Vielleicht stimmte die (wenn auch erschreckende) Behauptung: daß auch sie vor der Ehe Erfahrungen sammelten.
Sie hatte vergessen, daß Grace schweigend neben ihr saß. Grace war eine Frau, an die niemand je Forderungen gestellt hatte. Ganz sicherlich hatten Tom und sie sich nie wie im Fieber gequält, sich aneinandergebunden und kopfüber in tiefes Wasser gestürzt, wo sie untergehen oder schwimmen mußten. Allein die Vorstellung war komisch. Anscheinend hatte Grace keine wirklich wichtige menschliche Beziehung, keine Beschäftigung, kein Interesse – nichts Wirkliches in ihrem Leben; dennoch war sie eine vollkommen wirkliche Person – zu Erfahrungen fähig. Jetzt lächelte sie gutgelaunt; woran sie wohl dachte? Seltsam, daß sie nie über Liebe und Ehe sprachen, wie sonst Frauen. Grace schienen diese Themen nicht zu beschäftigen, als wäre sie nicht verheiratet, als teilte sie nicht seit Jahren mit einem Mann das Bett: einem Mann, der schwerfällig durchs Leben ging, wahrscheinlich im Bad sang, der trank, rauchte, am Wochenende Knickerbocker trug, kurz und gut, unverkennbar ein Mann. Doch nicht einmal, ob er schnarchte, verriet sie.
Einmal hatte Norah gefragt:
»Warst du in Tom verliebt, als du ihn geheiratet hast?«
Zuerst hatte sie gelacht, spöttisch oder verlegen, und nach einer Weile geantwortet:
»Na ja... ich wußte, daß ich Tom heirate«, hatte sonst nicht weiter darüber geredet, hatte es Norah überlassen, zu entscheiden, ob die Worte fatalistisch klangen oder ein elterliches Arrangement, vielleicht eine Zwangsheirat, andeuteten.
Es war eine Schande, dachte Norah und hielt vor einem schmiedeeisernen Tor, das sich zu einer weitgeschwungenen Auffahrt öffnete, Grace hat ihr Leben vergeudet.

Sie griff ein Päckchen vom Rücksitz und klemmte es unter den Arm.
»Ich habe ihr einen Hyazinthentopf mitgebracht«, sagte sie. »Ein eher bescheidenes Exemplar. Ein gutes wäre Vergeudung.« Zu Grace sagte sie aufmunternd: »Während ich da drinnen bin, solltest du an die frische Luft gehen. Du hast es nötig. Komm mit roten Wangen wieder.«
Sie besah Graces farbloses Gesicht. Sie selbst war auch blasser geworden seit der Geburt der Kinder, benutzte heimlich ein wenig Rouge.

Grace überquerte die Straße und wanderte über einen grasbewachsenen Pfad, der aufs hügelige Moor führte. Es dunkelte schon. Im Westen zeigten finstere Wolkenmassen den Niedergang, die Kapitulation des Tages. Im Moor war es trist, und der Wind pfiff kühl. Von der See kam eine Möwe, hoch oben, mit dem Wind, auf regungslosen Flügeln. Auf dem Hügel sah sie weit übers schattige Ödland und entdeckte die See in einer dunklen Linie über dem Horizont. Sie dachte an die Küstenstraße, die sich durch flache, helle Dünen wand; an graugrünes, rauhes Seegras, das über ihnen wuchs wie kümmerliche, borstige Haarbüschel. Sie erinnerte sich an den Tag, als Tom einen Zug zur Küste genommen hatte, eines Sonntags, bald nach ihrer Heirat. Sie hatten eine einsame Bucht gefunden und waren den ganzen Tag dort geblieben, hatten gepaddelt, waren über glatte Felsen geklettert, hatten am Strand gelegen. Gegen Abend überflutete blaues Licht, blau wie das Innere einer nassen Austernmuschel, leuchtend den feuchten Sand, und die Luft war von der Spiegelung flüssig und klar. Weit entfernt am Ende der Felsen stand ein einsames Kind über sein Krabbennetz gebeugt; die kleine Gestalt, beinah verloren in einem endlosen Raum, war rührend und bedeutsam. Die abendliche Ebbe hatte die hohen Nordseewellen beruhigt, sie brachen mit gedämpftem Donner. Und als sie dalag und sich umschaute, wurde alles fest, kristallisierte in absoluten und ewigen Formen. Erde und Himmel spiegelten sich in einem blauen Element, luftig, wäßrig; das einsame Kind beugte sich für immer über sein Netz; Wellen brachen auf unbewegten Wasserfeldern wie eine lange Reihe blühender Margeriten.

Sie hatte sich vorgenommen, oft an die See zu fahren, doch seit jenem Tag war sie kaum je wieder dort gewesen. Allein dorthin zu fahren bedeutete zuviel Mühe; und Norah behauptete, die Küste deprimiere sie. Sie wollte die Sommerferien dort verbringen; doch jeden August waren sie für vierzehn Tage nach Cheshire zu Toms Mutter gefahren. Darin war Tom strikt: Die Ferien mußten sie bei seiner Mutter verbringen, weil diese fest damit rechnete. Für ihn war es in Ordnung: Er spielte Golf, und sie kochte seine Lieblingspuddings und verwöhnte ihn. Jedes Jahr erklärte er kopfschüttelnd, seine gute Mutter würde deutlich älter; und wenn ihr Gesicht von Jahr zu Jahr auch roter, fleckiger und verquollener schien, sie aussah wie eine Trinkerin oder eine faule Pflaume, besaß sie doch genug Kraft, um alljährlich Toms Frau mit unverminderter Bosheit zu begegnen. Dann war sie im vergangenen Winter ganz plötzlich gestorben, und Tom, als treu ergebener Sohn, hatte sie beerdigt und war blaß und angeschlagen vom Begräbnis zurückgekommen.
Sie dagegen hatte anders empfunden: Sie war schlicht und einfach erleichtert gewesen, vielleicht wie eine Gefangene, die unerwartet aus dem Gefängnis entlassen wird. Im nächsten Jahr war sie frei. Daran mußte sie denken, als sie über nasses Heidekraut hinabstieg. Sie konnte fahren, wohin sie wollte; und endlich würde sie allein verreisen. Ja, sie wollte Tom getrennte Ferien vorschlagen, und er wäre zuerst schockiert, dann würde er nachgeben... Wohin sollte sie fahren? Weit fort, direkt in den englischen Süden, aufs Land, nicht an die See. Die See war häßlich und traurig, wenn die Sonne nicht schien. Der Ort ihrer Phantasie war geschützt und grün, duftete nach Heu und Klee, die Hecken dort standen dicht und die Gärten prall voll mit Blumen. Ja, sie würde den Ort finden.
Sie beeilte sich: Beinah lief sie, was sie doch haßte.
»Aber hasse ich es wirklich?« überlegte sie; jetzt lief sie tatsächlich, langsam, hüpfte hoch über die Heide, lächelte, wie merkwürdig sie sicher aussah – dick, unbeholfen, im langen Regenmantel, holperte matronenhaft abwärts und hatte dabei ihr Vergnügen.

»Nach Hause, wieder nach Hause«, sagte Norah, kletterte in den Wagen, und ihre Stimme, sonst klar, fest und nicht traurig, klang klagend, unmenschlich, wie eine Stimme aus dem Moor durch den lärmenden Wind und den grauen schwindenden Tag. Das Zwie-

licht machte sie blaß und unwirklich, dämpfte die warme Farbe ihres dunkelroten Huts und Mantels.
»Schaffen wir es, dem Regen davonzufahren?« setzte sie hinzu und sah sich zweifelnd um.
Nach ein paar Meilen kürzte sie über einen Feldweg ab, nahm eine Kurve, und mit einemmal blitzte in der Schattenlandschaft etwas Rotes vor ihr auf.
»Was ist das?« sagte Norah und blinzelte. »Ein roter Rock... Oh, die Jagd. Schade, daß wir nichts davon mitbekommen haben.«
Ein junger Mann in rotem Rock und schmutzigen Stiefeln spazierte vor ihnen. Er schritt langsam und locker aus und machte mitten auf dem Weg halt, als wollte er mitgenommen werden. Doch als er die zwei Frauen im Wagen sah, ging er hastig weiter, Blick geradeaus. Schon von weitem erkannte Grace, er war der Neffe des Chefs. Seit dem Kinoabend vor drei Wochen hatte sie ihn nicht gesehen.
»Oh, das war, glaube ich, der junge Mann«, sagte Norah und bremste. »Hugh Miller. Er war vor kurzem bei uns zum Bridge, Gerry mochte ihn. Er hat sich sogar mit ihm unterhalten. Komisch – ich kannte vor Jahren seine Schwester in London. Jetzt hat sie geschrieben, ob ich mich um ihn kümmere.«
Sie hielt neben ihm an.
»Guten Tag«, rief sie. »Möchten Sie mitfahren?«
Er zwang sich zum Halt, erkannte sie und lächelte, zögernd, aber freundlich: Lächeln eines Mannes, der seine Mitmenschen mochte und ebenso gern, wenn nicht lieber, allein war. Er stand lächelnd da, ansehnlich, höflich – überlegte, dachte Grace, wie er diesen Frauen entrinnen konnte.
»Ich habe Sie erst nicht erkannt«, sagte er. Auch seine Stimme klang zwiespältig, mißtrauisch und unbekümmert; sehr ruhig. Beim Reden sah er sie fest an, dann sah er weg.
»O nein, danke. Machen Sie sich keine Umstände.« Er wich zurück. »Ich will nur zum Bahnhof.«
»Zum Bahnhof? Der ist Meilen entfernt, bis dahin sind Sie durchgeweicht. Wollen Sie in die Stadt?«
»Ja«, gab er zu.
»Na, dann steigen Sie ein: wenn Ihnen der Rücksitz bequem genug ist.«

»Norah, du Dummkopf«, dachte Grace, wie dumm, ihn so zu drängen. Sie sah sich und Norah, zwei rotnasige, vom Wind durchgepustete verheiratete Frauen, die einen schüchternen jungen Mann ansprachen, zum Mitfahren überredeten. Sie hatte das gleiche Gefühl wie kürzlich im Kino, empfand den demütigenden Unterschied zwischen sich und ihm tiefer als jeden Geschlechterunterschied, geheimnisvoll, vielleicht fühlte er sich ihr unbewußt überlegen. Sie fürchtete sich vor ihm und hätte sich gern versteckt. Sie errötete, sagte:

»Vielleicht möchte er nicht.«

Und gleich widersprach er hartnäckig, als hätte sie ihn dabei ertappt, wie er sich langweilte; eifrig erklärte er:

»Vielen Dank auch, wenn es Ihnen nichts ausmacht. Liebend gern.«

Er stieg ein, brachte, so gut es ging, in der Enge seine langen Beine unter.

»Fabelhaft!« sagte er. »Schrecklich bequem«, saß zusammengekauert und lächelte tapfer.

»War's ein guter Tag?« rief Norah nach hinten.

»Na ja. Der Morgen war gut. Doch dann lahmte mein Pferd, und ich mußte es nach Hause bringen. Aber nach einer Woche im Büro tut die Bewegung gut.« Höflich fügte er hinzu: »Gehen Sie zur Jagd?«

»Früher einmal«, sagte Norah.

Eine Weile später drehte sie sich noch einmal um:

»Sie sind sicher ganz durchgefroren. Sie haben nicht einmal einen Mantel an.«

»Mein Gott, bloß nicht!« rief er zurück.

Sie lächelte, sah seine lebhafte Gesichtsfarbe, seinen klaren Blick. Sicher war er oft an der frischen Luft. Als Schuljunge hatte er bestimmt die warmen Unterhemden fortgeworfen, die seine Mutter ihm schickte, und auch bei Eiseskälte noch erklärt, er platze vor Hitze. Wie erstaunlich, daß Gerry so freundlich zu ihm gewesen war.

Eine halbe Stunde später hielten sie vor Graces Haus. Er stolperte aus dem Wagen, um ihr die Tür zu öffnen, wirkte in seinem leuchtenden Jackett gegen das matte Graubraun der Straße und der Häuser erstaunlich groß und lebhaft.

Grace wurde rot:
»Möchten Sie nicht hereinkommen?«
Hin- und hergerissen – zaghaft, zuversichtlich, zutiefst verzweifelt – wartete sie auf seine Antwort, erwartete ein: »Schrecklich freundlich, bin leider in Eile« und ein lächelndes Entkommen...
»Ich habe Sie gar nicht bekannt gemacht«, sagte Norah. »Mrs. Fairfax, Mr. Miller.«
»Angenehm«, sagte er und sah sie an, dann wandte er den Blick ab; nervös traten sie von einem Bein aufs andere.
»Nun, möchten Sie?« sagte Grace; und beinah hätte sie gelacht; wie albern, daß drei Erwachsene zusammen vor einer Tür standen und soviel unnötiges Aufhebens machten. Sie runzelte die Stirn und verzog leicht den Mund.
Sein Zwinkern verriet, er war dankbar, auch wenn er ihr Vergügen nicht verstand. Jetzt wußte sie, er würde sich gutgelaunt zum Tee einladen lassen.
»Komm, Norah«, sagte Grace bestimmt und öffnete die Haustür.
»Gut, aber nur kurz«, sagte Norah entschlossen, ihre Familie konnte auch ohne sie zu Abend essen. »Ich sterbe vor Hunger.«
Das Trio verschwand, die Tür schloß sich; auf dem braunen Holz zwischen farbigen Fenstern starrte die grellweiße porzellanene Hausnummer wieder auf die dunkelnde Straße, verkündete: Hier in diesem Backsteingehäuse, flankiert von ähnlichen Backsteingehäusen, verbarg sich Menschenfamilie 37, aß, zog sich aus, schlief; sagte denkwürdige oder triviale Dinge, nicht für fremde Ohren bestimmt; hier betrachteten sie einander, unverhüllt, ein Blick, flüchtig oder versonnen... oder sie trennten sich wortlos, ohne einander anzuschauen, ein jeder nach seinen Bedürfnissen, ein jeder nach seinem festen Glauben, seinen Überzeugungen; dauernd einsam und abgeschieden, dauernd der eigenen einzelnen Person gewiß.

Grace zog die Vorhänge zu, stocherte im Kamin, bis das Feuer hell loderte, knipste die Stehlampe mit dem roten Schirm an. Das Zimmer erwachte glühend zum Leben: Die Wandfarbe wie totes Laub schimmerte schwach, das verblichen bräunliche Orange des gemusterten Chintz verschmolz warm und matt.

»Wundervoll«, sagte der junge Mann und setzte sich gleich auf den Kaminhocker, erwärmte seine Hände über der Glut. »Entschuldigen Sie, wie schmutzig ich bin. Ich bin gestürzt... Macht aber nichts.«
Annie deckte den Teetisch, zog ein erstauntes, begeistertes Gesicht und fragte freundlich:
»Möchte der Herr vielleicht ein gekochtes Ei?«
Sie kannte eine Familie, in der zur Jagd gegangen wurde, und wußte, was das fürs Abendbrot bedeutete. Die gute Mrs. Fairfax hätte daran nie gedacht.
»Wenn – wenn's möglich ist«, sagte er ungeniert oder schüchtern – schwer zu sagen, was von beidem. Zu Norah gewandt fügte er hinzu: »Man bekommt einen unglaublichen Hunger.«
»Ich weiß«, sagte sie. Sie lehnte sich im Sessel zurück, betrachtete ihn, weil er seiner Schwester glich. Er erinnerte sie an Clare Miller; und vage noch an anderes: viele, lang vergessene Dinge aus ihrer Jugend.
Sie fragte ihn nach der Jagd. Ein Freund seines Onkels, ein gewisser Colonel James, hatte ihm ein Pferd geliehen. Das war schrecklich nett von ihm: nicht wahr? Norah kannte Colonel James. Er mußte seine Reitkünste hoch eingeschätzt haben, sonst hätte er ihm niemals eins seiner erlesenen Pferde anvertraut.
O doch, gab er zu, er war sein Leben lang geritten.
»Ich erinnere mich, Clare ritt«, sagte Norah. »Tut sie das noch?«
»Nein, seit Jahren nicht mehr«, sagte er, »nicht seit ihrer Heirat.« Er zögerte nach dem letzten Wort, denn Norah wußte, daß die Ehe nicht gutgegangen war. Clare lebte jetzt von ihrem Mann getrennt.
Dann fiel ihr ein, wie einsam er allein auf dem dunklen Weg gewirkt hatte, und sie fragte ihn, ob er schon jemanden kennengelernt habe, ob er dem Tennisclub schon beigetreten sei, ob er Freunde habe, zu denen er an Wochenenden fuhr.
»O ja«, sagte er schnell. »Alle sind schrecklich gastfreundlich und nett – finden Sie nicht auch? Meinen Großonkel, wissen Sie – den kann ich an Wochenenden immer besuchen – wenn ich will. Und dann bin ich zum Ball eingeladen... weiß gar nicht, von wem. Die Einladung kam heute morgen.«

Er tastete in seiner Tasche und brachte eine zerknitterte, schmutzige Karte zum Vorschein. »Bin wohl draufgefallen«, sagte er und las laut: »Lady Forbes.«
»Oh«, sagte Norah. »Schon?... Sie hat viele unverheiratete Töchter.«
Er lächelte und stopfte die Karte in seine Tasche zurück.
»Vielleicht gehe ich hin«, sagte er. »Mal was anderes als die Firma.«
Annie brachte ein übervolles Tablett und setzte es ab.
»Kaffee oder Tee?« fragte Grace. Sonst hatte sie bis jetzt noch nichts gesagt.
»Oh, Kaffee! Herrlich«, sagte er begeistert.
»Ich trinke ihn immer zum Abendbrot«, sagte Grace. »Ich trinke viel zuviel davon.«
»Jedem sein kleines Laster«, sagte Norah. »Meins ist Tee.«
»Meins ist... keins von beidem«, sagte er, und sie lachten alle.
Eine Erinnerung ging Norah durch den Sinn. Sie hörte Jimmy, wie er trotzig auf einen Vorwurf von ihr antwortete: »Ich trinke gern – fast alles. Ich lehne nichts ab. Und Champagner ist, wie allseits bekannt, das beste Tonicwasser der Welt.«
Er schlug sein Ei auf und erklärte: »Das muß leider sein«, als er die Butterbrotstreifen hineintunkte und genüßlich verspeiste.
Wie er den Raum zu füllen schien, dachte Grace. Er strahlte klare Farben aus, nicht nur, was seine Kleidung betraf; und sein Kopf war fein proportioniert, anziehend, die Nackenlinie stark und schwungvoll, das Haar schwer und glatt, blond. Doch eigentlich, fand sie, war sein Gesicht nicht besonders. Eher wie ein Künstler, hatte Tom gesagt. Was für ein typischer Unsinn, jemanden so zu bezeichnen, nur weil er den Kopf nicht kahl rasierte, keine Pomade auf die Stoppeln schmierte, sich nicht scheute, ein wenig individualistisch auszusehen.
»Stört es Sie, wenn ich meine Pfeife rauche?« fragte er sie; und wieder kam, wie ein wiederkehrendes Motiv in seinem Benehmen, seine Schüchternheit zum Vorschein.
»Du meine Güte, natürlich nicht«, sagte sie. »Tom – mein Mann – raucht auch immer.«
Sein Blick zeigte, daß ihm etwas klar wurde... Der rotgesichtige Kerl in der Firma, den die Angestellten Onkel Tom nannten...

»Ist Ihr Mann der Mr. Fairfax, der – der in der Firma meines Großonkels arbeitet?«
»Ja.« Sie wurde rot. »Er arbeitet schon jahrelang da.«
Jetzt, dachte sie, wußte er, wohin sie gehörte: die Frau eines der typischsten Unterlinge in der Firma; in ein paar Jahren sicherlich sein Angestellter, falls er die Firma erbte und Toms Arbeitskraft dann noch zuverlässig war.
Doch er schaute ins Feuer und sagte nur ruhig:
»Er war schrecklich nett zu mir, als ich neu war. Schrecklich hilfsbereit.«
»Das freut mich«, sagte Grace leise.
Er zündete seine Pfeife an und stand auf, um zu gehen.
»Oooh!« sagte er und streckte sich langsam, lachend. »Entsetzlich steif. Morgen ist es sicher eine Qual.«
»Wissen Sie, daß Sie Ihre Jacke zerissen haben?« fragte Norah. »Unterm Arm.«
»Wie dumm.« Er verrenkte sich, um nachzusehen. »Das habe ich mir gedacht, ich habe doch so etwas gehört. Gott, ganz kaputt... Das sieht ja schlimm aus.«
Norah unterdrückte ein Lachen.
»Verzweifeln Sie nicht«, sagte sie. »Es ist die Naht – leicht zu reparieren. Tut Ihre Zimmerwirtin Ihnen schon einmal einen Gefallen?«
»Leider nein.«
Er erinnerte sich mit Abscheu an die Überraschung am vergangenen Wochenende. Er war verreist gewesen, und bei seiner Rückkehr, unerwartet am Samstagabend, hatte sein Schlafzimmer nach Alkohol gerochen, sein Bett war in Unordnung, und zwischen den Laken befand sich mysteriöserweise ein uraltes, unappetitliches, steifes Korsett. Seitdem wußte er, daß seine Behausung ihm endgültig zuwider und seine Zimmerwirtin alles andere als jenseits von Gut und Böse war. Er überlegte einen Augenblick, ob er von diesen seltsamen, trostlosen Gegebenheiten erzählen sollte. Lieber nicht. Sonst böten sie ihm noch an, ein anderes Zimmer für ihn zu suchen, oder machten sonst ein Aufhebens.
Grace malte sich aus, wie er in seinem Roßhaarsessel saß und verbissen mit riesiger geborgter Nadel eine Stunde vor der nächsten Jagd seine Jacke flickte.

»Ich repariere sie Ihnen«, sagte sie. »Es dauert keine Minute.«
»Nein, nein. Bitte nicht.« Er erschrak, peinlich berührt. »Das kann ich doch machen lassen, oder ich mache es einfach selbst. Ich kann wunderschön nähen. Ich nähe oft Knöpfe an.«
Doch Grace war bereits aufgestanden, zur Tür gegangen, drehte sich um, sagte:
»Ich hole Annies Nähkorb. In meinem ist nur eine Nadel.«
Als sie zurückkam, hatte er seine Jacke aufs Sofa geworfen und saß hemdsärmlig da, unterhielt sich gutgelaunt mit Norah. Er schaute breit lächelnd hoch und sagte:
»Das ist schrecklich nett von Ihnen. Ich habe sie ausgezogen. Ich dachte, Sie können das doch besser.«
»Sie können doch gar nicht nähen«, zog Norah ihn auf. Sie erhob sich und setzte ihren Hut wieder auf ihre kurzen dicken Locken. Dem jungen Mann gefiel ihr Haar: Es stand ihr gut: so dunkel, mit den silbernen Strähnen.
»Ich muß gehen«, sagte sie. »Ich habe das starke Gefühl, ich werde zu Hause gebraucht. Auf Wiedersehen, Grace. Kannst du denn eine Nadel einfädeln?«
»Geh endlich«, sagte Grace. »Ich fange erst an, wenn du fort bist.«
Der junge Mann gab ihr die Hand, nuschelte höflich:
»Vielen Dank, daß Sie mich in Ihrem Wagen mitgenommen haben.«
»Kommen Sie uns wieder einmal besuchen. Gerry und ich fanden es kürzlich abends sehr schön.«
»Ich ebenfalls. Es hat Spaß gemacht«, sagte er undeutlich.
»Sie müssen zum Abendessen kommen.« Ihre Stimme und ihr Lächeln luden ihn herzlich ein, doch sie seufzte insgeheim; sie dachte, was für ein schreckliches Mahl Florrie wahrscheinlich zubereiten würde und daß sie diesem Jungen, Clares Bruder, nichts Unterhaltsames zu bieten hatte.

Es regnete heftig, bevor sie zu Hause angelangt war. Die Garagentür klemmte, und während sie sie mühsam öffnete, trieben ihr im Dunkeln Wind und Nässe unfreundlich entgegen.
Die Jungen hatten ihre Mäntel im Flur auf den Boden geworfen. Florrie hatte wie gewöhnlich die Küchentür geöffnet, und es roch

eindeutig nach Zwiebeln. Sie hob die Mäntel auf und drückte sie für einen Augenblick fest an sich, während sie dastand; das Durcheinander in ihrem Innern wich einer plötzlichen Zärtlichkeit, ausgelöst durch die Kleidungsstücke ihrer kleinen Jungen. Was machte es schon, wenn sie ihre Mäntel auf den Boden warfen, wenn sie nach Hause kamen – lustig und sorglos nach oben liefen? Sollten sie nicht so frei wie möglich sein von störender Aufsicht und lästigen Zwängen, die schon allein das Stadtleben, neben der Erziehung, und, am schlimmsten, Gerrys Launen ihnen auferlegten? Ihre Pflicht war, ihnen den Übermut zu erlauben. Und außerdem, dachte sie, als sie die Mäntel aufhing und die Küchentür schloß, Ordnung war keine noble Eigenschaft – war eigentlich unmännlich; im Grunde ihres Herzens schätzten Frauen sie an Männern nicht, auch wenn sie nützlich war.
Sie ging ins Wohnzimmer. Gerry saß im Sessel am Kamin, las in einem dicken Buch und machte sich dabei Notizen. Er warf ihr einen, ihrer Meinung nach, absichtlich abwesenden Blick zu und vertiefte sich wieder in seine Arbeit.
Sie setzte ihren Hut ab und sank in den Sessel ihm gegenüber.
»Hallo, mein Lieber«, sagte sie. »Immer noch beschäftigt?«
Er antwortete nicht gleich und sagte dann widerwillig:
»Ich bin seit dem Tee beschäftigt. Ich mußte die Jungen hinaufschicken.«
»Die Ärmsten«, sagte sie. »Ich gehe gleich zu ihnen. Tut mir leid, daß ich nicht zum Tee zurück war.«
Er zuckte kaum merklich die Achseln. Obwohl er die Nase in sein Buch gesteckt hatte, erahnte sie seinen Gesichtsausdruck an seinen zusammengekniffenen Augen, seiner krausen Stirn. Er hatte seine verworrene Laune, weil... wahrscheinlich weil sie länger als geplant fortgeblieben war; weil er wußte, daß seine Vorlesung nicht so gut wurde, wie er wollte; weil die Jungen beim Tee Fettfinger hatten... was sonst. Jetzt erwartete er, sie sollte alles glätten – und wehrte sich gleichzeitig gegen ihren Versuch. Wieso durfte diese Vampirfamilie sie so beanspruchen, sie dermaßen zur Verantwortung ziehen, daß ein freier Nachmittag bereits eine Staatsaffäre war, etwas, das sie im nachhinein bereuen sollte? Warum erlaubte sie ihm, sie auszunehmen, um sich zu bestätigen?
Doch dann dachte sie: Nein, nein! So war es gar nicht. Er bean-

spruchte nicht ihre Wohltaten, es war eher ein Naturgesetz. Sich ihm zu verweigern war, als weigerte sich ein Mensch mit heilenden Kräften, einem Kranken die Hand aufzulegen.
Energie, Lebenskraft, Geist – egal wie sie es nannte –, der Vorrat erschöpfte sich nicht durch Inanspruchnahme, egal wie unersättlich und uaufhörlich. Doch heute abend haßte sie jede Geschäftigkeit, wollte ausruhen, sich nicht fühlen, als zerränne sie ständig, als zerfasere sich ihr Wesen über unbedeutenden Pflichten und Zwängen. Sie wollte nur einige Augenblicke ihr eigenes Ich friedlich dahintreiben lassen, abseits von allen anderen, umfangen und gelöst, abgekapselt und unbeeindruckt von fremden Gefühlen. Aber zu Hause war das nie möglich, keine Sekunde lang.
Schließlich, dachte sie, und schob das Selbstmitleid beiseite, war sie eine gewöhnliche, aufs Häusliche aus- und abgerichtete Frau!
Sie begann vor sich hinzusummen, unterbrach sich, als Gerald zusammenzuckte, und sagte:
»Tante Ethels Gesundheit macht Riesenfortschritte, befürchte ich, du Lieber. Auf dem Moor ist es so dunkel und trübe. Auf dem Rückweg haben wir den jungen Mann getroffen, den du mochtest. Er war zur Jagd. Wir haben ihn mitgenommen.«
Er runzelte die Stirn und fragte mißmutig:
»Welchen jungen Mann, den ich mag?«
»Hugh Miller. Weißt du, er war letzte Woche bei uns, und du fandest ihn nett.«
»Ich kann mich nicht erinnern, daß er irgendeinen besonderen Eindruck auf mich gemacht hätte«, sagte er und blätterte in seinem Buch. »Doch ich besitze auch nicht dein unfehlbares Gefühl... oder deine spontane Begeisterung. Aber, wenn du sagst...«
»Na, jedenfalls –« Sie mußte lachen, typisch, er war wie immer unmöglich. (Zu gern ließ er sie abblitzen!) »Der Junge, den ich mochte... Grace warf all ihre Komplexe über Bord und lud ihn zum Tee ein. Als ich ging, hatte sie ihm angeboten, seine Sachen zu flicken, und er saß hemdsärmlig daneben.« Sie erhoffte sich einen Lacherfolg, stellte jedoch eher das Gegenteil fest und sagte lahm: »Er hatte seine Jacke zerrissen.«
Das war danebengegangen! Sie spürte, wie es in ihm arbeitete, wie er sich quälte und ihren gutgelaunten Worten nur Nahrung für

seine Eifersucht entnahm. »Aha«, konnte sie sein angespanntes Schweigen rufen hören. »Du vernachlässigst mich, um dich mit einem fremden jungen Mann zu amüsieren.« Weiß der Himmel, wieso ihre harmlose Erzählung in seiner Vorstellung ausgelassene und ausschweifende Bilder weckte; er malte sich aus, daß sie Orgien feierte, sobald sie nicht mit ihm zusammen war. Wahrscheinlich, dachte sie, sieht er mich auf dem Tisch tanzen und uns alle sämtliche Hüllen ablegen.

Schade, dachte sie, er war ständig eifersüchtig, meinte wohl: Du amüsierst dich in einer Welt, die für mich ohne Freude ist. Es stimmte. Sein Dunkel konnte ihr Licht nicht permanent beeinflussen. Angeborene Heiterkeit behauptete sich immer wieder; und unbeirrt reagierte sie auf alle kleinen Vergnügen, die das Leben bot.

Doch für ihn waren sie nichts. Er hoffte höchstens auf das Alter, auf das Ende der Jugend, und daß er allmählich das Elend seines Daseins weniger wahrnahm. Wenn er verbittert war, hoffte er schwach auf die Jahre, die vor ihm lagen, und sagte sich: *Ruhiger Sinn – die Leidenschaft dahin.*[3] Schlimmstenfalls, wußte er, würde er um sich eine Wüste schaffen und diese dann ›Frieden‹ nennen.

Sie verließ ihn und ging nach oben zu ihren Jungen. Sie saßen sehr still in ihrem kleinen Raum, der früher das Schlafzimmer des Kindermädchens war und jetzt ihr provisorisches Spielzimmer. Es gab ihr einen Stich ins Herz, als sie die beiden so still in ihren Sesseln sitzen sah, jeden an einem Tischende, die Köpfe aufgestützt, jeden in seine Beschäftigung vertieft. Sie hätte zurückkommen und ihnen Klavier vorspielen sollen. Sie sah sie mit einemmal erwachsen und von ihr unabhängig... Waren sie stiller als andere Kinder? Waren sie bedrückt? Sie erinnerte sich erleichtert an die Mäntel im Flur und den Stopfkorb voller zerlöcherter Strümpfe.

Wie sie die abstehenden Ohren mochte....

Robin, der Neunjährige, brütete über einem Glas Wasser, in dem ein Stück Schnur baumelte.

»Hallo, Mama!« sagte er. Er hatte eine helle, durchdringende Stimme, die manchmal aufsässig klang, fand sein Vater.

Sie sah ihm über die Schulter und betrachtete das Wasser.

»Im Wasser ist Alaun«, sagte er. »Ich habe es selbst in der Apotheke gekauft. Das habe ich in meinem Chemiebastelbuch gefunden. Die Schnur soll überall Kristalle ansetzen. Aber leider erst morgen früh.«

»Spannend«, sagte sie.

Er drehte sich um, warf sich gegen sie, faßte sie mit schmuddligen Kinderhänden, rieb sein wirres Haar gegen ihre Schulter. Er war ein anhängliches Kind: folgte ihr in letzter Zeit häufig unbeirrt, schweigend, blieb wach, bis sie an sein Bett kam, überschüttete sie mit plötzlichen Liebesbezeugungen. Anders als David, dachte sie und sah zu ihrem Zweitgeborenen hinüber. David mit seinen sieben Jahren war undurchdringlich zurückhaltend. Er schaute ruhig und aufmerksam aus seiner eigenen Welt und liebte nur seinen Bruder.

»Was macht David?« fragte sie.

Er war eifrig mit dem Bleistift in einem schwarzen Heft beschäftigt. Auf ihren Satz hin schlug er es schnell zu und bedeckte es mit den Armen, lächelte sie ein wenig mißtrauisch an.

»Er malt mir ein Pferd«, flüsterte Robin.

Sie nickte und sagte:

»Euer Abendessen kommt sofort, ihr Jungen. Kommt zum Gutenachtsagen nicht nach unten: Vater ist beschäftigt. Zieht euch aus, und ich komme herauf und sehe zu, daß ihr euch schön wascht.«

Sie gab Robin einen Klaps, und im Vorbeigehen strich sie David leicht über den Kopf.

War es albern? Wenn sie seine weiße gewölbte Stirn und seinen verträumten Blick sah, stellte sie sich vor, daß er anders als die übrigen Jungen war. Wenn David ein Künstler würde, konnte er sich der Bewunderung und Unterstützung seines Vaters gewiß sein: Gerry wäre wieder mit der Welt versöhnt.

Doch sie seufzte. Gestern hatte Robin gefragt, ob er je ein Pony bekäme, und sie hatte ihm keine große Hoffnung machen können.

Sie ging wieder hinunter in das kleine Wohnzimmer, in dem ihre Schätze – ihr Klavier, der alte bestickte Kaminschirm, ihre beiden Walnußkommoden, die chinesischen Teller und Schüsseln –, eingepfercht zwischen den nützlicheren Gegenständen, eigentlich nur dazu dienten, daß der Raum vollgestopft wirkte.

Gerald hatte sein Buch beiseite gelegt und lehnte sich im Sessel zurück. Sie ging zu ihm und flüsterte ihm ins Ohr:
»Ganz ruhig... Ganz ruhig... Ganz ruhig.«
Sie legte ihre Hand auf seine krause Stirn, und er schloß die Augen. Nach kurzer Zeit griff seine Hand nach ihrer, und sie spürte, wie die Verspannung in Wellen von ihm wich.
Sie nahm ihren Handarbeitskorb und setzte sich ihm gegenüber, sortierte Strümpfe und Garn.
Jetzt ging es ihm wieder gut. Es gab schließlich doch keine Szenen, keine Rechtfertigungen. Nach dem Abendessen würde sie ihn bitten, ihr vorzulesen, und sie säßen sich vor dem Kamin gegenüber, sähen wie ein harmonisches Paar aus – was sie auch waren.
Ja, dachte sie, tief unter allen Mißstimmigkeiten gab es – nur ihnen allein bewußt – eine Ebene, auf der sie zusammengehörten, auf der sie von einem wesentlichen Einklang zwischen Mann und Frau zehren konnten. Ihre Ehe war Wirklichkeit, war, allem zum Trotz, erfolgreich.
Das Geheimnis lag darin, hauptsächlich an die Gegenwart zu denken, ein wenig an die Zukunft, kaum an die Vergangenheit; alte Tage in Frieden zu lassen, die letzten Fäden unwiederbringlicher Verbindungen zu kappen; Menschen nicht mehr verändern zu wollen, die bis an ihr Lebensende unveränderlich sie selbst blieben; die Tage mit einer Vielzahl praktischer Verrichtungen zu füllen; sich mit strenger Disziplin daran zu erinnern, daß Jimmy tot und weiß Gott wo war, außer Reichweite, nirgends; sie hatte sich um die Lebenden zu kümmern.
Ja, er hatte sie erinnert, der junge Mann: eigentlich nicht die geringste Ähnlichkeit, aber im Wesen glichen sie sich... Ob er ein moralischer Mensch war, überlegte sie: Er war so zuvorkommend und unabhängig; er ließ sich im Leben sicher schwer Fesseln anlegen. Was Grace und er wohl aus dem *Tête-à-tête* gemacht hatten... Es war ein komischer Anblick, Grace mit seiner Jacke im Schoß und er daneben wohlig ausgestreckt.
Welche Freude, welches Glück, wenn der allein in der Dämmerung dahergehende junge Mann nicht dieser heute, sondern Jimmy damals gewesen wäre. Eigentlich durchaus vorstellbar, gar nicht absurd und unmöglich – wenigstens einen Augenblick lang nicht... sondern ganz, ganz natürlich: einfach die unverzügliche,

lange aufgeschobene Wiederherstellung von Vernunft, Glaube, Wahrheit. Sie hätte gerufen: »Oh! ... *Ich habe es gewußt* ...«, und dann hätte sie ... welcher Friede und ...
Sie griff den halbfertigen Strumpf und zählte die Maschen.

»Schrecklichen Dank«, sagte der junge Mann. »Das ist phantastisch.« Er beugte sich vornüber und bewunderte die geflickte Jacke.
»Ist es gar nicht«, lächelte Grace. »Aber meine großen Stiche halten es hoffentlich zusammen.«
Er zog sie wieder an und reckte sich.
»Fabelhaft«, sagte er.
Sie schwiegen beide; doch unwohl fühlte sie sich nicht, fand sie, obwohl es aufregend war, einen fremden jungen Mann im Haus zu haben.
»Also, auf Wiedersehen«, sagte er und reichte ihr die Hand.
Sie überlegte, ob sie ihn je wiedersehen würde.
»Bleiben Sie lange hier – in dieser Stadt?« fragte sie.
»Oh, ich weiß nicht ... nicht sehr lange ... Vielleicht nur bis zum Herbst ... je nachdem.«
»Ich hoffe, Sie brauchen nicht lange zu bleiben, wenn es Ihnen hier nicht gefällt«, sagte sie spontan und wurde rot.
Er lehnte mit dem Rücken gegen den Kaminsims und betrachtete sie halb amüsiert, halb auf der Hut, schien zu sagen: »Wieso interessieren Sie sich für das, was ich tu?«
»Oh, ich bleibe nicht, wenn es mir nicht gefällt.« Er wiederholte lächelnd ihre Worte.
»Seien Sie rechtzeitig gewarnt«, sagte Grace.
»Ihnen gefällt es also nicht?« Er klang unsicher, als sei ihm die Frage gegen seinen Willen aufgezwungen worden.
»Oh, ich ...« sagte sie abschätzig und zuckte die Achseln.
Er bemerkte, daß sie schöne Augen hatte – groß und schmal und blaugrün; und nebenbei ging ihm durch den Kopf, ob ihre lakonische Antwort hieß, sie sei unzufrieden oder unglücklich. Er wäre nicht auf die Idee gekommen, daß sie mit dem alten Fairfax verheiratet war. Vielleicht waren sie kein glückliches Paar. Sie war nicht annähernd so unkompliziert und vergnügt wie die andere, Clares Freundin.

Er sagte betont munter:
»Also, ich amüsiere mich meistens ganz gut. Ich bin ganz gern in der Fremde.«
Sie nickte.
Er wollte gehen, fügte hinzu:
»Außerdem wird es bald Frühling, Gott sei Dank, und Sommer. Niemand kann sich im Sommer langweilen.«
»Sie meinen Tennis und Angeln und –« sagte sie leise.
»Ja, und dann kann man abends immer aufs Land fahren und spazieren- und baden gehen.«
Ihre Augen mit den schweren Lidern waren jetzt ganz wach, sie sah ihn an und sagte:
»O ja! Früher habe ich das auch getan.«
Er warf ihr einen Blick zu und fragte zögernd:
»Jetzt nicht mehr?«
»Nein«, sagte sie und begleitete ihn zur Haustür. »Aber das Land fehlt mir.«
Die letzten Worte waren kaum hörbar, und sie stand still im Flur, sah verträumt vor sich. Sie warteten beide.
Seltsame Frau, dachte er – sie machte ihn verlegen. Er wollte schon fort sein, und sie schien ihn zu halten; sie machte ihn, ohne daß er wollte, neugierig. Er spürte das Gewicht des Ungesagten.
Zu guter Letzt sagte er unbeholfen:
»Sie haben sicher immer entsetzlich viel zu tun.« Denn vielleicht mußte sie sich ja um zahlreiche Kinder kümmern und hatte nie Zeit.
»O nein!« Die Vorstellung, viel zu tun zu haben, schien sie ausgesprochen lustig zu finden. »Ich tu absolut gar nichts.« Dann fügte sie hinzu: »Ich gehe ins Kino.«
»Das tu ich auch«, sagte er. »Ich sehe mir alles an.«
Sie lachten gemeinsam.
Nein, dachte er zerstreut, sie war bestimmt keine Mutter. Sie wirkte ungeschickt, so breit gebaut, unförmig und unreif wie ein großes Mädchen, das noch keine Zwanzig war. Sie bewegte sich, als wisse sie mit ihren Gliedern noch nichts anzufangen. Dennoch hatte sie etwas Beruhigendes, durchaus Mütterliches an sich; und eine heitere, tiefe Stimme.
Annie hörte den jungen Mann im Flur sprechen und rauschte

majestätisch aus der Küche, dienstbeflissen, wollte diesen jungen Mann, der sicher die besten Familien kannte, in aller Form hinausbegleiten. Doch Mrs. Fairfax hatte schon die Tür geöffnet, warf einen Blick nach draußen, rief:
»Oje, es regnet! Was nun?«
»Ich mag Regen«, sagte er.
»Sollen wir dem Herrn einen Schirm borgen?« fragte Annie ernsthaft.
»Ja, einen Schirm«, rief Grace. Natürlich wußte Annie, im Gegensatz zu ihr, immer Rat.
»Nein, nein, nein!« rief er entsetzt. Er sprang die Treppe hinab, stand im strömenden Regen und lachte ihnen beiden zu. Das Flurlicht leuchtete ihm ins Gesicht, und der Regen umkränzte seinen Kopf wie mit langen Silbernadeln.
»Wunderbar«, sagte er. »Ich habe mein Lebtag noch keinen Schirm benutzt.«
»Ich auch nicht«, rief sie. »Ich besitze gar keinen.«
Das geschieht Annie recht, dachte sie. Die zog sich nachdenklich lächelnd in die Küche zurück und sann dort über die Tollkühnheit der jungen Männer nach; machte sich wenig Hoffnung, daß Mrs. Fairfax genug Verstand besaß, einen nächsten Besuch zu verabreden.
»Also, auf Wiedersehen«, sagte er.
»Auf Wiedersehen.«
Die Eisenpforte quietschte hinter ihm, und weg war er.
Während sie lauschte, wurde der Regen stärker. Er rauschte stark, eilig wispernd, ein fester Rhythmus, der die Geräusche der Stadt übertönte, sie glättete, beinah ertränkte.
Die Straßenlaternen schienen wie aufgereihte weißglühende Chrysanthemenblüten, und in ihrem Licht glänzte die Straßenbahn geschmeidig, schlangengleich.
Bald kam Tom nach Hause. Vollständig ausgerüstet mit Schirm und Regenmantel, zog er gleich die Schuhe aus und stellte sie zum Trocknen an den Kamin, traf alle erdenklichen Vorkehrungen...
Wie gut, daß sie sich nicht vor dem Haus getroffen hatten. Tom wäre überaus angetan und überrascht gewesen, viel zu herzlich. Er hätte die richtigen Sachen im nicht ganz richtigen Ton gesagt und ein wenig zu bemüht ein Gespräch unter Männern angestrengt.

Dieser junge Mann... wahrscheinlich mußte er sich nie gut zureden, Tag für Tag durchzuhalten, sein Leben bis zum Ende auszuhalten. Sicher wußte er nicht, was es hieß, wenn jeden Morgen beim Erwachen ein vertrautes Grauen sich bleiern aufs Kissen legte. Er verlor nie den Mut angesichts der Wirklichkeit.
Es erschreckte ihn bestimmt, wenn er merkte, daß jemand unglücklich war: Er hatte ein freundliches Gesicht. Bestimmt machte es ihn verlegen, vielleicht auch ein bißchen zornig. Sicher glaubte er, alles ließe sich regeln.
Wenn sie erfuhr, wie er lebte, wenn sie von ihm lernte... Er besaß das Geheimnis, wie sich das Leben meistern ließ, er hatte Selbstvertrauen, kannte sich in der Welt aus. Er sah über ungute Vorzeichen hinweg und war glücklich, richtete sich das Leben nach seinen Wünschen ein.
Welche Vergangenheit hatte ihn geformt, welche Erfahrungen gaben ihm klare Konturen? Er war so randvoll Jugend, auch wenn er kein Junge mehr war.
Hatte er je eine Frau geliebt, fragte sie sich, war er geliebt worden?
Es hatte ihr außergewöhnlichen Spaß gemacht, seine Jacke zu flikken, während er dort neben ihr saß. Es war ihr selbstverständlich vorgekommen: ein friedlicher Augenblick, in dem sie sagen konnte: »Das ist Leben.«
Jedenfalls hatten ihm der Kaffee und das Ei geschmeckt. Er hatte es zu schätzen gewußt.
Als er draußen im Regen stand, kurz bevor er ging, kam er ihr mit einemmal wieder bekannt vor. Wo hatte sie ihn früher schon gesehen; an wen erinnerte er sie?
Die Angst, die er ihr zuerst gemacht hatte, war bald gewichen; doch sie ahnte, daß sie wiederkäme, genauso stark, wenn sie ihn das nächstemal sah.
Doch vielleicht – höchstwahrscheinlich – sah sie ihn nie wieder.

Bis er seine Behausung erreicht hatte, war er triefnaß. Er zog seine Kleider aus und warf sie zu Boden. Keine Hoffnung auf ein Bad; doch er brauchte wenigstens eine Kanne heißes Wasser. Er läutete nach Mrs. Veale, bekam aber keine Antwort. Und sie hatte den Kamin ausgehen lassen. Ich hasse dieses Zimmer, dachte er, als er

sich umsah: stinkender Ausdruck einer widerlichen Seele. Er zog seinen Morgenmantel an und hockte sich vor den Kamin, stopfte Zeitung in die Öffnung und entzündete Streichholz um Streichholz. Nein, es war sinnlos: zuviel Papier, kein Holz, die Kohlen klamm. Am liebsten hätte er das Mobiliar zertrümmert und mit einem Freudenfeuer das ganze Haus in Brand gesetzt.
Sämtliche Schürhaken polterten hinab, und er plumpste mit verschmiertem Gesicht in den einzigen, durchgesessenen, verschnörkelten Sessel, fluchte heftig und laut.
Was nun?
Nein, es war sinnlos, er hielt es nicht aus, er wollte aufgeben und gehen. Er wollte wieder weit fort, zurück nach Südamerika oder diesmal vielleicht nach Indien. Dies war für ihn kein Leben. Es wäre ein Leichtes zu gehen, wenn der alte Herr nicht so freundlich wäre: wenn seine beiden Söhne nicht tot wären, sonst niemand da war – wie der alte Herr oft zitternd sagte –, nur er den Namen noch trug, um die große, mit Fleiß aufgebaute Firma zu erben.
Ja, aber er selbst hatte ganz andere Pläne. Er hatte sich zugeredet, er bliebe nur, wenn es ihm gefiel: Und das tat er auch. Er war nur zurückgekommen, weil es keine Chance gab, allein das Kapital aufzubringen, um sich dort auf eigene Füße zu stellen (und er wollte unbedingt auf sich allein gestellt sein, konnte keine Autorität über sich ertragen); und weil der alte Herr immer wieder schrieb; und weil... ja, eigentlich, weil er Heimweh hatte; England und seine Freunde vermißte er, vor allem Clare. Er mußte es zugeben: Die Einsamkeit war furchteinflößend, und dagegen war er nicht gefeit. Wieso war er ausgerechnet an einem Samstagabend in diese verdammte Stadt zurückgekehrt? Nur weil er auf Post gehofft hatte. Er hatte die ganze Woche außer der einen gräßlichen Einladung keinen Brief bekommen – nicht auszuhalten. Alle hatten ihn vergessen. Er hatte sich die Umschläge auf seinem Tisch vorgestellt – einer von Clare, ein, zwei von Londoner Freunden und noch einer von... dieser eine Brief, den er mit jeder Post erwartete, obwohl die Wahrscheinlichkeit, daß er käme, längst dahin war. Nun mußte er bis Montag warten und hoffen.
Wenn Clare bis Montag nicht geschrieben hätte, würde er telegrafieren und sich beschweren. Jawohl. Er konnte dieses Zimmer nicht mehr ertragen. Sie mußte kommen und ihm helfen, etwas

anderes zu finden. Und er würde ein Auto kaufen und ein Grammophon. Das half. Und er wollte seinen Hund kommen lassen: Tagsüber wäre es für den armen Kerl zwar erbärmlich, aber er würde ihn ins Büro schmuggeln, irgendwie ging es bestimmt; und abends würde der Hund ihm Gesellschaft leisten.

Seine Laune stieg. Also, was fing er mit sich an? Samstagabend, kein Feuer, kein Essen.

Er würde ins Hotel gehen und dort ein Bad nehmen, danach dort in Ruhe zu Abend essen. Er würde ein Buch mitnehmen und beim Essen lesen. Er besah seine Bibliothek: *Moby Dick, Mr. Sponge's Sporting Tour, Tristram Shandy, The Life of Dr. Johnson, War and Peace, The Oxford Book of Prose,* ein, zwei moderne Gedichtsammlungen, Shakespeare, Rabelais, Miltons poetische Werke. Oliver hatte ihm in den langen Ferien Milton vorgelesen. Er erinnerte sich an Olivers Stimme, an den Klang von *Paradise Lost*: Er hatte darin geschwelgt. Dann gab es *South Wind* und das *Journal of a Disappointed Man*, einen Roman namens *Jacobs Zimmer* und ein Taschenbuch, dessen Titel ihn verfolgte: *A l'ombre des jeunes filles en fleur*.[4] Sie gehörten Oliver. Sie waren vor langer Zeit versehentlich zwischen seine Bücher geraten, und er wollte sie immer zurückgeben, hatte es nie getan. Eines Tages vielleicht – wenn er ihn das nächste Mal sah. Er schlug eins der Bücher auf und sah den Namen, *Oliver Digby,* in winziger Schrift. Schließlich griff er das Gedicht, das eine, das Oliver verfaßt hatte, *Transmutationen*, mit schwarzweißem futuristischen Umschlag, auf der ersten Seite vom Autor (in Griechisch) gewidmet: Aber er hatte das Gedicht nie verstanden.

Nein, lesen wollte er nicht. Er brauchte Unterhaltung, Ablenkung. Er würde ins Palasthotel gehen und ein Bad nehmen, vielleicht einen Blick in die Bar werfen – seines Wissens beliebter Treffpunkt der Angestellten und leichten Mädchen –, sehen, was es am Samstagabend zu sehen gab. Nach dem Essen ging er vielleicht ins Varieté oder ins Kino.

Diese seltsame Person, die ihn zum Tee eingeladen hatte!... Wirklich, die beiden waren ein komisches Pärchen gewesen, so kerzengerade, wie sie in ihrem unmöglichen Wagen gesessen hatten. Er war völlig entsetzt gewesen, als die beiden Frauen auftauchten und nicht, wie er gehofft hatte, ein einzelner Mann. Aber schließlich war es doch in Ordnung gewesen. Es hatte Spaß gemacht mit ihnen, sie waren freundlich gewesen, er hatte sogar Ei zum Abendbrot bekommen, und sie hatte seine Jacke geflickt. Und der Abschied war auch problemlos, kein Aufhebens; auch wenn Clares Freundin ihn beinah wieder eingeladen hätte. Einmal, das war in Ordnung: Clare hatte ihn gebeten, höflich zu sein, und das war er. Der eigenartige Ehemann hatte sich mit ihm übers Reisen unterhalten, und das war ganz einfach gewesen.

So ging Hugh Miller ins Palasthotel und traf dort in der Halle Pansy, die sich erst zierte, dann einwilligte, mit ihm ein Glas Sherry zu trinken.
Danach besuchten sie ein beliebtes Tanzcafé, aßen zu den Klängen einer Jazzband, die so laut spielte, daß keine Unterhaltung möglich war. Er mochte ihr kleines weißes Porzellangesicht, ihren leuchtendrot geschminkten Mund, die Augen, so leer, makellos und hübsch wie kleine blaue Blumen, ihre gerundete zierliche Figur, schlicht und einfach ganz in Schwarz. Er war froh, daß die Band spielte, denn sie hatte eine schreckliche Stimme. Zwischen den Stücken alberte er vergnügt herum.
Danach ging er mit ihr ins Varieté und lachte über den Komiker, den sie ordinär fand. In den Pausen hörte er wohlwollend ihren unzusammenhängenden Reden zu. Ab und zu konnte er sich das Gähnen nicht verkneifen (denn er war müde von der Bewegung tagsüber); aber er nickte aufmunternd, als sie erzählte, daß sie sich Kaffee über ihr neues Kostüm geschüttet hatte, daß sie im vergangenen Winter Lungenentzündung gehabt hatte, daß sie eine bewegliche Schaufensterpuppe in einem Schaufenster als Waschmittelreklame hatte Wäsche waschen sehen.
Und nach der Vorstellung, als er schon ganz schläfrig war, zog er den Hut und sagte ihr höflich gute Nacht.
»Ich muß leider gehen«, sagte er. »Kann ich Ihnen ein Taxi rufen?«
Er sah, daß sie unzufrieden wurde. Er suchte nach seiner Brieftasche und hielt ihr betroffen etwas hin, sagte schüchtern, aber nachdrücklich:
»Verzeihen Sie mir. Bitte nehmen Sie das.«
Sie warf einen Blick auf seine Hand. Dann schwiegen beide. »Das

will ich nicht«, sagte sie leise und hastig. Sie stand da, so klein sie war, und starrte ihn an – ein trauriges Puppengesicht –, als wollte sie noch etwas sagen.
»Also«, sagte er schließlich verlegen, »vielen Dank, daß Sie mir Gesellschaft geleistet haben.«
»Ich danke auch«, sagte sie und ging davon.
Er ging nach Hause, ging zu Bett, und fünf Minuten später war er eingeschlafen.

Der nächste Tag war windig, blau und weiß, und er verließ die Stadt und wanderte die ganze Zeit allein übers Moor, trug seine ältesten Sachen und sang, nicht immer richtig, alle Lieder, die er kannte.

Dritter Teil

Jetzt war Mitte Mai. Der Frühling war in drei Tagen und Nächten gekommen, und die letzten Spuren der Maienschneestürme waren dahin. Selbst inmitten der Stadt war eine ferne, verstohlene Ahnung der erblühenden Obstgärten spürbar. Mit dem Abendlicht drang aus frischen und glücklichen Straßen der Frühling in die Häuser; und während sie das Feuer im Kamin schürten, dachten die Hausfrauen, daß bald die kurzen warmen Wochen kämen, in denen das Feuer erst zur Dämmerung entzündet zu werden brauchte; womöglich würden sie von einer kurzen sommerlichen Hitzeperiode überrascht, in der selbst nach Sonnenuntergang ein lichtloser Kamin nicht karg und trist wirkte.
In Norahs Wohnviertel fragte sich die Nachbarschaft: »Ist Ihnen schon Mrs. MacKays Freundin aufgefallen?« Täglich wurde gemunkelt und geargwöhnt. Es war gegen die Regeln, seine Errungenschaften für sich zu behalten. Gingen Abendeinladungen über die Verhältnisse, wurde zum Tee gebeten, wurde im Bekanntenkreis telefoniert, hieß es (vielleicht nicht ausdrücklich): ›Kommen Sie zur Besichtigung‹; und prompte Gegeneinladungen wurden erwartet – ein pralles gesellschaftliches Programm. Tatsächlich wurde jeder gebührend empfangen, beinah eine Bürgerpflicht angesichts der genossenen Gastfreundschaft.
Doch Mrs. MacKay setzte sich über alle guten Gewohnheiten hinweg. Zum erstenmal hatte sie offenbar Besuch von einer Freundin; und deren Aussehen bestätigte alle Gerüchte über Mrs. MacKays imposante Londoner Jugend. Sie selbst erwähnte nie die Zeiten vor ihrer Ehe; doch Gespräche über alle möglichen Themen ließen die Vermutung aufkommen, daß sie nicht… nicht von hier war, nicht dazugehörig, wenn auch bereit und fähig, bei Belangen wie Basaren und Komitees mitzumachen. Sie war eine wohlerzogene

Frau; jeder spürte zweifelsohne ihre Herkunft; sie war unantastbar und unausgesprochen anders: nicht wie Mrs. Fairfax, diese unangenehme Person, die, ohne ersichtlichen Grund hochnäsig und abweisend, sich auf ihre Freundschaft mit Mrs. MacKay etwas einbildete. Sie anzurufen, um sie auszuhorchen, war sinnlos: Sie würde Verständnislosigkeit spielen; und ihre Stimme am Telefon klänge nach jenem eigentümlichen Lächeln. Dennoch (dachten sie bitter) ausgerechnet die würde vermutlich am ehesten würdig befunden, vorgestellt zu werden. Doch bisher hatte offensichtlich niemand seine Aufwartung gemacht außer jenem jungen Mr. Miller – der Bruder, angeblich; und Norahs Nachbarschaft munkelte, daß es an Mr. Miller lag (der mehr als einmal in letzter Minute unter fadenscheinigen Ausflüchten Abendeinladungen, Tanz- oder Bridgegesellschaften abgesagt und obendrein sich kürzlich geweigert hatte, dem Tennisverein beizutreten), daß niemand die interessante Neuheit zu Gesicht bekam.

Aber sie taten ihm Unrecht. Es war Clare selbst, die hier auf dem Weg nach Schottland Station machte und jegliche Unternehmungen ablehnte (vielleicht ein wenig zu nachdrücklich): »Ich bin nur dich besuchen gekommen, Norah – und Hugh«; und selbst jemand wie die Gastgeberin, die selten übertrieben reagierte, empfand so etwas wie den Drang, ihr überschwenglich und versöhnlich für die gegönnte Anwesenheit zu danken; obwohl sie bedauerte, daß Clare als Luxus fehl am Platze, als Schmuckstück sozusagen vergeudet war; obwohl sie wußte, daß Clare dem Provinzdasein weniger mit Wohlwollen als mit wachsender Abneigung begegnete. Clare sagte lediglich: »Meine Liebe, hier hätte ich es nie ausgehalten«; doch im Lauf ihrer wirren Überlegungen – Gedanken, die zwar vor allem um ihr eigenes Ich kreisten, oft jedoch trockene, treffsichere Feststellungen – ließ sie Bemerkungen und Fragen fallen, die in Norah ein Gefühlsgemisch aus Minderwertigkeit, Sehnsucht und Abwehr weckten. Denn nach all diesen Jahren ging Clare, wie einst, immer noch aus, ging tanzen in London, kaufte Modellkleider, reiste auf den Kontinent, verbreitete den schönen Schein, daß all diese Annehmlichkeiten und Nichtigkeiten die Wirklichkeit waren; stillschweigend ging sie davon aus: Das Leben war noch wie in der Jugend und sollte es auch sein.

Nein, er war ein Fehler gewesen, natürlich, dieser begierig erwartete Besuch; sie waren sich zu fern; und das langersehnte *Weißt du noch*? schmeckte fad.

Die Last der Vergangenheit wird nicht erträglicher, wenn die Erinnerungen geteilt werden; mit jedem Eintauchen, jedem Sich-Entziehen bleibt etwas zurück, das schwerer wiegt als das Gedächtnis; etwas, das sich niemals teilen oder mitteilen läßt, anwachsendes Unbehagen, Erschrecken, ein Gefühl von Fremdheit, von Alleinsein, unerwartet abgesondert auf dem eigenen Weg; und, schlimmer, der trostlose Hinweis, daß der Weg – das Leben, eigentlich – keinen inneren Zusammenhang hat. Läßt sich die Zeit von der Gegenwart zurückverfolgen wie ein Film, der vom Ende her reibungslos rückwärts läuft: Läßt sich sagen, daß jene Zeit und jene Stunde damals uns unvermeidlich ohne Umwege zu dieser Stunde, an diesen Ort jetzt führen? Nein, während wir Hals über Kopf mit der Zeit stürzen, fliegen, bleiben Lebensabschnitte auf der Strecke, schweben davon, eine kleine Welt nach der anderen; und rückblickend erscheinen sie wie Gestirne und Sternbilder. Alte verglühende Teile, die mitleidslos strahlen; vielleicht hängt dort jenes Bruchstück, das du dir am grausamsten vom Herzen gerissen hast, jetzt ganz nah, dennoch kalt, sein Feuer erloschen, wie ein toter Mond. Und zwischen jenen kleinen Lichtern liegt spurenlose Dunkelheit: Chaos und alte Nacht schließen sich hinter deinen Schritten, schlucken für immer den Pfad.
Dennoch, auch ohne Wiedererlangen, ohne Umkehr und Wiederfinden gibt es dann und wann – einen Klang, einen Duft, ein Wort – Nachrichten aus der Vergangenheit; wie schwebende Fangarme, die nach verwandten Zeichen tasten. Böse Ahnungen kommen, Verwirrung, Hoffnung, Argwohn – ein Heer von Zeugen, die das Wesen des Vergangenen formen wollen; so daß es einen Augenblick scheint, als hinge alles zusammen, einheitlich und absichtsvoll.

Und hatte die Erinnerung ihren Reiz verloren, dachte Norah, hatte sie auch ihren Stachel verloren. Durch Clare lernte sie damals Jimmy kennen: Sie beide konnten sich an die Zeit erinnern, als sich in ihrem Alltag alles um ihn gedreht hatte; und als sie zum erstenmal seit zehn Jahren vor anderen Ohren seinen Namen aussprach, war eine geheime innere Anspannung gewichen. Es war leichter, als sie befürchtet hatte. Weil Clare wußte, welch heftige Persönlichkeit, welch ein stürmischer Bestandteil der Wirklichkeit er einmal war, schien es in ihrer Gesellschaft weniger schwer, aus großer Ferne an ihn zu denken, jetzt fast als ein Symbol der ersten Liebe, des ersten Kummers.

Es stimmt, wir werden älter, wie Clare gesagt hat; auf den Tag können wir bestimmen, wann wir die Qualen des vergeblichen Hoffens nicht mehr fühlen; dann ist die dornige Seite der Jugend vorüber. Vielleicht, dachte Norah, fand durch Clares Wiederkehr der lang aufgeschobene Prozeß statt, und sie ließe die letzten Spuren der Mädchenzeit hinter sich. Clare sah auf ihre Jugend und alle ihre Stürme herab. Die besseren Zeiten standen uns noch bevor, sagte sie. Wir gehen selbst, wir sind frei, wir vergnügen uns, ohne die Ansichten der anderen zu fürchten; wir sehen zu, daß eine Verbindung uns nicht aus dem Gleichgewicht wirft, wo wir uns nicht mehr in der Hand haben und das Leiden beginnt. Ja, sagte Clare, jetzt konnte sie glücklich sein.

Nein, erklärte sie, heiraten würde sie nicht noch einmal. Sie deutete vergangenes Elend an, war in ihrer Ehe unglücklich gewesen, jahrelang unter einer dunklen Wolke; sagte allgemein, daß es natürlich lächerlich sei, sein Leben nicht zu ändern, wenn es unzufrieden machte: daß wir beharrlich an unserer eigenen Sichtweise festhalten, unseren Mittelpunkt begründen müssen. Nie sollten wir uns mit Schuldgefühlen oder Bedauern von der Vergangenheit halten lassen, sagte sie, sondern unverzüglich weitergehen und die Zukunft formen.

Es klang weise, dachte Norah, doch es war als Lebensphilosophie leichter durchzuhalten, wenn einer nicht nur die unbedeutenderen Bindungen preisgegeben hatte, sondern auch die handfesteren Ergebnisse vergangener Taten (wie Mann und Heim), und nicht sein einziges Lebensziel darin sehen mußte, bis ans Ende aller Tage im selbstbereiteten Nest eine halbwegs gute Figur zu machen.

Doch Clare anders als mit verklärtem, verzaubertem Blick wahrzunehmen war immer schon schwer gewesen, beruhigte sich Norah. Da lag sie ausgestreckt auf dem Sofa, trug einen kurzen schwarzen Faltenrock und eine knappe, vielfarbig bestickte Jacke; im Raum

herrschte eine eigenartige Stimmung, die blauen Vorhänge schienen farbig bewegt, die Vase mit den Narzissen schimmerte, auch Clare selbst war davon erfaßt, ihr Kopf schien einzigartig entrückt, ihre ruhigen Hände zart wie polierter Stein.
Sie war mit den Jahren schmaler geworden, kantiger. Ihr seidig rötliches Haar war kurzgeschnitten, zeigte ihre Ohren wie weiße Korallen, klein und anliegend, doch über ihrer Stirn wellte es sich weich. Kein Wunder, daß ihr jüngerer Bruder stolz auf sie war, dachte Norah. Sie hatte etwas Ungewöhnliches: nicht Würde, auch nicht Anmut oder Charme... Sie glich niemandem. Sie machte den Eindruck, als sei sie, was Wesen, Form und Farbe anbelangte, ein einmaliges Experiment.
Und ihre Gedankengänge verblüfften ständig. Sie hatte keine besondere Bildung. Sie konnte ungemein banal sein; und doch kam selbst Gerald mit erwartungsvollem Blick aus dem Hörsaal nach Hause, machte sich vor dem Essen frisch, unterhielt sich während des Essens mit ihr – und was bemerkenswerter war, er hörte ihr zu, wenn sie (jetzt, wie in alten Tagen) ihre Gedanken blitzen ließ, einen Augenblick lang witzig und geistreich war, belesen und mit Musik und Malerei vertraut schien. Doch waren diese Bruchstücke Beweis eines Wissens und Verstehens, das sie für sich behielt? Manchmal erinnerten ihre Gespräche an polierte Steinflächen, Alabaster, Jade, Karneol (kühl, hart, dennoch in einer Weise reich und hingebungsvoll wie sie selbst). Schwer zu sagen. Sie hatte ihre Kunst, wenn es eine Kunst war, zur Vollkommenheit gebracht und präsentierte der Welt weiterhin triumphierend die unsichere Natur ihrer Wirklichkeit; inwieweit sie wahrhaftig war, blieb ihr Geheimnis.

Hugh trat ein, mit ihm ein großer schwarzer Spaniel mit lockigen Ohren und gewaltigen Pfoten.
Er küßte seine Schwester zur Begrüßung, warf Norah ein Lächeln zu, machte es sich auf der Polsterbank unterm Fenster bequem, wo das Licht ihn beschien und sein helles Haar schimmern ließ. So war er, seit Clares Ankunft, jeden Abend aufgetaucht. So fühlte er sich wohl.
»Clare, komm mit nach draußen«, sagte er. »Ich mache mit Grock einen Spaziergang durch den Park.«

Die sieben Jahre Altersunterschied zwischen Bruder und Schwester waren nicht spürbar. Sie wirkten gleich alt, ihr Alter irgendwo zeitlos und andauernd zwischen Jugend und Reife. Eine Welt lag zwischen seinem unbefangenen Lächeln, seiner Art, aus sich herauszugehen, gutmütig, doch bestimmt, und ihrem stillen, verschlossenen Gesicht, wachsam und verschwiegen zugleich. Denn wenn sie etwas sagte, zerbrach ihr Blick die teilnahmslose Pose mit lebhaftem Leuchten; und die Verwandtschaft war eindeutig. Sie ähnelten sich auch, dachte Norah, in ihrem herrschaftlichen und sorglosen Benehmen, als seien sie gewöhnt, vom Leben bevorzugt behandelt zu werden.

Sorgfältig setzte sie vor dem Spiegel einen kleinen schwarzen Hut auf und zog den schwarzen Mantel mit leichtem silbrigen Pelzbesatz dicht um sich. Hugh warf ihr einen anerkennenden Blick zu. Immer bemerkte er, was sie trug; ihr guter Geschmack schmeichelte ihm.

Als sie die Haustür öffneten, um auszugehen, kam Gerald herein.

»Hallo, Gerald«, sagte Clare.

Sie behandelte ihn mit großer Freundlichkeit, nahm sich immer Zeit für ihn. Sie erklärte Norah, er sei ein interessanter Kopf: er sei amüsant.

»Geht's hinaus?« sagte er, und seine Stimme klang eilig, scharf, zischend. Er lehnte gegen die Tür, seine Haltung typisch für ihn, defensiv, als zöge er sich zusammen, wie plötzlich verirrt. Sein Blick ging unruhig von einem zum amderen; er glaubte ihr Unbehagen zu entdecken, als hätte sein Eintreten ihrem selbstverständlichen Reden und Lachen Einhalt geboten... als hätte seine Gegenwart, sagte er sich, die Quellen normalen menschlichen Seins versiegen lassen.

»Lieber, du bist früh dran«, sagte Norah taktlos.

Angesichts dieser Worte überfiel ihn eine wahre Woge schieren Hasses. Sie, Norah, machte es unmöglich, daß er aus seiner alten Haut schlüpfte; daß er reagierte und aufblühte, wie er es in Gesellschaft dieses jungen Paares gern getan hätte. Ohne Norah könnten sie Freunde werden. Doch sie, wie immer, bewachte entweder ängstlich ihn oder die beiden anderen; unbewußt forderte sie die beiden zur gemeinsamen Front gegen sein Eindringen auf.

Diese junge Frau war freundlich und schön zugleich. Allein verstünden sie sich ausgezeichnet, dessen war er sicher. Sie bedachte ihn mit jener knisternden, ein wenig spöttischen Aufmerksamkeit, und er fühlte sich als ungewöhnlich unterhaltsamer Gastgeber... Der junge Mann – der war ein Nichts, natürlich, ein junger Narr. Dennoch hatte er etwas... Eigenschaften, um die er ihn beneidete und die er selbst gern gehabt hätte: Heiterkeit, Unternehmungslust, weitgereist, weltgewandt; und hauptsächlich seine Jugend, seine Jugend!... Wie ein belebendes Wasser, das über die eigene Dürre dahinfloß.

»Verzeihung«, flüsterte er hastig. »Ich wollte nur ein paar Bücher holen. Ich muß noch arbeiten.«

Er schoß auf einen Bücherstapel zu und verschwand, mit krummem Rücken, ohne hochzusehen. Mit einem Knall hörten sie die Tür der dunklen kleinen Kammer, die sein Arbeitszimmer war, zuschlagen.

»Oh... da habe ich heute gar nicht Staub gewischt«, sagte Norah unsicher.

Clare und Hugh gingen nach draußen. Sie hakte sich leicht bei ihm ein, warf Grock einen passenden Scherz zu, und dann gingen sie gemeinsam die Straße entlang.

Über die Abhänge des großen Stadtparks blies der Wind von See frisch und stark. Sonnenlicht ergoß sich, alles überflutend, von Westen. Spärliche schiefgewachsene Bäume standen mit neuen Blättern; braunes Gras schimmerte grünlich, überstreut mit einer Prise Gänseblümchen. Durch den lärmenden Wind und das Rauschen des fernen Verkehrs drangen laute Stimmen spielender Kinder, weibliches Lachen, Hundegebell. Männer kamen in Gruppen schweigend von der Arbeit, ließen Windhunde laufen, lagen auf dem Rücken in der Sonne oder wanderten allein, Hände in die abgetragenen Taschen geschoben, Gesicht, Haltung, Gang unverkennbar geprägt von erniedrigender Arbeitslosigkeit. Verkäuferinnen schritten zu zweit schwingend aus, lebhafte Blicke unter neuen Frühjahrshüten. Kinder und Hunde spielten Fangen, balgten sich, liefen hinter Bällen her, purzelten ins Gras. In der Ferne flogen Drachen.

Bewegung floß in alle Richtungen, pausenlos; bis Grace die Bank,

auf der sie saß, als einziger Fixpunkt im Wirbel der kreisenden Welt erschien.
Sicher machte die langsame Genesung sie so empfindlich. Formen fielen ihr ins Auge wie zum erstenmal, Geräusch klang überdeutlich, Farbe und Licht zu lebhaft, herausragend. Das Grau und Braun war vergangen, fortgewischt, und ein Sturzbach von Blau und goldenem Licht mischte sich mit grüner Flut.
Sie saß in ihren alten grauen Mantel verpackt in der Nische am Teich. Sie war zum erstenmal ausgegangen, war grippekrank gewesen. Zusammengekauert auf der Bank spürte sie ihren Atem geheimnisvoll kommen und gehen. Sie hörte sich husten: Das Husten klang wirklich. Sie sah an sich hinab und fand sich so fest an ihren Sitz verankert wie die stämmige alte Dame ihr gegenüber; dennoch schien der Wind sie wie im Sog zu heben, wie einen Strohhalm umherzuwirbeln, eine Feder.
Aber selbst bei guter Gesundheit ist es schwer genug, dachte sie, sich an die eigene feste Gestalt zu erinnern: Jederzeit ist es ein Schreck, wenn dir durch Zufall bewußt wird, du besitzt, wie jedermann, ein Gesicht und einen Körper, für jeden sichtbar, eine Stimme, hörbar…
Sie sah, wie der Teich in seinem Betonbassin sich kräuselte; Kinder knieten am Rand und ließen ihre Spielzeugbote segeln.
Auf dem Asphaltpfad, der ums Wasser führte, kam, begleitet von einem lebhaft springenden Spaniel, Hugh Miller mit einer jungen Frau. Wie vertraut sie seinen Arm hielt, mit welcher Lebenslust sie daherkamen! Die Leute regten sich auf den Bänken, als sie vorübergingen, drehten die Köpfe und sahen ihnen nach: Sie starrten – trübsinnige Zuschauer, aufgereiht, wie Schatten –, die schlechtgekleidete, belanglose Menge, bei der keiner je im Vorbeigehen innehielte, um einzelne Gesichter auszumachen.
Sie sah sie schon von weitem. Sie wollte aufstehen und fortgehen, doch es ging nicht. Sie würden sie nicht bemerken, dachte sie. Sie beobachtete sie.
Mit einemmal sprang der Spaniel in großer Aufregung in den Teich und schwamm hinter einem der Boote her. Ein Kind schrie, der Hund schnappte das Boot, die beiden machten halt. Grace hörte Hugh kommandieren, dann lachen; sie sah die junge Frau ihr Haar richten, ihre Schuhe in Augenschein nehmen…

Sonne und Wind schienen wild und kräftig frühlingshaft aufzuspringen, sie zu umgeben; sie waren, wie sie da standen, entrückt, traumgleiche Bilder inmitten von Licht, Echo, Bewegung...

Der Hund schwamm zurück; Hugh bückte sich und zog ihn am Genick aus dem Wasser. Grace hörte ihn sagen: »Komm, schütteln!« und dann: »Paß auf!«, und seine Befehle wurden mehr gutmütig als verständig befolgt.

Jetzt kamen sie gleich vorbei. Hugh sah sie geradewegs an, und sie konnte nicht wegschauen; sie sah seinen Gesichtsausdruck sich ändern, sich konzentrieren, bemüht, sich zu erinnern. Sie würde nicht grüßen, sagte sie sich – würde ihm jede Möglichkeit geben, sie zu übersehen; dennoch wurde sie rot. Er hob unsicher die Hand in Richtung Hut, und dann, als er ihr Lächeln sah, lächelte er gewinnend zurück: zögerte, sagte etwas zu seiner Begleiterin und schlenderte dann auf sie zu, sagte mit ruhiger Stimme:

»Ich habe Sie lange nicht gesehen.«

Sie bewegte sich, wie um aufzustehen, doch statt dessen sah sie nur zu ihm hoch, wandte ihm ihr Gesicht ganz zu und antwortete:

»Nein – seit dem Winter nicht. Jetzt ist Frühling, nicht wahr?«

Sie fühlte sich mit einemmal schwach und mußte sich bemühen, ein fahriges Zittern zu unterdrücken.

»Darf ich Ihnen meine Schwester vorstellen?« sagte er, stieß hastig die formellen Worte aus und lächelte dann wieder, berührte schnell Clares Arm.

Wunderschön war sie, dachte Grace, wunderschön... und versuchte, sie genau anzuschauen, doch alles schien verwischt. Sie erhielt nur einen Eindruck ihres Aussehens, lebhaft und doch zartfarben, feinumrissen, klargezeichnet. Zu Hugh sagte sie blinzelnd:

»Noch nicht fort?«

»Noch nicht.«

»Wie geht's Ihnen?«

Sie konnte ihren Blick nicht von ihm abwenden. Heiterkeit und Glück schienen ihn zu umgeben, es freute und begeisterte sie.

»Komme ganz gut zurecht.« Er warf ihr einen kurzen Blick zu, erinnerte sich womöglich, wie sie das letztemal miteinander umgegangen waren – jene Augenblicke einer unbestimmten, humorvollen Übereinkunft.

»Was macht das Kino?« fragte er mit einemmal.
»Habe einiges verpaßt. Ich war die vergangenen zwei Wochen krank.«
»Sie sehen nicht gut aus«, sagte Clare. Ihre Stimme klang besorgt, und Grace errötete.
»Ich hatte die Grippe. Ich bekomme sie offenbar jedes Jahr, und jedesmal ist es entsetzlich. Ich glaube, dies ist kein Ort zum Gesundwerden.«
»Das kann ich mir vorstellen«, stimmte Clare zu.
»Früher habe ich im Süden gewohnt. Ich glaube, wer dort geboren und aufgewachsen ist, gewöhnt sich niemals an das Klima – und alles übrige sonst – hier. Vielleicht mag man es sehr, aber es ist fast wie im Ausland leben, finde ich... Ich will immer nach Hause.«
Sie nickten, machten ernste Gesichter.
Sie dachte: »Wieso höre ich nicht auf zu reden und lasse sie gehen?«
»Ich möchte hier niemals für immer wohnen«, sagte Hugh.
Clare warf ihm einen vielsagenden Blick zu: »Als wenn du überhaupt irgendwo für immer leben möchtest!«
»Wenn die Sonne scheint, ist es in Ordnung«, fuhr Grace fort. »Ich dachte gerade, wenn alle Leute nur einmal richtig Sonne abbekämen, änderte sich ihre Miene ein für allemal. Aber die Sonne scheint nie lange genug... Der Winter war sehr lang, nicht?« Sie sah zu Hugh hoch.
»Offenbar«, sagte er.
»Wenn es nur so bleibt wie jetzt... Auf dem Lande muß es jetzt schön aussehen.« Sie wandte sich an Clare: »Leben Sie im Süden?«
»Ja.«
»Wie wundervoll. Dort ist jetzt sicher seit einem Monat Frühling – richtiger Frühling. Hier fällt er mit dem Sommer zusammen, ein, zwei Wochen lang, und danach kommt schon der Herbst.«
Sie lachten.
»Also – wir müssen weiter«, sagte Hugh.
Der Hund lief aufgeregt am Teich auf und ab, jaulte und hätte sich am liebsten wieder ins Wasser gestürzt.
»Der alte Dummkopf«, sagte er. »Ich muß ihn an die Leine nehmen.« Sie sahen ihn mit großen Schritten davonlaufen.

»Wohnen Sie bei Norah?« fragte Grace.
»Ja... Kennen Sie Norah?« Sie klang überrascht.
»O ja. Norah und ich sind fast zur gleichen Zeit hier angekommen. Wir haben uns im Kochkurs kennengelernt.« Sie lachte und fügte hinzu: »Sie hat mir erzählt, daß Sie zu Besuch kommen. Ich habe sie in letzter Zeit nicht getroffen. Wenn ich krank bin, möchte ich niemanden sehen.« Sie lächelte.
»Sie ist solch ein Schatz«, sagte Clare gleichmütig. Sie nahm eine kleine Golddose aus ihre Handtasche und puderte ausgiebig ihre Nase.
Hoffentlich geht ihm das nicht gegen den Strich, dachte Grace besorgt, als Hugh mit dem Hund zurückkam. Sich in aller Öffentlichkeit zu pudern grenzte ihres Wissens in den Augen vieler Männer ans Unschickliche. Vor Jahren auf einem Ausflug mit Tom hatte Poudre Nildé ihr ein Loch in die Tasche gebrannt. Mittlerweile hatte sie aufgegeben, ihn mit sich herumzutragen.
»So ein netter Hund«, sagte sie. »Er hat hinreißende Pfoten.« Sie streckte eine Hand aus, und die Pfoten landeten überschwenglich in ihrem Schoß. »Du kluger, feiner Schwimmer«, sagte sie. Sie drückte ihm einen Kuß auf seinen schwarz glänzenden Kopf. Hughs höflich lächelnde Miene erwärmte sich.
»Haben Sie einen Hund?« fragte er.
»Nein.« Sie hielt inne, bekam einen roten Kopf und fügte hinzu: »Ich kenne ihn ja schon... Manchmal habe ich Sie abends auf dem Weg in den Park gesehen... Sie kommen an meinem Haus vorbei.«
»Oh, Sie haben uns gesehen?« sagte er irritiert. Es war ihm unangenehm, daß sie ihm nie mehr in den Sinn gekommen war auf dem Weg die Allee entlang. Er hatte völlig vergessen, wo sie wohnte. »Ja, ich mache immer einen Gang mit ihm, wenn ich aus dem Büro komme. Und auch vor dem Frühstück: Wir laufen eine Runde durch den Park. Sehr gut für uns beide. Glücklicherweise hat meine neue Wirtin ihn in ihr Herz geschlossen. Aber es ist ein Hundeleben für den armen Kerl.« Er lächelte übers ganze Gesicht. »Zuerst habe ich versucht, ihn ins Büro zu schmuggeln. Ich dachte, er schliefe vielleicht unterm Schreibtisch. Aber es hat nicht geklappt. Schon in der ersten halben Stunde fing er an zu jaulen: Der Buchhalter neben mir war ihm auf die Pfoten getreten. Es gab

großes Theater.« Er schwieg mit einemmal schüchtern – vielleicht war ihm Tom eingefallen, dachte sie. Tom hatte sich bestimmt nicht königlich amüsiert. »Also, auf Wiedersehen«, sagte er hastig.
»Hoffentlich sind Sie bald wieder ganz gesund«, sagte Clare.
»Danke... auf Wiedersehen.« Sie wurde rot; wandte ihren Blick unsicher erst von ihnen, dann ihnen zu, während sie sich umdrehten und davongingen.
Hugh sah noch einmal zurück und meinte:
»Bei diesem Wetter sind Sie bestimmt bald auskuriert«, und seine Stimme klang so ermutigend, seine Begeisterung über das Wetter kam so aus vollem Herzen, sein Aussehen – die Sonne auf seinem zerzausten unbedeckten Haar – war so einnehmend, daß sie beinah laut auflachte und rief: »Ja, o ja!«, ihre Hand hob und mit einer ungeschickten kleinen Geste zum Abschied winkte.
Sie gingen den Asphaltweg entlang davon, und sie sah ihnen dabei zu – schon besaßen sie etwas übermäßig Geheimnisvolles, Bedeutungsvolles, würden es für Grace von da an immer und für alle Zeiten besitzen.

Tom kam sicherlich bald von seinem Vorstandstreffen im Golfclub zurück, erwartete ein Abendessen. Sie mußte nach Hause gehen. Als sie aufstand, fühlte sie sich erholt und belebt. Ihr Rücken schmerzte nicht mehr, und ihr Kopf kam ihr nicht mehr so kränklich und dumpf vor. Die beiden hatten sie erfrischt, fand sie... Was hatten sie erzählt?
Doch eigentlich war sie es gewesen, die die ganze Zeit geredet hatte, nicht die beiden... Unsicherheit hatte sie geschwätzig gemacht... Nein, das war es nicht gewesen: Zu ihrer eigenen Überraschung war sie nach anfänglichen Hemmungen nicht mehr schüchtern oder befangen gewesen. Sicher lag es daran, wie sie dahergekommen waren, als kämen sie mit guten Gaben... sie malte sich das Bild noch einmal aus... Ja, genau: mit guten Gaben. Als hätten die beiden in ihr eine tiefe Quelle in Fluß gebracht, waren die Worte aus versiegten Tiefen gesprudelt. Für einen Augenblick hatte sie sich menschlich ebenbürtig gefühlt: fähig, den eigenen Kleinigkeiten Ausdruck zu verleihen. Und wieder dachte sie gutgelaunt: »Das ist Leben eigentlich... So bin ich eigentlich.«

Sie waren beide so wohlerzogen: leicht und umgänglich, wie im Süden üblich... Sie erwärmte sich an dem Gedanken, daß er sich die Mühe gemacht hatte, stehenzubleiben und sich mit ihr zu unterhalten.
Worüber unterhielten sie sich sonst, Bruder und Schwester?
Jetzt würden sie beide schon keinen Gedanken mehr an sie verschwenden.
Es war alles ein Traum gewesen.

Sie ging weiter, am Musikpavillon vorbei, zwischen eingezäunten Rasenflächen und gepflegten Blumenbeeten, Gruppen immergrüner Büsche. Mehr als die Straßenbahnen, mehr als das Gaswerk, die Läden und die rauchenden Schornsteine erzählte dieser Park für sie von der Stadt, der Stadt. Doch heute öffneten in den Beeten die hochstieligen Tulpen ihre zartgefärbten, wie gemeißelten Köpfe; und dort, über einer Lorbeer- und Ligusterhecke, stand ein Mandelbäumchen in voller Blüte, schüttelte schlicht und schön seine rosigen Zweige in der blauen Luft. Immerhin, dachte sie, ein blühender Zweig kann den Frühling herbeirufen. Hier war der Geist der Jahreszeit.
Ein kleiner Junge kniete auf dem Weg, untersuchte eine rote Holzlokomotive: ein Kind wie viele andere, in weißem Pullover und blauer Tuchhose. Er sah einen Augenblick hoch, dann wieder hinab auf sein Spielzeug und sagte versonnen:
»Irgend etwas von dieser Lok habe ich verloren.«
»Was hast du verloren?«
»Ein Holzteilchen.«
Sie sagte:
»So ein Prachtstück! Riesengroß.«
Er sagte:
»Sie fährt schnell wie nichts. Sehen Sie.«
Er griff die Schnur und rannte ein paar Meter damit und warf ihr über die Schulter einen erwartungsvollen Blick zu.
»Ausgesprochen schnell«, sagte sie. »Kann ich mal mitfahren?«
Er sah sie abschätzig an und sagte unbekümmert:
»Sie sind zu dick.« Er untersuchte weiter sein Spielzeug, seufzte tief und fügte hinzu: »Außerdem wackeln die Hinterräder. Ich muß das verlorene Teilchen finden.«

Er hob die Lok hoch in beide Arme und machte sich auf den Weg; dann hielt er an und sagte:
»Wenn Sie morgen kommen, zeige ich Ihnen mein Auto.«
»Vielen Dank«, sagte sie. »Ich werde nach dir Ausschau halten. Auf Wiedersehen.«
»Wiedersehen.«
Er blieb stehen und betrachtete sie ernst, als sie davonging.
Kein Zweifel, dachte sie, Kinder waren erfreulich. Noch nie hatte sie dieses Erlebnis gehabt; hatte es auch nie gesucht, war davon ausgegangen, daß beiderseitig nur Langeweile und Verlegenheit dabei herauskommen konnten. Dennoch hatte er sie auf den ersten Blick als gleichgesinntes Gegenüber akzeptiert, und ihre Begegnung war in sich bereits durchaus ebenbürtig gewesen.
Jetzt bog sie in die Allee ein. Es war beinah so still wie auf dem Lande. Ein, zwei Paare spazierten vor ihr; die Straßenbahn war nicht zu sehen, roter Ziegelstein, gelber Ziegelstein schmolzen und glühten sacht in sinkenden Sonnenstrahlen.
»Es ist gut«, flüsterte sie; sie trat durch die Häustür ein, ließ sie wegen der frischen Luft weit geöffnet.
Tom war noch nicht zu Hause. Annies Stimme klang aus der Küche; gedämpft, dennoch beharrlich in ihrem Nordakzent; und ab und zu antwortete eine Männerstimme. »Das war mein Freund, Madam«, antwortete Annie bescheiden auf ihr Nachfragen. Seine Stimme suchte seit einem Jahr plötzlich das Haus heim. Seitdem war seine Anwesenheit regelmäßig zu hören; doch vorgezeigt hatte Annie ihn nie. Vielleicht heiratete sie ihn eines Tages. Wie kämen sie ohne Annie zurecht?
Sie ging ins Wohnzimmer und trat ans Fenster. Mehrmals, als sie dort stand, hatte sie ihn vorbeigehen sehen. Sie schämte sich, als ihr bewußt wurde, wie sehr sie ihn zu sehen hoffte, wenn sie aus alter Gewohnheit aus dem Fenster schaute. Schwungvoll ging er vorbei, sein Schritt lässig und kräftig, vornehm; sie hatte ihm mit Vergnügen zugesehen: mit Vergnügen und einem gewissen Sarkasmus, daß er gewiß niemals nach ihr Ausschau hielte.
Es war albern gewesen, ihm davon zu erzählen: Es hatte etwas hervorgehoben – einen gewaltigen Gegensatz offenbar gemacht, der ihr Geheimnis hätte bleiben sollen… außerdem fühlte er sich bestimmt ungern beobachtet.

Jetzt hatte das Sonnenlicht die Straße verlassen, die Luft war hyazinthenblau; und oh!... plötzlich sah sie, daß der Fliederbaum ausgeschlagen hatte, dort oben, zwei oder drei weißliche Blütendolden. Seit Jahren hatte er nicht mehr geblüht.

In den Nachbargärten wuchsen zu einer Seite Weißdorn, zur anderen Goldregen. Flieder, Goldregen, Weißdorn, keiner von ihnen hatte sich je besonders hervorgetan. Sie waren nichts, schienen wurzellos in der Erde; sie waren Symbole der Stadt, Surrogate wie die Feder- und Muschelblumen, die heute jedermann besaß. Doch jetzt sah sie gerührt einen kleinen weißen Fliederbusch, der um sein ureigenstes Blühen kämpfte – ein kümmerlicher, schief gewachsener Baum mit einem Gewirr blätterloser, schmächtiger, brüchiger Äste, einer schmuddligen Blätterkrone; und siehe da, er hatte neue Triebe hervorgebracht, leuchtend zart; und bald würde er blühen. Er war erwacht, lebendig: Er zeigte sich ihr, und sie liebte ihn. Als sie dastand, träumte sie, daß er wuchs, bis er das Haus bedeckte, die Straße auslöschte, wucherte, höher als zum Dach. Sie sah ihn im Sonnenlicht, kühl und weit, wohltuend sich türmend. Die herzförmigen Blätter schwollen in wolkigen Massen, verschwenderische Blütenzapfen hingen schwer und funkelnd im Grün; und mit gewaltig schläfrigem Summen kamen Bienen zum Duft.

Sie dachte an den Vers in dem kleinen Gedichtband, den ihr Norah vergangenes Weihnachten geschenkt hatte:

»Come down to me, o my lilac among women.« [5]

Welche Schönheit wurde so beschworen; solche Worte für eine geliebte Frau! Sie konnte den Dichter verstehen.

Wieder geriet sie ins Träumen, dachte an das Pfarrhaus in jenem Dorf in Sussex, wo sie gewohnt hatte, bis sie siebzehn war. Im ummauerten Garten hatte ein großer alter Tulpenbaum gestanden; und am Tor ein Judasbaum, der jeden Mai mit seinen heftigfarbenen, unvertrauten Blüten den Vorbeigehenden von gefährlicher, fremder Leidenschaft zu künden schien. Sie erinnerte sich, wie sie an einem ihrer ersten Schultage den Unterricht gestört hatte, um der Lehrerin mitzuteilen: »Wir haben in unserem Garten einen Tulpenbaum und einen Judasbaum.« (Damals, wie heute, schien es des Guten zuviel.) Doch später bemerkte eine Klassenkameradin: »Ich hätte nicht gedacht, daß eine Pfarrerstochter mit einem Judasbaum prahlen würde.« Und immer noch hörte sie zustimmendes Gemurmel, spürte noch ihren Schreck, ihre Scham.

Was für ein Garten das gewesen war – ihr Vater hatte ihn gehegt und gepflegt! Sie sah seinen langen schmalen Rücken, wie er sich über eine winzige Magnolie beugte, die er an der Südmauer gepflanzt hatte. Wie ein siebenarmiger Leuchter in der Kirche hatte sie im zweiten Frühjahr ausgesehen. Die steifen, aufwärts zeigenden Blüten hatten wie Wachslichter in den Zweigen gesessen: förmlich und fromm, ein kleiner Kirchenbaum.

Wieso, überlegte sie, führten all ihre endlosen Tagträume zurück in jenes Pfarrhaus und jene Umgebung? Sie waren auf die Isle of Wight gezogen, als ihr kränkelnder Vater in den Ruhestand ging. Fünf Jahre hatten sie in Freshwater gelebt; die einzigen Ereignisse – der Krieg, Toms Erscheinen (in Marineuniform), der Tod ihres Vaters im Monat des Waffenstillstands – hatten dort stattgefunden; doch daran dachte sie kaum noch, und die Bilder davon waren in ihrer Erinnerung kärglich und schwach.

»Eigentlich«, dachte sie, »hat es mit dem Fortgehen aus dem Pfarrhaus angefangen, daß ich nicht mehr eins mit mir bin.« Je weiter sie sich aus ihrer vertrauten, schützenden Umgebung entfernt hatte, desto deutlicher waren ihre Schwächen zutage getreten, ihre zögerliche Art, Pflichten zu erledigen, ihre Unfähigkeit, mit den Anforderungen des Alltags fertig zu werden; und nach und nach war die empfindsame Wahrnehmung ihrer Kindheit in Trägheit und Unbeweglichkeit untergegangen.

Jetzt kam Tom, öffnete die Pforte. Sie lächelte ihm vom Fenster aus zu und sah seinen Blick aufleuchten, seine Schritte zur Begrüßung eilen.

Komischer alter Tom, dachte sie, freundlicher Tom: Er war in letzter Zeit sehr gut zu ihr gewesen, hatte ihr die Medizin verabreicht und war mittags eilig vom Büro nach Hause gekommen, um nach dem Rechten zu sehen. Sie sollte dankbar sein für so einen guten, zuverlässigen Mann.

Er kam eilends herein, sagte:

»Besser?«

»Viel, viel besser.«

»Oh, wie gut für dich! Ich bin so froh, Gracie.«

Er legte seinen Arm um ihre Schultern und drückte sie gutgelaunt, und sie schrak nicht wie sonst zurück.
»Dein Zustand war wirklich erbärmlich«, sagte er mitfühlend. »Aber bei diesem Wetter bist du bald auskuriert.«
Die gleichen Worte, dachte sie, fast der gleiche Ton. Sie fragte sich, was ihm der Frühling bedeutete, was ihm durch den Kopf ging; und mit einemmal empfand sie Mitleid mit ihm. Er war fünfundvierzig.
»Ja«, sagte sie. »Ich war im Park spazieren. Es war köstlich.«
»So ist's recht. Geh, soviel du kannst, hinaus.«
Bei sich dachte er: »Eigentlich sollte sie fort aufs Land.«
»Sag mal«, sagte er. »Was sollen wir in den Ferien unternehmen?« Er zog seinen Kalender hervor. »Also, in den nächsten beiden Monaten habe ich eine Menge Termine. Sitzungen etcetera. Golf – Kricket... Du weißt, daß ich jetzt im Vorstand bin.« Er blätterte stirnrunzelnd. »Aber nach der ersten Augustwoche könnte ich...«
Sie unterbrach ihn, rief:
»O Tom!« Sie wurde rot und fuhr beinah ungestüm fort: »Ich möchte allein verreisen.«
Sein erster Gedanke war, daß er sie seit Jahren nicht in diesem Ton hatte sprechen hören.

Und schließlich, nachdem er ein ratloses Gesicht gemacht hatte, verletzt gewesen war; nachdem er vorgeschlagen hatte, sie an Badeorte der Südküste zu begleiten, betont hatte, was für ein Geld alles kostete und wie ›komisch‹ es doch aussähe, meinte er, sie müsse natürlich wissen, was sie wolle.
Doch was, überlegte er, was um alles in der Welt sollte er dann tun. Das lag außerhalb seiner Vorstellungskraft.
Er würde in diesem Jahr seine Mutter sehr vermissen; doch das konnte, wollte er Grace nicht sagen. Mitgefühl war nicht ihre stärkste Seite...
Manchmal träumte er von einer unbeschreiblich zärtlichen, weiblichen Frau, einer, die immer zuhörte, tröstete, bewunderte. Seine Mutter war nicht unbedingt so gewesen, doch sie hatte immer zu ihm gehalten, war stolz auf ihn gewesen: ihm eine gute Mutter...

Er wurde alt. Vor ihm lag eigentlich nichts – niemand, der sich um seine Sorgen kümmerte.
Doch bis es Abendessen gab, war er wieder guten Muts. Eigentlich war Graces Idee gar nicht so schlecht – ein bißchen Ferien allein waren vielleicht ganz erfreulich... noch einmal Junggeselle... eigentlich doch nicht so alt – auch nicht so übel aussehend. Er würde durch die Gegend ziehen – alte Freunde besuchen. Er würde...
Während er den Fischauflauf aß, gingen ihm alle möglichen Pläne durch den Kopf.

»Du liebe Güte«, sagte Clare im Fortgehen, »wie nostalgisch.«
»Wie was?«
»*Heimweh*.«
»Was?«
»Ich dachte erst, du stellst mich dem Hausmädchen vor – bevor sie den Mund aufmachte. Sie hatte eine gute Stimme. Warum müssen Leute so unsägliche Sachen anziehen? Eigentlich sah sie doch gar nicht schlecht aus... Die Ärmste.«
»Mm. Sie ist ziemlich komisch, findest du nicht auch? Ihr Mann ist Abteilungsleiter in der Firma – ein plumper alter Kerl mit Bauch. Davon allein kann einer vermutlich schon trübsinnig werden.« Er fügte hinzu: »Wie gut, daß ich sie nicht übersehen habe. Keine Ahnung, wie ich sie wiedererkannt habe. Seit dem Winter habe ich sie nicht mehr gesehen.«
Und er beschrieb schmunzelnd den unvorhergesehenen Nachmittagstee.
»Gehst du oft unter Leute?« fragte sie.
Er lachte.
»Nicht oft. Ich war ein paarmal zum Essen eingeladen – kenne die Snobs hier und die Reichen – Onkel Lionels Freundeskreis – habe Bridge gespielt – all so was... Und samstags nachmittags habe ich mehrere Fußballspiele gesehen. Und mit einem der Angestellten aus der Firma gehe ich ins Kino: Wenn ihn der Übermut packt, geht er hinterher mit mir in die Tanzhölle hier, und wir fordern jeder ein Mädchen auf, trinken Limonade und schwenken bei Schummerlicht im Walzerschritt übers Parkett.«
Plötzlich sah er die kleine Person vor sich, Pansy, die er dort allein

hatte sitzen sehen, betont damenhaft ihren Kaffee trinken. Ihr winziges Gesicht war weißgepudert gewesen; ohne zu lächeln hatte sie ihm einen harten Blick zugeworfen. »Bald werde ich sie zum Tanz auffordern«, hatte er gedacht. An jenem Abend war er gut in Form gewesen. Als er das nächstemal nach ihr sah, hatte ein beleibter, fremd aussehender Herr sie mit Beschlag belegt. Er sah sie zusammen hinausgehen.
Er fügte hinzu:
»Das Leben hier ist fürchterlich. Aber irgendwie amüsiere ich mich doch. Und am Wochenende mache ich, daß ich fortkomme... Komm, wir gehen noch eine Runde durch den Park.«
»Ich will nicht zu spät kommen«, sagte sie. »Um halb acht gibt es bei Norah Abendessen.«
»Oh, das macht nichts. Sie werden warten«, sagte er unbekümmert; fügte im Weitergehen hinzu: »Weißt du, ich müßte mich eigentlich um all diese Leute kümmern.«
»In welcher Form?«
»Ja, wie? Soll ich ein Essen geben – sie ins Theater einladen – möglichst alle auf einmal abfertigen? Eigentlich ist die Gelegenheit günstig, solange du da bist.« Er sah sie verschmitzt an.
»Ganz genau«, sagte sie. »Nur laß mich die Gäste aussuchen. Die Snobs und die Reichen werden ausgeschlossen. Die gutsituierten Damen mit heiratsfähigen Töchtern auch. Besonders die Töchter: Alle jungen Damen des Ortes werden ausdrücklich ausgeschlossen; die lustigen jungen Männer ebenfalls. Norahs Ehemann ausgeschlossen, um seinet- und meinetwillen. Wer bleibt übrig? Norah. Und mit ihr ins Theater gehen, ausgeschlossen. Sie würde keine Minute still sitzen und nur überlegen, ob die Hintertür verriegelt ist oder die Jungen mit Stiefeln im Bett liegen. Sie ist inzwischen ein hoffnungsloser Fall. Sie liest keine Zeile mehr. Sie ist tödlich langweilig. Früher war sie ganz anders – immer unternehmungslustig – schrecklich hübsch obendrein, wenn auch konventionell. Wahrscheinlich hat er sie auf dem Gewissen. Was Männer angeht, hatte sie nie einen guten Griff.«
Clare dachte an Jimmy, diesen verwöhnten, herrischen Mann, den hübschen, treulosen Geliebten: dachte, wie er sie um den Finger gewickelt hatte – die naive, unschuldige Norah, die immer

zu Hause blieb, als wären sie verheiratet, die wartete, bis er zurückkehrte, wann es ihm paßte.
Er hatte sie empörend behandelt. Allen außer ihr war das bewußt: Doch sie war zu dumm gewesen, hatte nicht begriffen, was vor sich ging, es schien kaum eine Rolle zu spielen; tatsächlich geschah es ihr recht, konnte man nur denken. Eigenartig, anscheinend war er immer zu ihr zurückgekehrt: Wahrscheinlich hätte er sie zu guter Letzt geheiratet.
Alle Frauen hatten bei Jimmy den Kopf verloren. Er konnte einen alle Vorsicht über Bord werfen lassen... am Ende boten die Frauen sich selbst hemmungslos an... für eine Nacht... oder länger, wenn er wollte.
Doch diese alten Geschichten sollten ein für allemal begraben bleiben, aus den Augen, aus dem Sinn, sogar bei ihr selbst. Immerhin war er so ehrenhaft oder so diskret, daß er niemanden bloßstellte.
Sie sagte:
»Wahrscheinlich mag sie die Opferrolle.«
»Wahrscheinlich«, sagte ihr Bruder in Gedanken.
Sie spazierten übers Gras, die Sonne und den sich legenden Wind in ihren Gesichtern.
»Morgen ist Samstag. Wir machen eine Landpartie«, sagte Hugh. »Die Gegend ist wunderschön, du mußt sie unbedingt sehen. Ich nehme mir morgen frei.«
»Ja«, sagte sie. »Sonst halte ich es keinen Tag länger aus.«
»Ich glaube, ich lade besser auch die MacKays ein«, sagte er. »Wir essen irgendwo in einem Gasthaus zu Mittag. Damit revanchiere ich mich für ihre Einladung – einfacher, als ins Theater zu gehen. Und vielleicht kommen sie ja nicht – oder er nicht.«
Sie planten ihren Ausflug.
»Wieso laden wir diese Frau nicht auch ein?« sagte er plötzlich.
»Welche Frau?«
»Die gerade eben im Park. Wenn die anderen mitkommen, wieso nicht sie auch? Sie redet doch immerzu vom Land. Tut ihr bestimmt gut.«
Ein gutes Herz hat der Junge immer schon gehabt, dachte Clare. Ihr fiel ein, er war in London dafür bekannt gewesen, bevor er ins Ausland ging, und sie mußte lächeln. Wie zuvorkommend er zu

den Mauerblümchen gewesen war, wie aufmerksam gegenüber alten Damen. Typisch für ihn; er schwelgte in kleinen Artigkeiten; das machte ihn beliebt. Beliebt sein wollte er unbedingt.
»Na, wenn du das aushältst«, sagte sie. »Mir ist es egal.«
»Ich mag sie eigentlich«, sagte er. »Sie könnte etwas aus sich machen, wenn sie die Chance hätte.«
Solche unverbindlichen Bemerkungen, dachte sie, waren immer tpyisch für ihn.
Jetzt waren sie wieder an der Pforte angelangt, durch die sie den Park betreten hatten.
»Ich glaube, ich muß nach Hause«, sagte sie.
»Oh, kommt nicht in Frage«, sagte er. »Du kannst jetzt nicht weggehen. Es ist sowieso schon nach halb acht.«
»Ihr Hausmädchen ist abscheulich«, beschwerte sich Clare. »Norah unterhält sich auch während des Essens mit ihr. Und sie schnauft mir beim Servieren ins Haar.«
»Gräßlich. Geh nicht hin. Komm mit mir.«
»Sie erwarten mich doch. Ist das nicht zu unhöflich? Nach gestern abend – und vorgestern ...«
Gestern abend war er mit ihr davongefahren, und sie waren mit den Eltern eines alten Freundes aus Oxford, den er auf der Jagd wiedergetroffen hatte, zum Essen gegangen, hatten dann Bridge gespielt. Am Abend davor, dem Abend ihrer Ankunft, hatte sie Müdigkeit vorgeschützt und war vor dem Abendessen zu Bett gegangen; Hugh war gekommen, und sie hatten sich etwas erzählt, Norah hatte ihr das Essen aufs Zimmer gebracht.
»Ach, komm«, sagte er. »Du kannst sie von meinem Zimmer aus anrufen, und dann gehen wir essen und machen einen Abstecher zum Tingeltangel. Ein paar gute Nummern gibt es immer, und der Rest ist so unglaublich, du wirst dich bestimmt amüsieren.«
»Ganz bestimmt«, sagte sie. Sie strahlte. »Ein Tingeltangel ist jetzt genau das Richtige. O Hugh! Du zeigst mir das Nachtleben in der Provinz. Wir gehen in die Tanzhölle.«
»Hurra!« sagte er.
Er pfiff Grock herbei; sie hakte sich bei ihm ein; gutgelaunt gingen sie zusammen die Straße entlang zu seiner Wohnung.
»Wie schön, wieder bei dir zu sein«, sagte sie und sah mit ihren grünlichgelben Augen zu ihm hoch.

Er drückte ihren Arm und lächelte breit. Keine machte soviel her, keine sah so gut aus. Stolz und selbstbewußt ging er neben ihr. Nie mischte sie sich in seine Angelegenheiten. Elf von zwölf Monaten des Jahres lebte sie ihr Leben ohne ihn und ohne sein Wissen; womit sie sich beschäftigte, was sie dachte, war ihm ein Rätsel – wäre ihm je in den Sinn gekommen, Rätsel zu nennen, was ihn weder störte, noch seine Phantasie beschäftigte. Sie lernten sich niemals genauer kennen, hätte er vielleicht erklärt – wäre ihm die Möglichkeit einer wachsenden, sich entwickelnden Freundschaft bewußt gewesen. Was er von ihr wußte, reichte ihm. Sie war in Ordnung: nicht traurig, nicht arm, nicht gelangweilt, nicht älter oder anders geworden – was er ahnungsweise, unangenehmerweise befürchtet hatte, weil sie sich in seiner Abwesenheit von einem Ehemann getrennt hatte, den er kaum gekannt hatte. Sie hatte ihm geschrieben: *Ich habe beschlossen, George zu verlassen. Zu kompliziert für einen Brief. Ich erkläre es, wenn ich dich sehe. Keine Scheidung gegenwärtig.* Bis er nach Hause kam, lief alles wieder in ruhigen Bahnen, sie sprach nie von ihm, in London hatte sich das Gerede über die Geschichte gelegt. Sie hatte ein hübsches kleines Haus in einer Seitengasse und irgendeine Halbtagsbeschäftigung, dekorierte Lampenschirme oder verkaufte altes Mobiliar oder bemalte Papierkörbe (was genau, hatte er vergessen) in einem der schicken, neuen kleinen Läden. Sie fuhr einen kleinen, schnellen Wagen und machte an den Wochenenden Ausflüge.
Manchmal, wenn er allein war und Unbehagen und Einsamkeit ihn überraschten, dachte er an sie, dachte, wenn sie jetzt da wäre, würde er vielleicht wirklich mit ihr reden und sich besser fühlen; dachte, daß sie seine einzige Schwester war, träumte von einem unbestimmten, alles verstehenden Verhältnis, das zwischen ihnen existieren sollte, fand, daß er sie sehr mochte: nahm an, daß er sie von Herzen liebte.

»Natürlich, meine Liebe«, sagte Norah ins Telefon, »geht in Ordnung. Es macht gar nichts... Nein, wir haben keine Minute auf dich gewartet.« (Der Fisch, ging es ihr durch den Kopf, war das einzige, was gründlich verdorben war.) Sie hörte zu, dann sagte sie: »Morgen?... Also, das wäre wunderbar, aber ich weiß nicht, ob ich die Kinder... Also gut, einmal vielleicht... Ich sage es

Gerry, aber er geht nie aus, weißt du... Er haßt Autofahrten. Aber ich frage ihn auf jeden Fall... Schrecklich nett, daß Hugh daran gedacht hat... möchte er nicht lieber mit dir allein?... Wer? Welche Dame, die mich kennt?... Oh, Grace Fairfax?... Oh, das ist aber schrecklich nett von ihm. Sie wird begeistert sein. Ich rufe sie gleich an... vielen herzlichen Dank. Viel Vergnügen. Nein, tun wir nicht. Ich lege den Schlüssel unter die Matte.«
Sie öffnete die Tür und rief in Richtung Küche:
»Wir fangen an, Florrie. Mrs. Osborne kommt doch nicht.«
Gerald in seinem Arbeitszimmer hörte sie.
Natürlich, dachte er, natürlich: wieder dieser Jüngling – der in diesem Haus ein und aus ging, als gehörte es ihm, so von sich überzeugt, und immer dieses verdammte Grinsen; entführte sie – ihren Gast, *seinen* Gast – ohne ein Wort der Entschuldigung, paßte gut auf, daß keiner sich mit ihr anfreundete...
Norah steckte den Kopf ins Zimmer.
»Abendessen, Gerry. Clare kommt nicht. Sie hat gerade angerufen, daß Hugh mit ihr ausgehen will.«
»Oh«, sagte er, »wirklich, fabelhafte Mannieren, ich muß schon sagen.«
»Sie könnte es uns ein bißchen früher wissen lassen«, gab Norah gleichmütig zu. »Sie meinte, sie hätten die Zeit vergessen. Sie hat sich vielmals entschuldigt.«
Zum hunderstenmal fiel ihr auf, daß sie nie wußte, wann sie sich den Luxus leisten sollte, beleidigt zu sein. Sie hatte keinen Stolz – war allzu bereit, Konflikte unter den Teppich zu kehren. Sie fügte hinzu:
»Sie ist immerhin seine Schwester, mein Lieber. Wahrscheinlich wollte sie eigentlich ihn besuchen. Mir ist wirklich egal, was sie tut, solange sie sich nicht langweilt.«
Ja, er würde sie nur langweilen, dachte er bitter: Sie hatte die Vorstellung nicht ertragen, seine Gesellschaft aushalten zu müssen, und deshalb blieb sie mit einer lahmen Entschuldigung fern. Zu gern hätte er seine Enttäuschung an Norah ausgelassen.
»Ich bin mir völlig bewußt«, sagte er eisig, »wie unerträglich meine Gesellschaft sein muß. Also, laß sie mein Haus getrost als Hotel benutzen.«
Ein Abstinenzler-Hotel obendrein, dachte sie, aber das fände er

bestimmt nicht komisch... Regelmäßig ein Glas Portwein würde unsere Laune bessern; doch wenn sie das vorschlüge, bekäme sie nur eine bissige Bemerkung über die Kosten der beiden Jungen zu hören, die sie, allein um ihn zu quälen (davon ging er aus), unbedingt in die Welt setzen mußte.
Aber eigentlich hätte sie ihm gern gesagt, wie leid ihr seine Enttäuschung tat. Er hatte gehofft, das wußte sie, Clare ein bißchen zu imponieren. Sie – und auf vertrackte Weise auch der junge Mann – hatten in ihm ein nie dagewesenes Bedürfnis nach Freundschaft geweckt. Sie hätte gern gesehen, wenn die beiden darauf eingegangen wären, bedauerte, ihn abgewiesen und niedergeschlagen zu erleben. Sie legte ihm eine Hand auf die Schulter.
»Und, mein Lieber«, sagte sie, »morgen wollen sie mit uns eine Ausfahrt aufs Land machen. Ich dachte, ich bitte Mrs. Thompson, ob sie die Jungen nachmittags nimmt. Ich würde so gern mitfahren. Du bist kein großer Freund von solchen Ausflügen, habe ich ihnen erklärt.«
Taktlose, dumme Person, dachte er aufgebracht... Er konterte: »Hast du für mich abgesagt?«
»Nein, mein Guter – nicht direkt.«
»Ich kann nämlich durchaus für mich antworten.«
»Kommst du mit?«
»Vielleicht.«
»Aber das ist fabelhaft.« Sie war fassungslos: Er war entschiedener engagiert, als sie angenommen hatte. »Ich überlege, ob ich meinen Cousin Christopher Seddon bitte, uns zum Tee einzuladen. Vielleicht können wir auch Tennis spielen.«
Denn das würde ihnen gefallen, war ihr durch den Kopf gegangen – etwas, das sie zu bieten hatte, das nicht langweilig war. Aber seit Jahren weigerte sich Gerald, sie dorthin zu begleiten.
»Würde es dir etwas ausmachen?«
Er gab keine Antwort, schnaubte nur, verlieh, fürchtete sie, seiner Verachtung Ausdruck und zuckte die Achseln... »Als wäre ich«, dachte sie, »der eigentliche Snob – nicht er, der arme Kerl.« Verdrehter Kontersnobismus, so würde Clare das nennen.
»Du kannst vielleicht in der Bibliothek stöbern«, sagte sie aufmunternd, »wenn es dir zuviel wird.«
Aber vielleicht, besann sie sich, vollbringen Clare und Hugh ein

doppeltes Wunder: Vielleicht befreiten sie ihn mit einem Schlag von jenem Zwillingsdämon, gegen dessen verheerende Erscheinungen sie seit Jahren vergeblich kämpfte; von seinem besonderen Snobismus; und von jener inneren Stimme, die bei gesellschaftlichen Zwängen: »Nichts wie weg!« rief und, leider, kaum vernommen, prompt befolgt wurde.
Sie gingen ins Eßzimmer. Drinnen machte sich Florrie zu schaffen.
Sie aßen schweigend, nachdenklich, träumend.
Das Brathuhn, fand Norah, wirkte auf seiner Platte vorwurfsvoll: extra für Clare bestellt, ein Luxus, nun Verschwendung.
Sie träumte vom morgigen Tag: sah die lange Buchenallee, die sie durchfahren würden, das tiefleuchtende moosige Gras, die blühenden Narzissen; sah sie alle beim Tee in der großen Halle. Sie empfand im voraus Sorge und Verantwortung, wenn sie die anderen in jenes Haus brächte, Furcht, sie erschienen im Widerspruch, fehl am Platz (wie sie selbst sich oft gefühlt hatte) angesichts des Seltenen, Exzentrischen, vom Alter und seinen Plagen, seiner dürren Würde Heimgesuchten, das typisch für alle war, die dort wohnten.
Doch Clares Schönheit würde Harmonie verbreiten, und Hugh besaß eine große Ausstrahlung...
Grace wäre natürlich unbeholfen, aber Schweigen spielte in jenem Haus nie eine Rolle... Außerordentlich freundlich von Hugh, an sie zu denken; dennoch, wie merkwürdig!... Sie mußte sie anrufen. Wahrscheinlich würde sie vor lauter Panik sich weigern, mitzukommen.

Morgen würde er es ihnen zeigen, dachte Gerald – er würde es ihnen zeigen...
Und er dachte, recht übertrieben, an goldene Knaben und Mädchen, die ihm singend entgegenkämen: Und alles würde neu; und er selbst triebe lachend seine Scherze mit Clare, warf wie Hugh seinen Kopf in den Nacken und lachte lauthals.

Die Uhren der Stadt schlugen zehn. Tom ging ans Telefon und brachte die Nachricht an Graces Bett.
»Schläfst du?« fragte er.

Sie bewegte sich nicht, öffnete die Augen nicht.
»Ja«, sagte sie.
Er wiederholte die Nachricht. Stille. Es konnte nicht wahr sein.
»Ich habe ihr gesagt, du seist wahrscheinlich nicht in der Lage«, sagte er.
»O doch.«
»Es bedeutet einen langen Tag...«
»Sag, ich komme liebend gern«, sagte sie und lag ganz still.
Torheit, Verrücktheit... Sie konnte es sich über Nacht immer noch aus dem Kopf schlagen und morgen früh eine Absage schikken. Im Augenblick war es solch ein Vergnügen, zuzusagen.
»Sie hat uns beide eingeladen«, sagte er an der Tür (jedenfalls, sagte sie, wenn im Wagen noch Platz wäre...), »aber ich habe ihr erklärt, daß ich wie immer zum Golf verabredet sei. Pech.«
»Ja. So ein Pech!«
»Ich sollte dir ausdrücklich ausrichten, daß es ihre Einladung sei.« Seine Stimme klang fragend, unsicher.
»Ich habe sie heute abend im Park getroffen.«
»Oh, tatsächlich?« sagte er hastig. »Ein Schwätzchen gehalten?«
»Nur ein kleines.« Stämmig und schwerfällig stand er da, wollte mehr wissen. »Hauptsächlich übers Wetter.«
Und das Wetter, die Sonne, welch ein Segen, hatte vielleicht ein Wunder gewirkt; hatte dazu geführt, daß die beiden sie mochten – konnte das sein? –, sie mochten und wiedersehen wollten.
»Oh, *geh*!« flüsterte sie ins Kissen.
Er ging hinunter, richtete aus, was seine Frau ihm aufgetragen hatte, tauschte mit Norah noch ein paar Freundlichkeiten aus und beendete das Gespräch.
Natürlich würde es ihr unendlich guttun, ein Tag an der frischen Luft. Sie war so versessen aufs Land.
Ihre Einladung... Der junge Miller, hieß das, und seine Schwester. Erstaunlich. Nun gut... Vermutlich hätte er sich nur unwohl gefühlt, so einen ganzen Tag lang. Dennoch, eigentlich schade, daß er nicht mitfahren konnte. Grace hätte ruhig ein wenig eindeutiger zeigen können, daß sie der gleichen Meinung war. Er hätte den jungen Mann gern in aller Freundschaft getroffen, hatte oft schon überlegt, ihn zwanglos zum Abendessen einzuladen; nur spielte Grace so ungern Gastgeberin... und natürlich waren seine Um-

stände anders – Erziehung, Bildung, gesellschaftliche Stellung –, vielleicht wäre es nur peinlich. Immerhin, diese Einladung bewies, er hatte keinen Dünkel: Es war schließlich ein Kompliment (wenn auch typisch), daß Miller ihm seine Schwester vorstellen wollte. Dennoch überkam ihn, als er am Telefon stand, dunkel eine Welle von Zweifel, Neid und Unbehagen.

Die Uhr schlug elf, als die Zuschauer des Queen-Theaters hinausströmten und sich auf der Straße verliefen.

In die letzten freien Plätze im Parkett gequetscht, beinah benommen von den Ausdünstungen der Leute und dem Tabaksrauch, hatte Clare sich amüsiert; hatte kaum fassen können, mit welchen Witzen der Komiker (aus Lancashire) das Haus in Beifallsstürme versetzte; hatte Hugh beim Knie gefaßt, während die weibliche Hauptattraktion des Abends ihre alternde Kehle strapazierte und das Ballett seine nackten blaugefrorenen Beine schwenkte; hatte dem Steptänzer applaudiert, der wirklich hinreißend tanzte; hatte tatsächlich ihr Vergnügen gehabt bei dieser ungehobelten, schäbigen, doch Leben sprühenden Veranstaltung, einer von vielen, ähnlichen, die es allwöchentlich wechselnd in der Stadt gab.

»Das hat mich auf den Geschmack gebracht«, sagte sie, als sie auf die belebte Straße traten. »Also weiter, Hugh, weiter so!«

»Genau«, sagte er. »Wenn schon, denn schon, jetzt nehmen wir die Straßenbahn.«

Als sie an der Laterne auf die nächste Bahn warteten, vollführten sie auf dem Pflaster einen Steptanz; und die Passanten starrten... starrten, rücksichtslos und unerbittlich wie nur im Norden.

Das Tanzlokal bestand aus einem langen Saal mit niedriger Decke, miefig, schummrig beleuchtet, Lampen mit Seidenschirmen – orange, rot und lila, darauf naturalistisch künstliches Obst. Die Dekoration hatte ingesamt etwas Anzügliches, Schwüles; die unterdrückte, erbärmliche britische Phantasie hatte versucht, über die Stränge zu schlagen. Es war ordinär, befand Clare, ohne komisch zu sein. Sie fand es langweilig.

»Ich habe ja gesagt, du würdest dich hier nicht amüsieren«, sagte er.

»Amüsierst du dich hier?«

»N-nein«, sagte er. »Nicht besonders. Manchmal habe ich hier meinen Spaß – wenn ich gut in Form bin.«
Der Satz konnte alles mögliche bedeuten und ließ in seiner Wortwahl auch exaktere Interpretationen zu; die Grenzen zwischen der einen und der anderen Möglichkeit waren weder fest umrissen, noch wurde einer Interpretation der Vorzug gegeben. Alkohol war, um gut in Form zu sein, nicht immer nötig. Er fügte hinzu:
»Manche der Mädchen können verdammt gut tanzen.«
»Mir ist noch nie eine dermaßen unattraktive Ansammlung unter die Augen gekommen«, sagte sie. »Ich kann mir nicht vorstellen, daß *irgend jemand* –«
Er lachte verlegen... Schließlich erwähnte man solche Privatangelegenheiten nicht vor seiner Schwester.
»Mein Geschmack sind sie auch nicht direkt.«
Er dachte wieder an Pansy. Heute abend war sie nicht hier. Sie war anders, so adrett und blaß, wie sie war, eigenartig hübsch, wie ein kleines Tier: zahm und wild. Wie ein Äffchen war sie, so rührend. Irgendwann würde er sie abends wiedertreffen.
Clare betrachtete sich ausgiebig in ihrem Taschenspiegel, zog die Lippen nach und puderte sich, sagte:
»Also dann, tanzen wir.«
Elegant und gekonnt tanzten sie den Blues. Ihr Anblick gab der Kapelle einigen Auftrieb, doch bei der ersten Zugabe verließen sie, ohne zu klatschen, das Parkett; aßen an der Bar jeder ein Schinkensandwich und gingen hinaus.

Er hörte die Uhren zwölf schlagen, als er nach Hause ging, nachdem er seine Schwester vor Norahs Haustür abgesetzt hatte.
Er pfiff, denn er fühlte sich niedergeschlagen; beschloß einen Umweg nach Hause zu machen und sich von der Nachtluft durchpusten zu lassen.
Er durchquerte zwei Nebenstraßen und bog dann in die Allee ein.
Vielleicht würde er diese Straßen bald nicht mehr sehen. Im Taxi hatte Clare zu ihm gesagt: »Mein Lieber, diese Stadt ist entsetzlich. Willst du hier noch länger bleiben?« Und dann im Scherz: »Zieht es dich nicht mehr in die große weite Ferne?« Wie wenig wußte sie, was manchmal in ihm vorging, die Ruhelosigkeit, die

Anspannung... Wenn Oliver nur schriebe, wo auch immer er gerade steckte, im Ausland, irgendwo, sagte: Komm zu mir; morgen wäre er fort...

Nun, die Feststellung, wie sehr er ihn vermißte, war jetzt sinnlos.

Wo wohnte noch diese Frau?... In der Mitte, irgendwo auf dieser Seite.

Er fühlte sich unbehaglich bei der Vorstellung, wie sie allein am Fenster stand und ihn vorübergehen sah. Und er hatte keinen Gedanken an sie verschwendet. Sie war freundlich, irgendwie eigenartig: Er hätte überhaupt nichts dagegen, wenn sie morgen erschien und mitfuhr. Es war ihm plötzlich schändlich vorgekommen, ihr nicht das bißchen Vergnügen zu gönnen, wo sie das Land doch so mochte.

Sie war freundlich mit Grock umgegangen.

Er beschleunigte seinen Gang. Der gute alte Kerl wartete sicher schon auf ihn.

Die Uhr schlug eins.

Pansy verließ die dunkle Gasse, in der unzweideutig eindeutig eine einzelne Lampe ein Hotel beleuchtete. Sie ging an den Schuppen vorbei, bog in eine Straße, in der sich jämmerliche rote stuckverzierte Backsteinhäuser reihten, und schloß das Haus auf, in dem ihr Bruder wohnte. Er hatte eine Kerze brennen lassen. Sie nahm sie, ging in die Küche und sah sich prüfend um, stocherte im Herd, schnupperte. Eines Abends hatte es verbrannt gerochen. Will hatte eine Zigarettenkippe fallen lassen, und der Teppich hatte an einer Ecke angefangen zu schwelen. Er gab sich Mühe, Ordnung zu halten, aber viel verstand er nicht davon.

Die Beine schmerzten ihr; eine Schande, ihre Arbeit, von halb zehn bis sechs immerzu stehen, endlos Haare waschen, schneiden, Wellen legen; und so gut wie kein Trinkgeld; und kein gutes Geschäft, das wußte sie – erbärmlich und billig, gewöhnliches Volk... Es mußte Monate her sein, daß sie ihn nebenan aus dem Herrensalon hatte kommen sehen. Wie erschrocken sie damals war! Ihr Herz hatte einen Satz getan. Sich vorzustellen, daß er dort war! Seitdem hatte sie vergeblich nach ihm Ausschau gehalten. Wahrscheinlich hatte er mittlerweile etwas Feineres gefunden – war das erste Mal in Eile gewesen, oder es hatte ihm noch niemand etwas Passende-

res empfohlen, für Herren wie ihn. Wahrscheinlich ging er jetzt zu Louis in die South Street. Sie hatte oft schon vorgehabt, sich dort im Damensalon vorzustellen. Es war der vornehmste Salon der Stadt. Vermutlich würde sie dort nicht genommen: An ihrem Arbeitsplatz hatte sie Feinde, die ihr nachspionierten und ihr nicht wohlgesonnen waren. An jenem Morgen im Laden hatte er sie zum erstenmal übersehen. Dann an jenem Abend im Palast, als er, umringt von jungen Männern, gelacht und gutgelaunt getanzt hatte, doch nicht mit ihr; und dann heute abend, als er mit diesem wunderschönen Mädchen am Arm aus dem Kino kam... Ach! Es versetzte ihr einen Stich, wenn sie daran dachte, wie er sie übersehen hatte; absichtlich oder unabsichtlich. Wenn sie ihm doch über den Weg liefe und er allein wäre – sie ihn ansprechen könnte.
Sie war todmüde, todmüde. Morgen würde sie früh nach Hause gehen und sich ausschlafen. Langsam ging sie hinauf, vorbei an Wills Tür, hörte ihn schwer und regelmäßig atmen, schleppte sich in ihr Schlafzimmer.
Sie stellte die Kerze auf die Frisierkommode aus Kiefernholz und sah in den Spiegel. Wie hübsch sie war, wie hübsch; wie schön geschwungen ihre roten Lippen! Der Mann heute abend im Hotel hatte gesagt, sie solle zum Film gehen: er hatte gesagt, mit einem Gesicht wie ihrem könne sie alles erreichen. Aber sie sagten alle immer das gleiche, besonders die Dicken, Ältlichen, die immerzu Komplimente machten. Igitt!... Komisch, eine halbe Stunde später hatte sie alles vergessen – wie sie aussahen, alles, Gott sei Dank. Kein Grund, sich den Kopf zu zerbrechen: Es war alles wie weggewischt, als hätte es niemals stattgefunden, nur das Geld blieb. Immerhin etwas, zum Glück. Aber er – ihn hätte sie nicht vergessen, das Geld wäre ihr egal gewesen. Er hatte sie dort auf der Straße stehen lassen (besorgt, dachte sie, zum tausendstenmal), und sie hatte ihn das Geld reichen gesehen, nicht verlegen und ungeschickt, sondern freundlich, schüchtern, verschlossen und sehr höflich. Daß sie es nicht angenommen hatte, schnell, aus einer inneren Eingebung heraus, hatte ihm doch gezeigt, daß sie keine gewöhnliche... Aber hatte sie ihm nicht gefallen? Sie betrachtete sich wieder. Wie eine Blume, dachte sie. Sicher konnte keiner sie für schlecht halten, mit diesem Gesicht. Vielleicht fand er: zu zerbrechlich zum Berühren, viel zu sehr wie eine Blume. Sie hörte ihn

zärtlich sagen: »Wie ich Sie bedaure, Pansy – ein feines, empfindsames Mädchen wie Sie.« Er fragte, warum... Sie erklärte, wie sie sich immer durchschlagen mußte, wie anders sie eigentlich war, wie unglücklich. Er würde alles verstehen.
Vielleicht war er mit dem Mädchen verlobt: Vielleicht hatte er deshalb nicht... Sie waren ein fabelhaftes Paar: Doch sie hatte etwas Hartes an sich gehabt, nicht gut genug für ihn, in keiner Weise.
Sie hustete heftig. Ja, sie kränkelte, nie wurde sie diesen Husten los: viel zu kränklich, um zum Film zu gehen – überhaupt um zu arbeiten. Wenn sie im kommenden Winter wieder Lungenentzündung bekäme... Der Arzt hatte ihr gute warme Unterwäsche verordnet... Gar nicht möglich! Ihm hätte sie gern erzählt, wie bedenklich der Arzt ihren Zustand fand. Manchmal fragte sie sich, ob sie schwindsüchtig sei... Und das Gesicht, das sie anstarrte, hing traurig im Leeren (wie eine Blume, fanden manche; wie ein Äffchen, andere).
Sie zog sich aus.
Was täte Will ohne sie? Eine einzige, unbedeutende Beschäftigung hatte er in den letzten zehn Monaten gehabt, und jetzt war er wieder arbeitslos, und für den Sommer war nichts in Sicht. Nicht allein, daß es dem Bauhandwerk schlechtging, es lag auch an Will; er war ein einfältiger Mensch; zwar in Ordnung, aber ein bißchen dumm, der arme Kerl. Niemand wollte ihn. Mutter hatte am Ende gesagt, daß Will immer Hilfe brauche. Es stimmte. Er war beinah vierzig und fast noch ein Kind... Guter alter Will; er behandelte sie gut, er hielt das Haus in Ordnung, kochte sein Essen; er hielt große Stücke auf sie, stellte keine Fragen – hatte Gott sei Dank nicht genug Verstand dazu.
Sie ließ sich in das knarrende Bett sinken, blies die Kerze aus, und im Einschlafen sah sie immer ihn, in einem riesigen rosagoldenen Ballsaal, wie er auf sie zukam, vornehm im Frack, eine Blume im Knopfloch, sich vor ihr verbeugte. Die Kapelle spielte einen Tusch. Sie legte ihre weiße Hand mit dem Ring am Finger auf seine Schulter. Immer im Kreis herum tanzten sie den Walzer; ihr Rock schwang weit, glitzerte und glimmerte. »Wie schön du tanzt, Pansy«, sagte er leise. »Wie gut dein Haar riecht.« Er hielt sie fest, und sie tanzten, immer im Kreis herum, wie im Traum, immerzu.

Vierter Teil

Der Wagen hielt vor der Veranda, und sie saßen alle für einen Augenblick still, benommen von den sechzig Stundenkilometern und der wirbelnden Moorluft auf ihren Gesichtern; Hugh war schnell gefahren, draufgängerisch; alles hatte geflattert, aus allen vier Himmelsrichtungen hatte ein andauernder Sturm die Insassen umtost, da die Windschutzscheibe zerbrochen war.

Das Haus war weiß, steinern, georgianisch, ein symmetrisch angelegtes, großzügiges, altehrwürdiges Gebäude mit festgefügter, hölzerner und säulenverzierter Veranda. Eine niedrige Steinmauer umgrenzte die vordere Terrasse, und eine flache halbrunde Treppe führte von der Mitte in den tiefer liegenden Garten, wo in klassisch angeordneten Beeten, eingefaßt von frisch gestutzten Buchenhekken, nun Goldlack und Primeln leuchteten.

Der gepflasterte Mittelweg führte durch hohe rosige Tulpengruppen zum kleinen, eckig ummauerten Seerosenteich; und an dessen Rand, auf einer verwitterten ornamentumrankten Marmorbank, saß ein dunkel gekleideter Mann. Er erhob sich jetzt und verschwand verstohlen auf Zehenspitzen im Gesträuch. Norahs Herz sank angesichts ihres Vetters Christopher, der vor seinen Gästen floh. Vielleicht kam er erst wieder zum Vorschein, wenn sie fort waren. Was, wenn Cousine Mary sich ebenfalls aus dem Staub machte? Was sollte sie dann mit all diesen Menschen unternehmen? – Wie rechtfertigte sie dann ihre übereilte, lächerliche Idee?

Jetzt stiegen sie aus. Hugh reckte sich und lächelte; sein helles Haar stand ihm zu Berge, sein Gesicht war von Wind und Sonne gerötet; der Hund sprang triumphierend bellend um ihn herum.

Dieser Hund, dachte Norah, war vielleicht der einzige, der Vetter Christopher herbeilocken konnte; und würde Cousine Mary

Clares Zigarette gnädig dulden, die geschminkten Lippen, deren schöner Glanz ständig in aller Öffentlichkeit erneuert wurde?
Gerald entzündete für sie ein Streichholz. Er schien glücklich. Sein Gesicht schwärmerisch und zugleich eifrig; auch sein Haar war zerzaust, jungenhaft. Er hatte seinen eigenen Reiz, dachte Norah; wenn Clare freundlich zu ihm war, vergaß er vielleicht, daß er die ländliche Verwandtschaft seiner Frau besuchen mußte.
Grace hatte von der frischen Luft keine Farbe angenommen. Sie stand abseits, fest, still, wirkte einsam, lächelte schwach, wie sie so den Garten betrachtete. Sie hatte den Hut abgesetzt; und über ihrem Mantel wirkte ihr Gesicht in seiner wächsernen Blässe ungewöhnlich. Welch glücklicher Zufall hatte sie dieses eigenartige graue Kleid wählen lassen, einen langen, angekrausten Rock, schmale Taille, Kragen und Manschetten puritanisch weiß? Diesmal hatte ihr die Tatsache, daß sie jeder Mode gleichgültig gegenüberstand, zu einer persönlichen Note verholfen. Wer sie heute zum erstenmal traf, fand sie komischerweise beinah... wie? Gewiß interessant... beinah eine schlichte Schönheit.
»Kommt, wir gehen im Garten spazieren«, sagte Norah und fügte wenig überzeugend hinzu: »Sie sind sicher irgendwo draußen beschäftigt.«
Als sie hallend über Kies und Stein schritten, dachte Grace, sie brächen in einen zeitlosen Frieden ein. Unterhalb des weiß schimmernden Hauses lag der blühende Garten ausgebreitet in einer grünen Senke, gesäumt von alten Bäumen, harmonisch, unwirklich wie ein Garten in der Phantasie.
Sie gingen über gepflasterte Gartenwege, eine weitere Treppe hinab zu einer Rasenfläche und einem Tennisplatz. Allein neben dem Netz stand ein dunkelhaariger junger Mann. Er trug ein pfirsichfarbenes Seidenhemd, am Hals offen, und anstelle eines Kragens ein breites karmesinrotes Seidentuch nachlässig geknotet; dazu eine Flanellhose von weichestem Grau.
»Wer ist diese fabelhafte Erscheinung«, flüsterte Clare. »Sohn des Hauses?«
»Nein, den gibt es nicht«, sagte Norah. »Keine Ahnung.«
Er kam auf sie zu und sagte etwas; seine Stimme war tief und wohlklingend, doch er stieß die Worte heftig aus:
»Guten Tag. Wer von Ihnen ist Norah?« Er sah niemanden an.

»Ich bin das.«
Er warf ihr einen kurzen Blick zu. Seine tiefliegenden Augen waren dunkel. Gleich sah er wieder fort:
»Ich *markiere* gerade den Tennisplatz für Sie.« Er wies auf den Markierer. »Sie *dachten*, vielleicht haben Sie Lust auf ein Spiel.« Er selbst zuckte teilnahmslos mit den Achseln.
»Schläger haben wir mitgebracht«, sagte Norah unsicher.
»Sie werden den Platz sehr weich finden. Uneben obendrein. Immerhin«, er lächelte mit einemmal einnehmend, »ich habe Ihnen wunderschön gerade Linien gezogen.«
Er ließ sich nicht helfen, dachte Norah, seine Schüchternheit zu überspielen, falls es Schüchternheit war. Wie er so mit geneigtem Kopf dastand, fast, als wären sie Luft, fühlten sie sich unbeholfen und wußten nichts zu sagen.
»Ich weiß nicht, was Sie vorhaben«, sagte er. »Wollen Sie sich allein vergnügen? Sie sollten eigentlich auch angeln, wenn Sie Lust dazu haben, hat der alte Herr gesagt. Er war hier irgendwo, aber er hat sich aus dem Staub gemacht. Ich glaube nicht, daß er Sie momentan sehen möchte.«
»Wohnen Sie denn hier?« fragte Norah.
»Ja«, sagte er. »Oft. Ich bin ihr Enkel.«
»Ihr was?« Ratlos suchte sie in ihrer Erinnerung, ohne Ergebnis.
»Ich heiße Ralph Seddon.«
»Ich bin – war Norah Seddon – eine Cousine.«
Plötzlich fiel es ihr ein.
Sie rief: »Oh!« Sie hatte sich erinnert, wie früher von einem Sohn gemunkelt wurde, verschwunden oder tot – ein alter Kummer, eine alte Schande, nie erwähnt – eine Geschichte, schon vorüber, als sie damals als junges Mädchen hier zu Besuch kam.
»Ich bin ein echter Enkel, wenn es das ist, was Sie sich fragen«, sagte er kurz und bündig und sah in die Runde.
»Ich hatte keine Ahnung«, stammelte Norah. »Ich –«
»Woher sollten Sie?« erwiderte er leichthin, verzog die Mundwinkel zu einem gequälten Lächeln. »Ist das wichtig? Ich gehe davon aus, daß Sie auch jemandes Enkelin sind, wessen, weiß ich nicht...«
Es gab ein allgemeines verlegenes Gelächter, in das sie einstimmte, obwohl sie sich gemaßregelt fand.

»Nun –«, sagte sie, versuchte ihn mit ihrem freundlichen Lächeln friedlich zu stimmen, »dann sind wir miteinander verwandt.«
Er neigte abrupt den Oberkörper zur Verbeugung.
Wie peinlich, was für ein schwieriger junger Mann!... Sie wandte sich hilfesuchend an die anderen und fand in deren Gesichtern wenig Unterstützung. Nur Hugh schien unbeeindruckt: Anscheinend hörte er nicht einmal zu. Er hatte die Tennisbälle aufgehoben und jonglierte wie ein Könner; jeder Berufsjongleur wäre vor Neid erblaßt.
»Laßt uns etwas unternehmen«, rief er.
Sie schauten ihn alle an; die Spannung legte sich, und er fügte, immer noch jonglierend, hinzu: »Hat jemand von Angeln geredet?«
»Ja«, sagte Norah eifrig. »Der Teich ist voll Forellen.«
»Ich gehe sie aufschrecken.«
Er warf die Bälle einen nach dem anderen unerhört hoch in die Luft, ließ sie fallen und sagte unsicher zu Grace:
»Gehen wir beide Forellen angeln?«
Ihre Wangen röteten sich erfreut, und sie antwortete schnell:
»Ich sehe Ihnen gern zu.«
»Was ist mit dir, Clare?« fragte er.
»Ich angele«, sagte sie, »wenn es ein Boot gibt und jemand mich rudert.«
Vielleicht sah sie eine Sekunde lang den romantischen jungen Mann an. Doch der sagte, offensichtlich zutiefst erleichtert:
»Also gut. Die Angeln stehen im Bootshaus. Ich nehme an, Sie kennen sich aus.«
Und er ging durch den Garten davon, ohne sich noch einmal umzudrehen, den Kopf geneigt, stolpernd, unsicher: Gang eines Mannes, der eher in sich hineinsah als auf den Weg vor sich.
»Ich rudere Sie«, sagte Geralds Stimme, eine Stimme, so neu und fremd, daß seine Frau deutlich »Also –« sagte, nicht weiterkam, gefangen im allgemeinen Erstaunen.
Sie führte sie an den Rand des Teichs, besorgte Köder, half Clare und Gerald ins Boot, stieß es vom Ufer ab, beobachtete einen Augenblick, wie Hugh seine Angel abrollte und geschickt vom Ufer auswarf, winkte Grace – dann setzte sie sich ins Gras in die Sonne, nahm Buch und halbfertigen Strickstrumpf aus der Tasche, legte

erst das eine, dann den anderen beiseite; streckte sich aus und begann friedlich zu dösen.
Langsam hatten sie schweigend das untere Ende des Teichs erreicht. Grace setzte sich auf eine kleine Lichtung, in der Glockenblumen zwischen frischem Gras wuchsen und Lärchen einen Schatten warfen. Glück überkam sie.
Der Geist dieses Frühlingstags lag, lastend und leuchtend, auf dem sonnigen, sich dahinstreckenden Gewässer. Der Teich war von Bäumen und Büschen umgrenzt, und wilder Gesang erscholl im Geäst wie aus den Kehlen Aberhunderter von Chören. Grünende Blätter bedeckten die Zweige mit mannigfaltigen kleinen Formen. Knoten, Herzen, Punkte, Rosettenbüschel, Tupfen und Spitzen, Blätterknospen bildeten Stickereien, unendlich kompliziert, jadegrün, silbergrün, honiggelb; doch manche rostrot geflammt wie Propheten des Herbstes.
Er stand vor ihr am Wasser, warf mit einer leichten, eleganten Armbewegung die Angelrute hierhin und dorthin aus. Er angelte mit jener Sicherheit, sorglosen Unanfechtbarkeit, die für sein Auftreten insgesamt typisch war. Wie befriedigend, so zu sein, klar und unzweideutig, und nicht wie die meisten Menschen ständig im Konflikt mit ihren eigenen Widersprüchen: mit Dichteraugen und Fleischerhänden, Preisboxerfigur und bebrillter Denkerstirn.
Tom kam ihr in den Sinn; wie hätte er diese Angelpartie genossen. Tom war ein ungeschickter Angler, und ein böses Schicksal wollte, daß seine Expeditionen meist katastrophal endeten. Dennoch dachte sie, wie sehr er es hier genossen und wie gern er später davon erzählt hätte.
Herkunft, Besitz, Familie, die adligen Häuser Englands – sie sagte sich, daß Hughs Erscheinung für all dies stand. Er war ihr ›gesellschaftlich überlegen‹: Er wußte es und bemühte sich besonders, daß sie sich wohl fühlte…
Da drehte er sich um, lächelte so freundlich; und wie einen Stich spürte sie Freude und Staunen, erkannte mit einemmal, mit jeder Faser ihres Daseins, sein Wesen. Sie sah ihn mit überwältigender Klarheit: ein unvergleichlicher Mensch, anders als alle übrigen, die sie je gekannt hatte, je kennen würde.
»Puh«, sagte er, »heiß!« Und er zog sein Jackett aus. »Keiner angebissen, bis jetzt«, bemerkte er. »Ist Ihnen nicht langweilig?«

»Nein. Ich sehe Ihnen gern beim Angeln zu.«
Er lachte und warf ihr einen belustigten Blick zu: »Komisch, daß Sie das mögen.« Er fügte hinzu: »In der Jackettasche sind Zigaretten. Bedienen Sie sich.«
»Eigentlich rauche ich nicht.«
Doch sie nahm das Jackett und fühlte in den Taschen, sich der vertrauten Handlung bewußt. Sie berührte gern seine Sachen.
Bald drehte er sich wieder um und sagte lächelnd:
»Erinnern Sie sich an das Jackett, das Sie geflickt haben?«
»Ja. Ist es wieder aufgegangen?«
»Überhaupt nicht. Es hat blendend gehalten.«
Sie war durch und durch glücklich. Sie nahm ein flaches goldenes Zigarettenetui mit graviertem Monogramm heraus.
»Wie wunderschön!«
»Ja, ein Geschenk zum Einundzwanzigsten.«
Sie öffnete es und las die Widmung: *Hugh George Miller, Esq., ein Geschenk der Pächter von Willowfields zum Anlaß seines einundzwanzigsten Geburtstags;* und ihr Glücksgefühl kam ins Wanken. Die imposanten Worte öffneten ein Fenster auf eine Welt, von der Grace Fairfax ausgeschlossen war.
»Ist das Ihr Zuhause, Willowfields?«
»Mm.«
»Ein schöner Name.«
»Schöne Gegend. Ich fahre nicht oft hin.«
»Sind Sie nicht gern da?«
»Liebend gern.«
Sie schwieg, während er mit ein paar Schritten die Angel weit in den Teich auswarf. Was das Zurückhalten persönlicher Informationen anging, war er geschickt; vielleicht war es eine natürliche Scheu, vielleicht langweilten ihn ihre Fragen; vielleicht – schließlich war es nie sicher, nach dem Äußeren zu beurteilen – besaß er eine Vergangenheit voller Geheimnisse und Kümmernisse, die es zu verbergen galt.
»Es ist nur, daß ich anscheinend immer gerade woanders bin. Im Ausland oder sonstwo: überall. Jetzt würde ich gern zum Angeln dorthin fahren: Aber ich weiß nicht, wie sehr ich die Firma noch strapazieren darf. Seit Beginn der Saison habe ich es schon reichlich ausgenutzt.«

Er grinste und bezähmte sich dann – sicher war ihm Tom eingefallen.
Das Zigarettenetui in der Hand, fragte sie:
»Leben Ihre Eltern noch?«
»Allerdings.« Sie waren ausgesprochen lebendig, schien er damit anzudeuten. »Vater, Mutter, zwei jüngere Brüder und meine Schwester Clare, alle gesund und verflixt munter.«
Sie konnte ihn sich nicht im Rahmen seiner Familie vorstellen: Er hatte etwas eigenartig Ungebundenes. Unwahrscheinlich, daß er der gehorsame Sohn war.
»Und Sie sind der älteste Sohn?«
»Genau.«
»Und als Sie einundzwanzig wurden, gab es ein großes Fest?«
»Oh, also«, er sah sie überrascht an, peinlich berührt, »es gab einen großen Rummel. Eigentlich natürlich dummes Zeug, aber alle erwarten es, wissen Sie. Den anderen macht es Spaß.«
Das darauf folgende Schweigen war ungemütlich. Der kleine Sprung in ihrer Selbstsicherheit hatte sich zu einem breiten, geborstenen Spalt aufgetan, in dem sie ihn, fort aus ihrer Reichweite, in fremde Gefilde entschwinden sah. Jetzt wußte sie nicht mehr, was sie sagen sollte.
Mit einemmal stand er angespannt, drehte an der straffen Angel. Sie sah den Fisch aufspringen, beobachtete, wie er ihn losmachte und ins Gras legte.
»Gute zwei Pfund«, sagte er. Er sah hoch und lächelte zufrieden.
»Armer kleiner Fisch«, sagte sie, »gerade hat er noch sein Leben genossen. Wohin ist er jetzt?«
»Heim zur ewigen Herrlichkeit.« Er lachte sie an. »Ihnen blutet das Herz wegen dieses armen Kerls?«
»Allerdings.«
»Kopf hoch. Für heute hat das Morden ein Ende. Das Gras ist viel zu einladend.«
Er legte seine Angelrute beseite und streckte sich in ganzer Länge neben ihr aus. Er steckte sich eine Pfeife an, lehnte sich zurück, stieß den Rauch aus und sah zum Himmel. Nichts deutete darauf hin, daß er gehen wollte: Er schien sich ganz und gar nicht zu langweilen.

Weit entfernt sah sie das Boot vorbeiziehen: Gerald, der angestrengt ruderte, Clare, im Bug stehend, mit bloßem, sonnenbeschienenem Kopf. Still wie Personen auf einer Leinwand verschwanden sie wieder hinter einer kleinen baumbewachsenen Insel. Sie mußte lächeln. Er sagte:
»Wie angenehm es hier ist. Ich mag Wasser. Ohne Wasser fehlt mir etwas. Wenn ich mich einmal irgendwo niederlasse, dann am Wasser.«
In Gedanken sah sie ihn, älter, an einem fremden Ort seiner Wahl, bei ihm eine fremde Frau, die Frau, die er gewählt hatte... die Zufallsbekanntschaft, den unbedeutenden Anlaß eines Nachmittags wie diesem, lange, lange vergessen.
Er sagte: »Aus mir wird nie ein guter Geschäftsmann.«
»Ich hätte nichts dagegen.«
»Wieso? Im Grunde ist es egal.«
Seine Worte klangen neu, unerwartet... Ödnis und Mutlosigkeit: als deutete er an, daß er es satt hatte. Was hatte er bisher vom Leben gehabt?
Sie schwiegen, dann sagte er in Gedanken:
»Wo steckt der alte Grock? Auf Kaninchenjagd wahrscheinlich und erst mal verschwunden. Der alte Dummkopf, er genießt die Landpartie.«
»Ja, für ihn ist es wunderbar.«
»Haben Sie keinen Hund?«
»Nein –«, sie hielt inne und fügte unsicher hinzu: »Ich hatte einen Welpen, einen Mischling, den ich jemandem abgekauft hatte. Aber der ist gestorben.«
Etwas in ihrer Stimme ließ ihn hastig erklären: »So ein Pech.«
Sie hätte ihm zu gern erzählt, daß sie bisher noch nie über diese lächerliche, übersteigert empfundene Tragödie sprechen konnte, doch die Worte blieben ihr im Hals stecken.
Er sagte: »Ob unsere Gastgeber auftauchen, bevor wir abfahren?«
»Ja; merkwürdig, dieser Enkel, nicht wahr?«
»Mm. Pech für ihn.« (Etwas an ihm hatte ihn eigentümlich an Oliver erinnert: etwas in der Stimme – eine Geste.)
»Ich wüßte gern, was das sollte?«
»Weiß nicht, na ja, aber er fand wohl, es gehe uns nichts an.«
Also hatte er es auch empfunden, der junge Mann hatte ihm leid

getan: Er hatte ihm helfen wollen, indem er die mißlichen Lage geflissentlich übersah.
»Er sieht gut aus.«
»Merkwürdiger Kerl. Bißchen zu manieriert für meinen Geschmack.«
Also gab es eine Grenze dessen, was geschmacklich erlaubt war. Er selbst trug Farben, die ihm standen, und keine Pomade im Haar; der andere dagegen mit seinem Crêpe-de-Chine-Hemd und dem hübschen Halstuch schoß demnach übers Ziel hinaus.
»Ich dachte, es sei alles nur Pose«, wagte sie zu sagen. »Er hätte uns alle nicht so abblitzen lassen müssen.«
»Mm. Vielleicht ein bißchen eitel. Das macht jeder durch. Ich war in Oxford genauso.« Er mußte lachen. »Ich fand mich damals umwerfend.«
Sie schwiegen. Dann sagte sie:
»Eigentlich ist es freundlich von diesen Leuten hier, uns unbeaufsichtigt unserem Vergnügen zu überlassen – anstatt überall mit uns herumzulaufen, bis wir uns völlig fehl am Platz vorkommen... Eigentlich ist es wahre Gastfreundschaft.«
Er nickte.
»Manche Gärten vermitteln einem ein besonderes Gefühl. Wenn sie von jemandem angelegt sind, der – ich weiß nicht – ein besonderes Gespür für Pflanzen hat – wie manche Leute für Vögel. Vielleicht liegt darin der Unterschied zwischen einem Kunstwerk und reiner Geschicklichkeit. Es fällt sofort auf. Dieser Garten hat es auch. Wo ich früher gewohnt habe, in Sussex, der Garten meines Vaters hatte es auch.«
»Wo war das?«
»Ein kleines Dorf unterhalb der Downs.« (Die grasbedeckten sanften Hügel, auf denen Wachholderbüsche wie aneinandergekauert wuchsen.) »Mein Vater war dort Pfarrer. Ich habe immer noch Heimweh dorthin«, fügte sie lächelnd hinzu.
»Sussex ist schön.«
Sie sah zu ihm herab. Er war nachdenklich: auf einen Ellenbogen gestützt, sein Blick unverwandt geradeaus... Er hatte die Hemdsärmel aufgerollt, sie sah den muskulösen Unterarm und die starken blauen Adern unter der weißen Haut. Sie war sich seiner Größe, seiner Haltung bewußt, seines deutlich konturierten Rük-

kens unter dem dünnen weißen Hemdstoff. So ruhend, entspannte Mundpartie, versonnener Blick, fand sie sein Gesicht, sein Äußeres unvergeßlich. Schön war das richtige Wort ... ein schöner junger Mann.

Er streckte träge die Hand aus und pflückte eine Glockenblume, steckte sie sich ins Knopfloch.

Sie sagte: »Wo ich früher wohnte, gab es Buchenwälder voller Glockenblumen. Ein unglaublicher Anblick. Die Augen taten einem von all dem Blau fast weh. Seit ich von zu Hause fort bin, habe ich Glockenblumen selten zu Gesicht bekommen. Und Schlüsselblumen – jedes Frühjahr denke ich daran ... unvorstellbar ... wenn ich Ihnen die zeigen könnte.«

Sie war wieder dort, ging den steilen, staubigen Weg, der sich am Dorfende in den Buchenwald schlängelte. Der Weißdorn in den Hecken blühte, und im Gras unten glitzerten üppig mondfarbene Blumen, die sie Milchsterne oder Stern-von-Bethlehem nannte. Sie ging in den Wald und sah dort die Glockenblumen wild aufblitzen. Beiderseits des Wegs reichten sie bis in schattige Fernen, überschwemmten den Boden dringlich blau – ein Blau, das wie Geigen klang. Sie suchte sich einen Baum und setzte sich unter die glatten, sich schlängelnden, ringelnden Zweige, entdeckte neben sich die Schlüsselblumen, sahnig wogend, in dichten Büscheln auf moosigen Hängen, in den Senken schimmernd.

Doch dieses Erlebnis ließ sich nie mitteilen: Nie ließ sich seine besondere Bedeutung erklären; zu sagen, daß die Glockenblumen Töne von sich gaben; daß Schlüsselblumen mit ihrem warmen, schwach süßlichen Duft die Milch der Erde waren. Sie konnte dem jungen Mann ihre Erinnerungen nur in unzusammenhängenden Sätzen preisgeben.

Er sah sie verstohlen von der Seite an, betrachtete sie zum erstenmal an jenem Tag. Sie starrte vor sich hin, und er fand ihren Gesichtsausdruck, ihre Haltung konzentriert wie im Traum. Er sah ihre vollen, festen Brüste, die sich in ihrem grauen Kleid abzeichneten, wie sie so da oben saß; den weißen, gut geformten, kräftigen Hals. Er überlegte, wie sie wohl als junges Mädchen ausgesehen hatte: vielleicht durchaus anziehend. Wahrscheinlich kam sie ganz gut zurecht. Er fand sie sonderlich, eigentlich attraktiv, ziemlich nett; irgendwie tat sie ihm weiterhin leid. Er fragte:

»Fahren Sie noch manchmal hin?«
Ihre schmalen Augen wurden ganz groß.
»Wohin? Nach Hause? O nein, unmöglich.« Ihre Stimme klang bestimmt. »Abgesehen von den Reisekosten ... wir haben nur einmal im Jahr Ferien.«
Sie klagte nicht, stellte nur die Tatsache fest; und für einen Augenblick war ihm unangenehm bewußt, wie das Leben derer aussah, die durch die Umstände gezwungen waren, jahrein und jahraus, ob sie wollten oder nicht, am gleichen Ort zu wohnen.
Sie fuhr fort:
»Und bisher mußte ich immer wohin – wohin ich eigentlich nicht wollte ... zu meiner Schwiegermutter, genau gesagt.« Sie zog eine verschwörerische Grimasse. »Jetzt ist sie allerdings tot.«
Der Triumph in ihrer Stimme ließ ihn auflachen. Sie war wie ein Kind, ein bißchen verschämt. Sie rang die Hände und rief:
»Und dieses Jahr – dieses Jahr fahre ich, wohin ich will ... allein ... wohin ich will.«
Er setzte sich auf und betrachtete sie höchst amüsiert.
»Wohin denn?« fragte er.
»Das weiß ich noch nicht genau. Ich werd schon etwas ausfindig machen.«
In ihrem tiefen Innern empfand sie die Aufregung, die Erwartung. Sie schaute aufs Wasser und sah auf der schimmernden Fläche die Sommermonate sich vor ihr ausdehnen, so vielversprechend und geheimnisvoll wie früher in ihrer Jugend.
»Dieser Sommer wird herrlich«, sagte sie.
Sie hatte ein schwaches, verworrenes Bild dessen, was sie suchte und fände: eine Landschaft im Süden Englands; Cottage, Gärten, die vor Blumen barsten; Getreidefelder, von hohen Ulmen gesäumt; Hundsrosen und Winden an laubigen Wegen; sanfte Hänge, von Buschwerk gekrönt; klare Bäche, die durch dichten, von Iris und Binsen bestandenen Weidengrund flossen.

»Müde?« fragte er nach einiger Zeit. »Sollen wir weiter?«
»O nein.«
»Bestimmt nicht? Ich hatte ganz vergessen, Sie waren doch krank.«
Sie errötete hastig angesichts seiner Umsicht.

»Nein, nein«, sagte sie leise. »Ich möchte nie mehr weiter...«
Sie blieben sitzen. Er beobachtete sie wieder. Sie saß so still, sie atmete kaum. Noch nie hatte er jemanden erlebt, der so ruhig war; sie strahlte eine friedliche Atmosphäre aus...
Schließlich reckte er sich und sagte:
»Wo stecken die anderen?«
Wie als Antwort auf seine Frage tauchte das Boot vor ihnen auf; Gerald ruderte ans Ufer gegenüber, und Clare zog die Angel ein; und zwischen den Bäumen tauchte Norah auf, trat auf den Steg und rief übers Wasser: »Tee, Tee!«

Nach dem Tee spielten sie Tennis. Norah und Hugh spielten gegen Clare und Gerald; und Grace saß seitlich am Tennisplatz auf einer Bank und sah zu. Sie waren ein vorzügliches Doppel: Norah spielte beständig, weiblich; Clare anmutig und unberechenbar; Gerald entdeckte lang vergessene Fähigkeiten, die anderen zur Verzweiflung zu treiben, schnitt Bälle an, von oben, von unten; und Hugh war überall auf dem Platz, schmetterte wie ein Wilder ins Netz, schoß aus jeder Position seine Volleys, rannte mit Höchstgeschwindigkeit zur Schlußlinie, schickte im hohen Bogen einen Ball hinterrücks über seinen Kopf hinweg, fluchte, lachte, applaudierte seiner Partnerin.
Nach zwei Sätzen kam er und ließ sich neben Grace fallen.
»Mein Gott! Keine Kondition mehr... Bekomme keinen Aufschlag mehr zustande.« Er wischte sich durchs Gesicht, klopfte sich auf die Brust und strahlte sie an. »Jetzt sind Sie dran.«
»Ich kann nicht.«
»Unfug! Wir beide nehmen uns die anderen vor und gewinnen jedes Spiel. Ich erledige die Rennerei. Sie bleiben stehen, und wenn Ihnen was in die Quere kommt, schreie ich: ›Lassen‹, und sie weichen nur aus. Tragen Sie Schuhe mit hohen Absätzen? Ziehen Sie die aus und spielen auf Strümpfen. Das tu ich oft. Wir schaffen es. Los. Ich habe sowieso zuviel gegessen. Das muß ich abarbeiten.«
Grace landete auf dem Tennisplatz, in der Hand den Schläger, ohne Schuhe, kichernd, während er sie ermutigte und um sie herumhüpfte.
Sie spielten weiter.

Norah stand allein und sah ihnen zu. Sie dachte: Wieder bin ich nicht mit einbezogen. Zweifellos wurde sie überhaupt nicht gebraucht. Gerald hatte sie vergessen und war so glücklich. Er hatte die Hemdsärmel aufgekrempelt und wetteiferte mit Hugh, jungenhaft begeistert, gutgelaunt und laut rufend. Glücklicherweise hatte keiner den Vorschlag gemacht, diesmal sollten die Paare zusammenspielen... nein, es hatte tatsächlich keiner den Vorschlag gemacht... nein, es machte ihr überhaupt nichts aus. Ihre Gedanken wanderten zu ihren Kindern, und sie dachte, sie hätte sie mitbringen sollen; es hätte ihnen Spaß gemacht, und gestört hätten sie auch niemanden: Sie hätte mit ihnen zum Steinbruch gehen können, Vogelnester suchen. Sie unternahmen gern etwas mit ihr. In Gedanken hörte sie Robins Stimmchen, das bange wiederholte: »Können wir nicht mit, Mama? Mama, spielst du auch Tennis?« Ja, die Kinder brauchten sie. Wenigstens noch eine kleine Weile brauchten die beiden sie.
War sie eine gute Mutter, überlegte sie – tat sie wirklich für die Kinder alles, was in ihrer Macht stand? Wie anders, wie besonders hatte sie sich ihre Kinder vorgestellt! Aber das war noch zu Jimmys Zeiten gewesen, als sie sich einen Sohn gewünscht hatte, Jimmys Ebenbild, von ihr geschaffen, ihr eigenes Fleisch und Blut; vergangene Schmerzen sollten so gelindert werden. Zuerst hatte sich das Muttersein als körperlicher Vorgang herausgestellt; in der Verwirklichung nicht überwältigend großartig: nur große Sorge und Verantwortung, große Einschränkung der Freiheit. Weinten sie, überlief es sie heiß und kalt, bis zur Panik steigerte sich ihre Nervosität, und weinten sie weiter, empfand sie beinah Haß, mußte zugeben, daß sie ganz gewöhnliche kleine Kinder waren. Und dann, von Monat zu Monat das sich steigernde Gefühl, durch eine unsichtbare Nabelschnur mit ihnen verbunden zu sein, so daß die Schmerzen der Kinder auch ihre Schmerzen waren.
Sie betrachtete wieder die Spieler. Was hatten Gerald und Clare aus ihrem gemeinsamen Nachmittag gemacht; und die anderen beiden, was, um alles in der Welt, hatten die sich zu sagen? Sie schienen in ihrer Abwesenheit alle solche Fortschritte gemacht zu haben. Plötzlich dachte sie: »Mit allen außer mir geschieht hier etwas...« Irgendeine Macht wirkte, schnell und geheimnisvoll. Vielleicht verliebten sich alle... dumme Idee... oder vielleicht

waren sie alle ein bißchen beschwipst. Angenommen, Gerald eröffnete ihr, er hätte sich in Clare verliebt... hoffentlich nicht. Abgesehen von der Unvernunft und dem allgemeinen Aufruhr: Clare zu lieben konnte kein Glück bedeuten. Das hatte Jimmy vor langer Zeit gesagt. Clare versetzte jeden in immerwährende Erwartung; jeder glaubte, gleich gäbe sie etwas, das sonst keine geben konnte: Und immer gab sie gar nichts. Das hatte Jimmy gesagt: Obwohl sie ihn (vermutlich) faszinierte, hatte er sie nicht besonders gemocht.

Wo steckten die alten Herrschaften; und jener eigenartige, unhöfliche, beleidigte junge Mann, wo steckte er? Ihre Abwesenheit schien mit einemmal hinterhältig. Als sprächen sie in ihren Verstecken einen magischen Bann über alle, sie ausgenommen. Der junge Mann hatte den Anstoß gegeben, wie im Traum, mit seiner phantastischen Behauptung: »Ich bin ihr Enkel«; nun nahm die Aufregung ihren Lauf. Was sie betraf, sie war nicht einbezogen; dennoch – ihr Herz tat bei diesem Gedanken einen Satz – nicht einbezogen, vielleicht absichtlich mit einer anderen Rolle bedacht, anders in die Unwirklichkeit verwickelt. Einen Nachmittag lang keine Bindungen, keine Verpflichtungen. Sie war frei wie ein Geist.

Sie wendete den vier übrigen den Rücken zu und floh, um in vertrauten Winkeln ein altes Ich zu finden.

Durch den Wald, in dem die Wege immer noch, heute wie früher, glitschig waren vor Nässe und Moos. (Damals war sie unelegant gefallen, der Länge nach, und Vetter George in seiner Marineuniform hatte ihr aufgeholfen und seinen Arm um sie gelegt – damit sie nicht noch einmal fiel.) Den Weg am See entlang, über die kleine Brücke weit hinten, wo der Bach wieder hinauslief, zur Weide, den Hügel hoch zum Steinbruch mit den Vogelnestern. Sie war frei und siebzehn und ging beschwingt des Wegs. Sie trug eine Bluse aus weißem, fließendem Baumwollcrêpe, selbstgenäht und rot bestickt, dazu einen roten Faltenrock mit schwarzem Lacklédergürtel eng um die Taille. Eine ausgefallene Kostümierung... damals gerade recht, sie stand ihr gut. »Eine hübsche Figur«, hatte Cousine Mary gesagt und ihr einen Klaps gegeben. »Bildhübsch«, sagte George. Sie hatte gerade recht ausgesehen für einen Vetter in der Marine. Jimmy hatte sie durch die Qualen, die Leidenschaft interessanter gemacht, passender für ihn. Mittlerweile hatte sie zwar immer noch eine gute Figur, doch ihr Gesicht war älter geworden. Gerald war nicht der Mann, für den eine Frau hübsch blieb.

Hier, von Brombeeren überwuchert, lag der Steinbruch, anscheinend unverändert. Seltsam, wieder allein an diesem Ort der Erinnerung zu stehen: am Rande des Steinbruchs von Zeit und Wandel erfaßt zu werden. Sie schaute zurück auf das Mädchen in der weißen Bluse und sah sich so anders, so ihrem heutigen Ich fremd, als bestehe keinerlei Verbindung. Doch mittlerweile – was immer das Leben an Veränderungen für sie bereit hielt – hatte sie keine Möglichkeiten mehr, diese auszuleben, keine neuen Versuche und Erfahrungen. Sie würde sich in ihrem Innern immer gleich fühlen, bis sie starb... und dann, wie dumm, Gerald, der auf dem Tennisplatz umherhüpfte und sich verliebte...

Behende, sicher sprang sie durchs Dornengebüsch, zerriß sich die Strümpfe... George hatte gerufen: »Paß auf«, war aus dem Gleichgewicht gekommen und mit einem Rutsch auf sie gefallen. Er hatte ein Gesicht gezogen, seinen Hosenboden befühlt und (leicht lispelnd) festgestellt: »Die Hose ssitztzt noch am Hintern, hurra.« Damals war ihr das gewagt vorgekommen, und sie hatte dementsprechend gekichert. Er hatte versucht, ihr Angst zu machen: »Passs auf die Schschlangen auf« – natürlich gab es gar keine. Dann hatten sie es sich in einer kleinen Senke bequem gemacht, umrahmt von langen Brombeerblätterranken, und er hatte ihr seine Theorie von der vierten Dimension erklärt und von den Büchern des H. G. Wells geschwärmt. Er war ein besonders aufgeklärter Vetter – nicht nur in intellektueller Hinsicht. Er hatte vorgeschlagen, sie zu küssen, nur um zu sehen, wie es war. Sie hatte ihm gesagt, es sei ganz gut. Danach hatte er sie noch ein paarmal geküßt (solch schüchterne, unschuldige Küsse!) und ihr zum Abschied eine Brosche aus einem Uniformknopf geschenkt.

Sein Schiff war bei der Schlacht um Jütland untergegangen. Doch da war Jimmy schon dagewesen, dann ebenfalls gestorben; kein anderer Tod, nicht einmal der von George, schien besonders wichtig.

Jetzt aber sah sie ihn deutlich vor sich – seine kräftige Figur, sein lachendes Seemannsgesicht, gezeichnet von Verwandlung, fern: so lebendig – oder tot, George – wie das Mädchen neben ihm.

Sie ging weiter, genoß ihre Einsamkeit, schritt leicht und schwungvoll übers unebene Gras. Als junges Mädchen hatte sie mit so schwingenden, anmutigen Bewegungen getanzt, sie hatte sogar erwogen, sich zur Tänzerin ausbilden zu lassen. Der Krieg, in dem sie als Hilfsschwester verpflichtet war, hatte dem allen ein Ende gemacht. Schade. Es war ihr einziges Talent gewesen. Aber Gerald, prüde oder eifersüchtig, konnte nicht ausstehen, daß sie die Tanzerei auch nur erwähnte. Doch manchmal, wenn sie sich durch seine Augen sah, kam es ihr vor, daß gerade dieser ihr eigene glückliche Rhythmus, ihre einfache, sich darin ausdrückende lebensbejahende Art ihn damals angezogen hatte, so daß er beinah gleich nach ihrem Kennenlernen aus tiefster Seele erklärt hatte, sie müsse ihn heiraten. Damals waren sie beide vom Krieg erschöpfte Gestrandete gewesen.
Und seitdem hatte er immer nur versucht, sie kleinzukriegen.
Sie blieb stehen und sagte laut: »Wieso lebe ich mit meinem Feind?«
Sie ging einfach immer weiter und kam womöglich nie mehr zurück.

Alle Uhren in Christopher Seddons Sammlung schlugen sieben. Aus sämtlichen Ecken des Hauses klang es mit einer Vielzahl von Stimmen, hart oder musikalisch – ein paar schlugen im Chor, die meisten kamen sich in die Quere. Die freundliche Stimme, die warnende, heitere, nervöse, selbstgefällige, ärgerliche, die boshafte, die dich des Nachts weckte – alle erwachten und gaben Laut. Zu guter Letzt, mitten aus dem Haus, kam die gewaltige, träge Stimme, die alles zusammenfaßte (dachte Ralph Seddon, der sie in seinem Zimmer hörte), durch und durch pessimistisch, gab den vielen menschlichen Stimmen einen Dämpfer: *Alles ist eitel.*
Thema für ein Gedicht, dachte er, oder ein symbolistisches poetisches Drama in einem Akt. Aber eigentlich abgedroschen. Er flüsterte: »Ich muß schreiben. Ich muß schreiben.« Diesen Sommer mußte er endlich das Vertrauen rechtfertigen, das der Brief in sei-

ner Tasche zum Ausdruck brachte. Er holte ihn hervor und las die letzten Zeilen:

Ich werde jetzt nichts mehr schreiben, Du dagegen bestimmt; besonders weil Du Deine Zeit in Oxford überstanden hast, ohne etwas zu veröffentlichen – und ohne Dich durch eine hoffnungslose Liebesgeschichte zu ruinieren. Ich rate Dir, bleib bei Leuten Deiner Art, denn was immer sie Dir antun, Du kannst es wenigstens mit ihnen bereden – Dir erklären – ihre eigenen Waffen gegen sie benutzen – und das ist ein Trost. Auf die eigene, vertraute Art verletzt zu werden macht schließlich nichts aus – tatsächlich, obwohl ich es ungern zugebe, kann der Mensch davon profitieren. Doch UNVERSTÄNDNIS – der unbewußte Tritt, der Dir versetzt wird – ist brutal und elend.

Du fragst mich, ob ich glücklich bin. Ich weiß noch nicht. In der Zwischenzeit sei Du in deiner ererbten Klause glücklich: Doch bleibe dort nicht zu lange. Kunst entwächst nicht klösterlicher Tugend, auch wenn Du es jetzt denkst. Sieh Dir alles an, probiere alles aus. Du besitzt die natürliche Integrität, alles, egal was, durchzustehen. Deshalb (zum Teil) liebe ich Dich und habe (in der Hauptsache) Vertrauen in Deine Zukunft. Es gibt Menschen, die Ehrlichkeit erlernen, wenn Eltern, Schule etcetera das Schlimmste angerichtet haben: Du aber, so empfinde ich es, wurdest so geboren – obgleich Du im Vorteil warst, so ohne Eltern. Du bist der erste Mensch, an den ich seit Oxford glaube, wo ich – vermutlich – an mich geglaubt habe. Schreibe mir. – O.

Darunter stand noch gekritzelt, hastig, fahrig: *Verzeih mein Predigen etcetera. Eigentlich bin ich nicht so. Danke, Ralph, daß Du an jenem Abend auf dem Fest so lieb zu mir warst. So wurde mein Besuch eher erfreulich als schmerzlich. Wann sehe ich Dich wieder? Fährst Du im Juni nach Italien?*

Er steckte den Umschlag zurück in seine Tasche. Er mußte auf der Stelle antworten, und dann die qualvolle Zeit, bis die Antwort kam! Kein Gefühl war so seltsam durchdringend, so konzentriert und unmittelbar wirksam wie der Anblick des erwareten Briefes, versiegelt und vielversprechend auf dem dunklen Tisch.

Er schaute aus dem Fenster und sah jene Leute immer noch auf dem Tennisplatz. Ab und zu drangen ihre Stimmen zu ihm hinauf. Wann gingen sie? Wie er sie verabscheute! Sie hatten ihn aufgefordert, seine Anwesenheit zu erklären, und dann hatten sie ihn angegafft und ihn befangen gemacht; hatten womöglich erwartet, er beteilige in sich an ihrem albernen Vergnügen... hielten ihn sicher für unhöflich, daß er keine Anstalten unternommen hatte, mitzumachen. Ja, diese idiotische Frau hatte ihn bloßgestellt, hilflos hatte er in seiner gräßlichen Schüchternheit dagestanden. Typisch Frau! Eine, die hübsche, das hatte er gesehen, hatte gelacht: ihn sicher ausgelacht.

Während er zuschaute, sah er die große, gebeugte Gestalt des alten Herrn die Stufen hinuntergehen und mit seinem eigentümlichen, unbeholfenen Gang auf sie zu stolzieren. Und dann trat seine Großmutter aus dem Haus, in einem fließenden, geblümten lila Seidenkleid, und auf ihrem weißen Haar wallte ein breiter bebänderter Strohhut. Sie ging hinunter in den Garten und spazierte zwischen den Blumenbeeten, blieb hin und wieder stehen, bückte sich nach den Blumen.

Ach, sie war die einzig erfreuliche Frau. In ihrer Schwerhörigkeit war sie nicht zu erschüttern. Immer würde sie sich nach den Blumen bücken, und niemand wußte, was sie dachte, niemand versuchte sie an früher zu erinnern (denn über früher ließ sich nicht lauthals brüllen; so erfreulich war es damals nicht gewesen, das war ihm klar).

Wenn er sie ansah, fand er sie vorbildlich, selten wohltuend, das Wenige, was sie sagte, weise, mutig (eine langvergangene Notwendigkeit zum Mut war in ihr noch spürbar); es schien ihm wunderbar passend, wie sie sich im Alter in ungebrochenem Schweigen zu ihren Blumen hinabbeugte...

Er setzte sich und schrieb mit akkurater Oxford-Handschrift seinen Brief, addressierte ihn. Legte ihn auf den Tisch im Flur, damit er zur Post kam: *Oliver Digby, Esq.* – mit einer Londoner Adresse.

Die Schatten dehnten sich über dem Rasen. Christopher Seddon, weißbärtig, blaß und mit trübem Blick, unsicher, Schritt für Schritt, ging auf seine Gäste zu.

Er reichte jedem von ihnen seine Hand, schlaff, schweigend, den

Blick abgewandt. Kein entgegenkommendes Lächeln. Er machte sie hilflos.
»Haben Sie sich vergnügt?« fragte er schließlich. Seine Stimme war kaum zu verstehen.
Clare war es, die ruhig antwortete, während die anderen zustimmend murmelten.
»Das haben wir. Wir waren angeln und haben Tennis gespielt und die köstlichsten Erdbeeren zu essen bekommen. Die ersten dieses Jahr. Das schöne Wetter hat sie wohl reifen lassen.«
»Treibhaus.«
»Ich habe Sie nicht verstanden?«
»Treibhaus.«
Er schloß mit einem Ruck die Augen, als wollte er sie aus seinem Blickfeld vertreiben; dann wandte er sich Gerald zu:
»Norahs Mann, das sind Sie doch? Wo steckt sie?«
Keiner wußte es.
Hugh setzte ein gewinnendes Lächeln auf und sagte schüchtern:
»Ich habe Ihnen eine große Forelle zum Abendessen geangelt, Sir.«
»Danke.« Zum erstenmal überzog der Anflug eines Lächelns das faltige Gesicht.
»Hoffentlich hat es keine Unannehmlichkeiten bereitet, daß wir Ihren Garten auf den Kopf gestellt haben. Es ist ganz reizend von Ihnen, daß wir hierherkommen durften.«
»Und nun«, sagte Clare, »suchen wir Norah und verabschieden uns.«
»Sie bleiben alle zum Abendessen«, sagte Vetter Christopher leise, doch deutlich.
»Oh, gut«, rief Hugh, jedmögliches Schweigen überbrückend. »Dann kann ich noch schwimmen gehen. Ist Ihnen das recht? Es gibt sogar ein Sprungbrett.«
»Ach so, schwimmen... Haben Sie Ihre Ausrüstung dabei?«
»Ausrüstung?«
»Ihr Badekleid?«
»O nein! Aber das macht nichts, ich finde schon etwas.« (Die richtige Ausrüstung war selten seine Sorge.) »Wir könnten doch alle baden, wenn wir ein paar Sachen finden. Was meinen Sie?« schlug er den übrigen vor.

Gerald und Clare wollten gern schwimmen. Erwartungsvoll wandte sich Hugh an seinen Gastgeber. In einem Haus mit Requisiten wie Angelköder, Tennisbällen und Treibhauserdbeeren, meinte er, konnte es keine unüberwindliche Hürde bedeuten, Badeanzüge zu finden.
»Ich glaube, ich erinnere mich«, meinte Mr. Seddon beinah lächelnd, »daß in vergangenen Zeiten manchmal Scharen von Neffen meiner Frau im See geschwommen sind. Ich denke, irgendwo werden noch Badeanzüge sein. Nichts für die Damen allerdings...« Der Gedanke ließ ihn schaudern.
»Oh! Mir passen auch Sachen für Jungen«, sagte Clare und warf einen selbstgefälligen Blick auf ihre schmalen Hüften.
Hugh wandte sich an Grace.
»Sie gehen lieber nicht ins Wasser, leider«, sagte er zweifelnd. »Nicht nach einer Grippe.«
»Nein! Nein!« Nachdrücklich schüttelte sie den Kopf und lachte. Er hatte sie soweit gebracht, daß sie, meist erfolglos, hinter Tennisbällen hergehüpft war, doch nicht einmal er würde sie überreden können, einen Fuß ins Wasser zu setzen, geschweige denn, ihre eher viktorianischen Formen in einen einteiligen Herrenbadeanzug zu hüllen.
Hugh winkte allen, ihm zu folgen, und marschierte zurück zum Haus, unterhielt sich leichthin; alle Unannehmlichkeiten schienen wie weggeblasen, er redete sorglos über dies und das, begeistert und voll Tatendrang. Sie hörte, wie er den schweigsamen eigenartigen Menschen an seiner Seite fragte, ob er vielleicht nicht auch ein paar Züge schwimmen wolle; ob es am Teich Enten oder Schnepfen gebe; erzählte, welche Fliege er für die Forelle benutzt hatte; meinte, wie fabelhaft ihm der Garten gefalle – und gebe es nirgends römische Mauerreste?...
Bald gewann die schwache Stimme seines Gefährten an Stärke, und Bruchstücke der Antworten wehten bis zu ihr.
»Ziemliche Probleme«, hörte sie. »Wieder starkes Wachstum der Schlingpflanzen in diesem Jahr... überlege, ob ich einen Fachmann...«
Und bald: »Die Geschichte der Grafschaft, mit der ich mich beschäftige... einige Schwierigkeiten... diverse Illustrationen und Karten... wenn Sie sich die ansehen wollen...«

Bis sie am Haus angelangt waren, schritten sie Schulter an Schulter, führten, einmal den gemeinsamen Hintergrund als Großgrundbesitzer erkannt, ein Gespräch unter Männern. Grace sah den Ausdruck auf Christopher Seddons Gesicht: In die starren, traurigen Züge war ein Hauch von Leben gekommen, so daß er nun fast (doch nicht ganz) schien, wofür Hugh – wahrscheinlich wegen des großväterlichen Barts – ihn hielt: einfach und freundlich, ein lieber alter Herr.

Bei Sonnenuntergang verließ der dunkelhaarige, ernste junge Mann das Haus und ging in Richtung See.

Er horchte. Sie waren immer noch da, diese Leute – badeten jetzt. Laute Stimmen riefen, hingen in der windstillen Abendluft. Eine Frau schrie mit immer hellerer Stimme: »Eisig! Eisig! Eisig!« – darauf Lachen; in die Stille hinein hörte er das Wasser kristallen spritzen: Jemand war ins Wasser gesprungen. Er nahm den Waldweg am See entlang, wo schon Zwielicht war und die Amseln sangen. Am Ende des Sees angelangt, erkannte er hinter einem Baumstamm den hellhaarigen jungen Mann, allein am Ufer, aufs Wasser hinausschauend. Die anderen waren verschwunden. Er strahlte Schönheit und Ruhe aus: sein Gewicht, leicht auf einen Fuß verlagert, den anderen Fuß ein wenig abgewinkelt, eine Hand auf der Hüfte, gelassen, dennoch aufrecht – Modell für einen Bildhauer.

Modell für einen Bildhauer; und doch kam Ralph die Haltung eigenartig bekannt vor. Er hatte sie schon einmal gesehen. Irgendwann in der Vergangenheit hatte er diesen Mann gesehen – nicht in Fleisch und Blut, sondern abgebildet, gezeichnet, fotografiert... Oliver Digbys Album tauchte vor ihm auf, das sie damals, an jenem Tag in London, gemeinsam betrachtet hatten... unter den vielen Gruppen- und Landschaftsfotos aus Olivers Studientagen eine Seite, auf der Klippen, Küste und Badende zu sehen waren, und irgendwo dazwischen dieser Mann, allein, der aufs Wasser schaute. Er war ihm aufgefallen, weil Oliver, eigentlich unüblich für ihn, weder Namen noch Initialen unter dem Bild vermerkt hatte; und weil ihn die Einsamkeit, die Abgeschiedenheit dieses romantischen Bildes an ein Gedicht erinnert hatte: *On an Athlete Dying Young*...[6] »Einer meiner Herzensfreunde«, hatte Oliver auf seine Frage hin geantwortet – mehr nicht.

Die Gestalt bewegte sich, wie aus einem Traum erwacht, machte einen Kopfsprung, zerschnitt das glasklare und tiefe Wasser, tauchte wieder auf, trocknete sich mit einem kleinen Handtuch kräftig ab, rubbelte die Haare, daß sie wirr vom Kopf abstanden, zog Hemd und Hose an, pfiff vor sich hin und ging davon.
Sollte er ihm nachlaufen, dachte Ralph – sich diesem anderen Mann nähern, der im Garten spazierenging?
Nein... lieber allein sein: die Einsamkeit genießen, auf Bilder und Sätze warten, die aus der reichen Phantasie aufstiegen.
Jetzt war die Landschaft leer, Luft und Wasser in das gleiche perlmutterne schwindende Licht gehüllt. Die letzten Sonnenstrahlen blitzten zwischen den Bäumen. Das Licht im abendlichen Wald steht still, still in goldenem, fast durchsichtigem Schein. (Halte es fest.)... Sieh unter der unbewegt gläsernen, seidenhäutigen Wasserfläche die Spiegelungen, scheinbar festgefügt, eine andere Welt. *O world intangible, we touch thee*... Bücke dich und betrachte dein Gesicht, das dich betrachtet, fließend, eine Erscheinung, von Wurzeln und Laub umgeben. *And your own footstep meeting you. And all things going as they came.*[7]
Es war alles schon gesagt worden... Sag es vielschichtiger, sorgfältiger. Bewußtsein ist ein geschliffener Kristall mit Abermillionen Facetten; wie aufnehmen, auswählen und zusammenfügen: das Problem.
Es waren einmal zwei Liebende, die an einem Teich spazierengingen. An seinem Rand knieten sie nieder und sahen ihre Spiegelbilder. Er hielt sie im Arm; sie wandte ihm ihr Gesicht zu. Doch als sich ihre Lippen trafen, schoß ein Schwarm Fische durchs Wasser, und das Bild zerbarst in tausend Stücke; als die Oberfläche sich beruhigt hatte, waren die Gesichter nicht mehr zu sehen: Die beiden waren davongegangen.
Drei Bilder der Wirklichkeit waren diesem einen Bild entsprungen: drei Welten, Träume. Der Traum der glücklich Liebenden; und im Teich ein anderer Traum: menschliche Schatten als Symbol für Liebe und Leben. Die Liebe, auf dem Gipfel der Erfüllung, schwankend und enttäuscht: das Leben, rastlos und flüchtig. Und obendrein die Welt der Fische: Wesen in ihrem Element, alarmiert von fremden Existenzen, schnellten sie hervor, versanken in ihrer Abgeschiedenheit.

Daraus konnte etwas entstehen, Verse, unregelmäßige, wandernde Rhythmen. Dem sollte er nachgehen: die eine Wirklichkeit sich vornehmen und in alle Richtungen kehren, vervielfältigen, in Widerspruch zueinander setzen; ein Ende mit Fragezeichen... Doch das hatte schon Pirandello getan, und Oliver fand es langweilig.
Schreib ein Stück. Schreib ein neues Versdrama: keine elisabethanische Imitation. Laß die neue Zeit zu Wort kommen. Fang die komplexen Sprachrhythmen ein, Handlung, die dem modernen Bewußtsein entspricht und dennoch universell ist, sei einfach und direkt. Laß die Symbole. Sie haben keine Kraft – sie verwandeln lebendiges Fleisch und Blut in bloße Requisiten, sägespänegefüllt, aus der literarischen oder cinematographischen Trickkiste.
Ja, zuerst mußte er leben, überall hingehen, alles erkunden: dann den Kern seiner Erfahrungen und das innerste Glück, den Schmerz aufs Papier bringen.
Ich werde die Welt durchwandern.
Ich werde ein Tagebuch von außergewöhnlicher Weisheit und Schönheit führen, das nach meinem frühen Tod veröffentlicht wird.
Ich werde nicht nur Gedichte schreiben, ich werde auch alles über Musik, Malerei, Bildhauerei und Architektur wissen.
Ich werde nirgends hingehen, sondern mich gleich von der Welt verabschieden und als Einsiedler leben, aufgenommen und aufgelöst in der Natur; kein menschlicher Kontakt soll meine intensiven Gefühle verwischen und behindern.
Ich werde immer lieben...
Er fühlte nach dem Umschlag in seiner Tasche... Ja, doch war er der Richtige? Manchmal schien nicht er es, sondern ein anderer, ein Unbekannter. Manchmal empfand er, daß er nie lieben konnte, nicht lieben wollte, unfähig dazu war. Manchmal schien es, seine Gefühle erstickten ihn und er müßte alle Fesseln abwerfen, alle vertrauten Behausungen und Namen gewaltsam zerstören und frei sein, verliebt in die ganze Welt, die Schöpfung in ihrer gänzlichen Gesamtheit auf einmal umarmen.
Ich bin ganz Luft und Feuer, brenne, brenne... Ich bin dunkel und geheimnisvoll, jeder Verderbtheit fähig... Ich bin zu jung, zu alt...
Eine Frau kam den Weg am See entlanggelaufen. Es war diese

Norah, die ihn so in Wut versetzt hatte. Sie war rot im Gesicht, keuchte; die dunklen Augen weit. Im Vorbeilaufen bemerkte sie ihn und blieb erschrocken stehen.
»Ich muß mich beeilen, ich muß mich beeilen«, sagte sie. Sie sah sich suchend um und schien ein Selbstgespräch zu führen. Wie das weiße Kaninchen aus ›Alice im Wunderland‹, dachte er.
»Wieso?« fragte er und lehnte gegen den Baum, diesmal schien er im Vorteil.
»Ich habe einen langen Spaziergang gemacht, fürchterlich lang, viel weiter, als ich vorhatte, und dann wurde mir plötzlich bewußt, daß ich umkehren mußte. Ich weiß nicht, wie spät es ist, und sicher suchen sie mich, und – alles mögliche. Wir müssen zurückfahren.«
»Zurück wohin?«
»Zurück – nach Hause – in die Stadt.« Sie war ganz zittrig. »Wo stecken sie alle?«
»Alle sind gut versorgt. Um sie brauchen Sie sich keine Gedanken zu machen. Sie sind schwimmen gegangen und weiß der Himmel, was sonst. Ich glaube, Sie sind zum Abendessen eingeladen.«
»Oh!...« Sie dachte nach, und dann verzog sie ihr Gesicht: »*Gerald* badet?... Und Grace?... Es kann nicht wahr sein... Wie komisch!« Sie fing an zu lachen, doch es klang nicht fröhlich. »Nun ja – die zweite Jugend! Und sie haben mich nicht einmal vermißt. Oje!« Sie holte tief Luft. »Und ich bin völlig erschöpft.«
Mit einemmal schien sie zu erwachen und betrachtete ihn aus leuchtendbraunen Augen – (eigentlich hübsche Augen).
»Erzählen Sie mir, wer Sie sind? Wieso ist heute alles so merkwürdig? Es tut mir leid, daß ich Sie verärgert habe, aber Sie hätten nicht so unhöflich zu sein brauchen.«
»Verzeihung«, sagte er und errötete leicht. Für einen Augenblick klang seine Stimme jung, ernsthaft, betrübt.
»Stimmt es, daß Sie ein Enkel sind?«
»Ja, das stimmt. Jedenfalls, genauer gesagt, *ihr* Enkel. Mein Vater war ihr Sohn.«
»War sie denn zweimal verheiratet? Daß ich das nicht weiß!«
»Ich denke, nicht. Sie hatte Liebhaber, das wissen Sie sicher: oder wenigstens einen Liebhaber.«
Er versuchte, so ungezwungen er konnte, zu reden: Sehr wahr-

scheinlich gehörte sie zu den Frauen, die so etwas schockierte. Doch sie verzog keine Miene: schien weiter verwirrt.

»Liebhaber! Oh, das war's?... Hatte Vetter Christopher nichts dagegen?«

Er warf ihr einen Blick zu, lachte, zuckte die Achseln.

»Oh, ich glaube nicht. Er ist ein ziviler Mann.« (So redeten also moderne junge Männer.) »Ich wage zu behaupten, daß er ihrem Beispiel folgte. Sie waren Londoner Berühmtheiten, wissen Sie – in den wilden ›Neunzigern‹, in jenen Kreisen, wie heute Bloomsbury.« (Was meinte er nun wieder damit?) »Ich habe keine Ahnung, wie sie die Nachwuchsfrage regelten, aber vermutlich haben sie sich arrangiert. Jedenfalls, mein Vater wuchs unter dem Namen Seddon auf.«

Sie ahnte, egal wie liberal sie zu sein versuchte, daß sie über kurz oder lang mit ihm anecken würde, und sagte unsicher:

»Es heißt immer, Kinder der Liebe sind die allerbesten.«

»Oh, mein Vater war ein Tunichtgut«, erwiderte er herablassend. »Mit sechzehn wurde er auf den Dunklen Kontinent verfrachtet. Weiber und Wein, ganz im guten alten Stil. Ich muß schon sagen, alle Achtung.«

»Und sind Sie dort geboren?«

»Ich bin dort geboren – die näheren Umstände wurden standesgemäß verschleiert. Jedenfalls hat er die fabelhafte Tradition unverheirateter Vaterschaft gewahrt. Mein großer Vorteil, bereits flügge aus dem Nichts aufzutauchen, finden Sie nicht auch? Es prädestiniert mich zum romantischen Helden.«

»Ja.« Sie betrachtete sein dunkles, ausdruckvolles Gesicht, den Stolz und die Leidenschaft darin, die starke Stirn und die wilden Locken darüber.

»Ist Ihr Vater tot?«

»Er hat sich zu Tode getrunken. Er war kein besonders netter Mensch, aber er schickte mich nach Frankreich und Deutschland in die Schule – mehr kann man selbst von einem Abstinenzler nicht erwarten. Er setzte testamentarisch fest, ich sollte, bevor ich nach Oxford gehe, meine Großmutter kennenlernen. Gesagt, getan. Hier bin ich also.« Er machte eine leichte Verbeugung. »Ich habe für mein Examen gearbeitet und ruhe mich zwei Tage aus.«

»Aha«, sagte sie eher konfus und verkniff sich eine Bemerkung über den glücklichen Zufall, ihn hier angetroffen zu haben: Sicher war er gegensätzlicher Meinung.

Ein merkwürdiger junger Mann! Seine Ansichten und Ausdrücke hatten etwas, das ihr nicht nur die eigene Ungeschicklichkeit, sondern auch ihr Alter bewußtmachte.

»Ach«, sagte sie, »sie mag Sie sicher sehr.«

Er zuckte die Achseln.

»Eigentlich lebt sie in einer anderen Welt. Wir kommen alle blendend aus. Wir reden nicht viel miteinander. Aber manchmal fällt sie ein vernichtendes Urteil, wie oft Schwerhörige. Einmal hat sie mir erklärt, ich gliche meinem Großvater, aber wer er war, danach habe ich nicht gefragt – und sie hat es nicht verraten. Natürlich geht es mich nichts an.«

Der letzte Satz klang unverfroren. Sie reagierte nicht, und er fuhr verbindlicher fort:

»Über meinen Vater spricht sie nicht, wohl weil sie ihn für einen vollkommen unbedeutenden Menschen hält. Und sie hat recht.«

»Dann wird Ihnen eines Tages sicher das Anwesen hier gehören.«

»Keine Ahnung. Wollten Sie es haben?«

Die Frage kam so unzweideutig, so nebenbei, als hätte er nach der Uhrzeit gefragt. Doch sie wurde rot, bei ihren geheimsten Gedanken ertappt: eine Hoffnung weniger für Robin und David. Sie antwortete hastig, verletzt:

»Als junges Mädchen bin ich viel hier gewesen. Ich hänge sehr an allem.«

Er betrachtete sie nachdenklich. Als Mädchen war sie sicher hübsch gewesen. (Konnte er sich je in eine Frau verlieben? Konnte er je hoffen, eine zu finden, die ihn nicht früher oder später langweilte?)

Sie sagte leise:

»Ob sie wegen ihrer Liebhaber sehr gelitten hat? Es muß friedlich sein, nichts zu hören – reichlich Zeit, sein gesamtes Leben zu überdenken. Sie ist so wenig besitzergreifend – womöglich, weil sie in der Vergangenheit soviel gehabt hat. Ich kenne keinen anderen Menschen, der – menschliche Beziehungen in genau den richtigen Dimensionen wahrnimmt.«

Während sie das sagte, wußte sie, wie wahr und wie wichtig für sie

diese Feststellung war. Wieso hatte sie jahrelang den Kontakt zu Mary gemieden – hatte sich bis zu diesem Moment womöglich in einer Sackgasse verlaufen?
Entsetzlich, wie konfus und langsam sie dachte. Am liebsten hätte sie ihren Kopf in beide Hände genommen, so sehr schmerzte die Anstrengung, ihre widerstreitenden Gefühle zu sammeln und einzuordnen.
»Ich weiß nicht, was ich machen soll«, flüsterte sie; und dann laut zu dem jungen Mann:
»Ich muß sie unbedingt sehen.«
Sie auf der Stelle ausfindig machen: Sie würde die Szenerie erhellen, wortlos, wie immer schon; ihr zeigen, daß alles in Ordnung war; oder wenn nicht, ihr auch das zeigen, deutlich und leidenschaftslos.
»Es gibt sicher bald Abendessen«, sagte er. »Ich komme mit Ihnen.«
Die Sonne zwischen den Baumstämmen war verschwunden; nur dringliche Vogelstimmen suchten den Wald mit mannigfaltigen Klängen heim. Schweigend gingen sie den gewundenen Pfad.
Abrupt fragte er:
»Wer ist eigentlich der Mann, den Sie mitgebracht haben?«
»Der junge Mann? Hugh Miller. Ist er nicht nett?«
Kein Name, den er kannte...
Schweigend gingen sie über den Rasen, und als sie den ummauerten Garten erreichten, wandte er sich ihr zu und sagte mit allem ihm in seiner Jugend zur Verfügung stehenden umwerfenden Charme:
»Und verzeihen Sie mir wirklich, daß ich so unhöflich war?«
Sie sah ihn an, lächelte breit, dankbar und, zu seinem Entsetzen, ein wenig weinerlich. Sie nickte, konnte nichts sagen...
Gott sei Dank, da war seine Großmutter, kniete im geblümten Seidenkleid auf dem Pflaster zwischen den Beeten und befreite die Blätter einer kleinen Steinpflanze von Erdkrumen.
»Mary!« rief Norah und lief voraus.
Er sah die beiden Frauen sich umarmen. Sie war bewunderungswürdig, seine Großmutter, er war von ihr begeistert! Während sie da kniete und das Beet in Ordnung brachte, streckte sie die Arme zur Begrüßung aus, sah zum Himmel, zu Abendstern und Mond-

sichel – ihre Haltung, jede ihrer Bewegungen erschien ihm bildhaft, poetisch. In seinem ersten Gedichtband würde er sie beschreiben, ihr Wesen einfangen und festhalten (durchblicken lassen, daß nicht einmal sie erriet – wie glücklich er war, endlich ein Zuhause zu haben: wie sehr er es vermißt hatte).
Die andere Frau wirkte neben ihr klein: klein, gewöhnlich und rührselig. Hätte er sich doch nicht so schlecht benommen. Ihr Ruf: »Mary!« klang ihm im Ohr. Was war mit ihr?
Und mit einemmal, zum erstenmal in seinem Leben, war ihm bewußt, wie tief jedes einzelne Dasein sich verbarg. Gesichter, Worte, Taten reichten nicht, das Rätsel des einzelnen zu klären. Die Wahrheit liegt auf dem Grund eines bodenlosen Brunnens; weder Shakespeare, noch nicht einmal Proust hatten mehr erreicht als ein leises Kräuseln der Wasseroberfläche. Und diese eigentlich alltägliche Platitüde gewann in kurzer Zeit solche Wucht, nahm mit einemmal solch überwältigende Dimensionen an, daß er sich wie ein Strohhalm hin- und hergeworfen fühlte, wußte, daß er nie im Leben fähig war, das Dasein zu erfassen, zu begreifen, zu beherrschen und, nicht einmal sich selbst, zu erklären.
So daß er – da kein anderes Thema das Schreiben wert war – dieses Schreiben eigentlich gleich aufgeben konnte...
Seine Großmutter hakte sich locker bei Norah ein, ging mit ihr auf das Haus zu, drehte sich um und winkte ihm zu; die Verzweiflung löste sich in Luft auf, und er folgte ihr.

Die drei Frauen beschäftigten sich im Gästezimmer, wuschen sich in der rosengemusterten Porzellanschüssel die Hände, besahen sich im Spiegel über dem mit rosa gefüttertem Tupfenmusselin geschmückten Toilettentisch.
Norah stellte sich vor den Spiegel, betrachtete ihre Nase, sah Graces Abbild, bot diesem ihre Puderdose an.
»Nein, danke.«
»Sie benutzt überhaupt nichts«, sagte Norah in den Spiegel. »Kannst du dir das vorstellen?«
»Bei der Haut hat sie es nicht nötig«, antwortete Clare und gönnte Grace einen anerkennenden Blick. Sie zog den Kamm durch ihre seidig kupferroten Locken, richtete sie sorgfältig und gekonnt. »Ich sähe unbeschreiblich gräßlich aus...«

»Mm ... Ich auch.«
»Oh, manchmal nehme ich doch etwas«, sagte Grace, der das Gespräch peinlich war. »Aber ich finde es nicht der Mühe wert.«
»Du bist schön dumm, daß du nicht mehr aus dir machst«, sagte Norah und glättete mit dem Finger ihre Augenbrauen. »Ich sag's ja ... Pardon, meine Damen ...« Sie hob den Rock und richtete ihren Strumpfgürtel. »Was für Strumpfgürtel trägst du?« fragte sie Clare.
»Ach, nur diese kleinen Dinger mit Haltern dran.« Sie ließ ein Stückchen davon hervorblitzen. »Ich habe eine Frau, die sie mir schneidert ...«
»Nicht einmal elastisch ...« Norahs Hand strich über Clares Taille. »Hast du keine Angst, in die Breite zu gehen?«
»Oh, anscheinend bleibe ich immer gleich. Seit Jahren habe ich kein Gramm zugenommen.«
»Du Glückspilz! Kinderkriegen ruiniert die Figur. Das wirst du noch merken! Seit David bin ich nicht mehr ganz so dünn ...«
»Ach, du hast eine fabelhafte Figur! ...«
»Meine Liebe, möchtest du vielleicht meine grauen Haare sehen?«
Sie richteten, redeten ... Abwesend antworteten sie, versunken, gönnten dann und wann der anderen einen Blick, ein Lob, gaben Rat, machten Mut. Grace empfand als Luxus, daß sie nicht ganz dazugehörte, die beiden anderen in ihrer üppigen weiblichen Vertraulichkeit sicher geborgen waren, während sie wie gestrandet mit sauberen Händen, frisch gekämmtem Haar dastand und nichts zu sagen oder zu tun hatte. Es ließ sich nicht leugnen. Im großen und ganzen fehlte ihr jeder weibliche Instinkt. Von den Feinheiten und Annehmlichkeiten weiblicher Toilette hatte sie so wenig Ahnung wie ein Mann. Armer Tom – vielleicht fand er sie öde und enttäuschend. Vielleicht mochte er Frauen in Rüschen und Volants. Eigentlich ein Wunder, daß er (soweit sie wußte) ihr niemals untreu geworden war.
Sie lehnte gegen das breite Fenster dieses georgianischen Hauses und schaute auf den blühenden Birnbaum unten. Birnbäume sind vielleicht die allerschönsten, dachte sie, so verschleiert und zart, sanftes Grün und Wolkenweiß ineinander verwoben ... Und drüben, im Schutz der Küchengartenmauer, stand ein großer rosigblü-

hender Johannisbeerbusch. Beinah roch sie seine durchdringende Süße.

Sie erkannte Hugh, der aus dem Haus trat und auf dem Rasen stand, in der Hand eine Zigarette und ein Sherryglas. Er nahm einen Schluck und schaute sich um. Gerald und der alte Herr gesellten sich zu ihm, und alle tranken sie ihren Sherry. Wieso war sie dermaßen fasziniert von diesem jungen, Sherry trinkenden, Zigarette rauchenden Mann?

Er schaute hoch und erkannte sie, lächelte übers ganze Gesicht.

Sie lächelte zurück, sah sinnend zu ihm hinunter, sah ihn wie im Traum; daß der schlichte Gruß etwas Traumgleiches hatte, voll tiefer Freude und Bedeutung...

Hastig trat sie vom Fenster zurück.

Clare tupfte den Finger in ein Golddöschen mit roter Schminke. Sie blinzelte in den Spiegeldeckel, öffnete den Mund und zog seine Konturen mit exaktem Schwung nach, bis sie glänzten.

»Gerald würde mich umbringen, wenn ich...« sagte Norah, die zuschaute.

»Tatsächlich? Wie hoffnungslos altmodisch! Aber –« Clare wiederholte, ein wenig mechanisch, die tröstliche Botschaft: »Du hast es auch gar nicht nötig.«

»Aber offensichtlich fasziniert es ihn, wenn du dich schminkst. Männer sind wirklich seltsam.« Norah lachte vergnügt; und während sie lachte, wunderte sie sich, daß sie eben noch so angespannt und wehleidig war.

Wieviel sie hier lernen konnte! dachte Grace. Sie fühlte sich allein. Sie betrachtete Clare. Dieses vollkommene, glänzende Geschöpf war ihr als Geschlechtsgenossin so fern, genausogut könnte sie versuchen, verwandtschaftliche Gefühle zu einem Engel oder einer Schaufensterpuppe aufzubringen. Dieses Schwätzen und Getue schien auf richtige Frauen beruhigend zu wirken. Der Einfluß war mächtig, Fremde entdeckten schwesterliche Gefühle, und Erzfeindinnen schlossen einen Waffenstillstand.

Nun redete und lächelte Norah ohne Vorbehalt; dennoch schien sie den ganzen Nachmittag anders; und am Abend, als sie nach ihrer eigenartig langen Abwesenheit aus dem Garten zurückkehrte, war sie schweigsam und angespannt; womöglich belastete sie Geralds unübersehbare Begeisterung für Clare.

Angenommen, Tom begänne einen Flirt, würde es ihr überhaupt etwas ausmachen? Oder angenommen, sie erklärte ihm, es sei ein schrecklicher Fehler gewesen, ihn zu heiraten, und sie müsse ihn auf der Stelle verlassen... frei sein und wieder von vorn anfangen, noch einmal eine junge Frau sein und die zehn Jahre auswischen, als sei nichts gewesen. Zeit hatte nur Bedeutung, wenn man sie ihr gab. Warum nutzte sie die Zeit nicht für ihre Zwecke, machte sie sich zu Diensten, anstatt ihr Sklave zu sein? Es müßte ein leichtes sein, zehn Jahre Nichts aus dem Leben zu streichen...
Zehn Jahre – als er geboren wurde, war sie bereits für ihr Schicksal bestimmt... Zehn Jahre verheiratet, und schon gab es für sie keine Zukunft mehr – dann war er, der noch alles vor sich hatte, eines Tages zum Tee gekommen... Es hatte damals so unwahrscheinlich geschienen, daß sie einander noch einmal begegneten; dennoch hatte seitdem eine Verbindung zwischen ihnen bestanden. Trotz ihrer Sehnsucht hatte sie nichts forciert. Sicher, sagte sie sich, etwas außerhalb ihrer Macht hatte nicht zugelassen, daß sie ihn vergaß: hatte sie ans Fenster getrieben, wenn er vorüberging; hatte zu dem unwahrscheinlichen Treffen im Park geführt, zu seiner noch unwahrscheinlicheren Folge, dem heutigen Tag. Ja, dachte sie aufgeregt, jedes Treffen hatte seinen Sinn, war ein unvermeidlicher Schritt vorwärts, hatte sich wie ein Theaterstück von Akt zu Akt entwickelt; und sie war Schauspielerin und Zuschauerin zugleich. Wohin ging sie, machtlos wie sie war, bar jeder Vernunft und so idiotisch glücklich?...
»Meine Liebe«, sagte Clare, »solch ein Vergnügen! Vetter Chris ist ein Goldstück, nicht wahr? Sein Bart war so reizend. Und du behauptest, er sei furchteinflößend! Sag, wer ist dieser geheimnisvolle junge Mann?«
Und der Gong dröhnte und unterbrach Norahs Erklärungen.

Die Uhr schlug neun, als sie zum Abendessen Platz nahmen. Hohe Kerzen in kunstvollen fünfarmigen georgianischen Leuchtern warfen ihr Licht auf den langen blankpolierten Tisch. Überm Kamin ein Ahnenbild, gemalt von Raeburn; überall an den Wänden hingen Porträts – Herren in Uniform, in Amt und Würden oder im Jagdkleid; Damen mit Rüschen, in Satin gehüllt, wächserne Haut, Arme und Busen rundlich, mütterlich oder mädchenhaft. Am entgegengesetzten Ende des Raums ein großes Seegemälde von Salvator Rosa [8], Sturm und Wracks ließen die Schatten finsterer erscheinen.

Dem Weißwein folgte Burgunder; nach weichem, feurigem Portwein kam Brandy, wohlriechend und kostbar in Kristallkelchen. Christopher Seddon hatte einen berühmten Weinkeller. Es gab Forelle und Geflügel, Salat, Obst mit Sahne, Käse – alles hausgemacht, erklärte Mary Seddon kurz der Tischgesellschaft, dann wandte sie sich wieder Gerald zu, neigte sich in seine Richtung, hielt die Hand ans Ohr, um seine Antworten besser zu verstehen, unterhielt sich mit ihm über neueste archäologische Entdeckungen in Kleinasien. Ihr Gesicht, ernst, klug, ihre weiße Haarkrone, ihre Gestalt, aufrecht, eindrucksvoll, beherrschte den Tisch; sie war ganz ins Gespräch vertieft. Und Gerald, der gerade genug Wein getrunken hatte, daß er selbstbewußt und redegewandt geworden war, gab laut und zufrieden Ansichten und Wissen zum besten. Sie hörte genau zu, wißbegierig. Sie hielt ihn, dachte er, für einen gebildeten und interessanten Menschen. Und er dachte: Eigentlich ist nichts auf der Welt erfreulicher und eindrucksvoller als eine gebildete, kultivierte alte Dame. Er erklärte ihr etwas, dessen Erwähnung er jahrelang nicht einmal ertragen hatte: wie der Krieg seinen Hoffnungen auf eine Professur in Cambridge ein Ende gemacht hatte.

Und Norah dachte: Genau wie ich immer gesagt habe, eigentlich fehlt ihm nur jeden Tag ein Glas Wein. Und sie fragte sich, was sie an ihrer Küche ändern müßte, damit Florrie Geflügel zubereitete wie Marys Köchin. Sie dachte: Wieso habe ich mir Sorgen gemacht? Alles läuft perfekt. Liebe Clare, lieber Hugh, liebes, gutgelauntes, gutaussehendes Paar. Meine Stimmung war nur so finster, weil sie so gut ohne mich auskamen.

Jetzt unterhielt sie sich leichthin mit Ralph, ihrem Tischnachbarn, über die Bilder, die David malte; sie redete vernünftig und zurückhaltend, so daß er dachte: Eigentlich ist diese Frau ganz in Ordnung, und bereitwillig an das Talent des kleinen Jungen glaubte.

So jung und kräftig wie er war, dachte er eigentlich hauptsächlich ans Essen, dachte: Gelobt seien frische Forelle und Brandy.

Und Clare wandte ihr herzförmiges Gesicht, ihre gelbgrünen Augen mal Christopher Seddon zu, dann Ralph. Sie hielt sich kerzengerade, schwieg, lächelte, glich dabei einer geschmeidigen Raubkatze, immerhin einer gutartigen. Sie dachte: »Ein Kleid wie Mrs. Fairfax' Graues würde mir gut stehen – es müßte natürlich besser geschnitten sein, das Oberteil enganliegend,das betont meine gute Figur, der Rock unterhalb der Hüften angekraust... grauer Moirée mit weißem Organdykragen – ein bißchen brav spielen...« Und sie dachte auch: »Wenn dieser junge Mann sich weiter nicht für mich interessiert, dann bin ich mir sicher, er ist...«

Und Christopher Seddon, am Kopf des Tisches, antwortete auf Clares Plaudern gequält einsilbig, unterhielt sich (an Grace vorbei) beinah angeregt mit Hugh über Weinsorten; während Grace sich, um die beiden nicht zu stören, zurücklehnte und überlegte, was Hugh, der doch eigentlich unscheinbar war, dermaßen auszeichnete, daß jeder am Tisch sich intuitiv seiner guten Herkunft bewußt war. Dieser Hintergrund machte seine Lebensart eigentlich unabhängig vom Einkommen. Vielleicht hatte er tausend Pfund im Jahr; doch wahrscheinlich war er viel weniger begütert... Und sie sagte sich, könnte sie ihn täglich nur zehn Minuten sehen, sie wäre der zufriedenste Mensch auf der Welt.

Und schließlich, bei Kaffee, Zigarren und Zigaretten, fragte Hugh sie: »Kennen Sie Rudolph Valentino?« Und er steckte zwei Streichhölzer in eine Streichholzschachtel, daß sie herausragten, zündete sie an, und ihre Köpfe vereinten sich zu einem erbarmungslos innigen Kuß, bis eins der Streichhölzer lodernd in die Luft fuhr, wie von wilder Leidenschaft beflügelt – ein fabelhaft komischer Trick –, und alle riefen: »Das muß ich sehen! Noch einmal! Ich auch!«... Und alle steckten die Köpfe zusammen, um den Spaß zu sehen, selbst der junge Dichter, sogar der alte Herr, nachdem er sich erkundigt hatte, wer Rudolph Valentino war, und dies in Zeichensprache seiner Frau erklärt hatte. Und minutenlang waren sie alle gelöst – diese widersprüchliche, zufällige Gesellschaft, gelöst und lachend einander verbunden.

Um elf schreckte Norah vom vergnügten Pokerspiel auf und erklärte, sie müßten nach Hause.

Mit einemmal war sie entsetzt über ihre lange Abwesenheit, malte sich Katastrophen aus – das Haus abgebrannt, die Jungen allein, die brave Florrie hatte sie nicht ins Bett gebracht, sich statt dessen einen lustigen Abend gemacht; und in jedem Fall Robin, der wach geblieben war und nach ihr weinte. Bei ihren Worten löste sich die Geselligkeit in Nichts auf.

Da lud Christopher Seddon sie alle ein, über Nacht zu bleiben: nicht aus reiner Höflichkeit, vielmehr überschwenglich, beinah besorgt. Sie konnten alles geliehen bekommen, sagte er; ungebrauchte Zahnbürsten gab es immer einen reichlichen Vorrat im Haus. Er sah Hugh an. Und Hugh sagte, er bliebe liebend gern. Und Clare, die an Norahs vollgestopftes Gästezimmer dachte, das zur Straße lag und in dem Tag und Nacht eine Wasserleitung gurgelte, stimmte ihm zu, bat Norah um Unterstützung.

»Ich *kann* nicht«, protestierte sie (schrecklich, ihnen den Spaß zu verderben): »Ich kann unmöglich die Jungen allein lassen. Sie warten auf mich.«

»Natürlich kannst du«, sagte Gerald. »Ruf zu Hause an und erkläre Florrie alles. Es geht bestimmt. Lächerlich.«

Doch sie schüttelte den Kopf. Sie wollte nicht. Typisch Gerald; einmal hätte seine ungesellige Art von Nutzen sein können, doch er amüsierte sich blendend und wollte nicht nach Hause. Er bedrohte sie mit seinem vielsagenden Blick.

Mit einemmal sagte Grace:

»Ich muß auch nach Hause.« Zu Hugh gewandt fügte sie hinzu: »Mein Mann wartet auf mich.«

Ungebeten und unerwünscht war ihr Tom in den Sinn gekommen – seine Stimme, wenn sie anrief und ihm mitteilte, daß sie noch nicht kam; sein Benehmen, wenn sie schließlich zu Hause war. Wahrscheinlich hatte er ihretwegen schon sein allsamstägliches Kinovergnügen verpaßt und wartete beunruhigt, neidisch und neugierig auf sie; bemitleidenswert und kleinlaut. Sie mußte zu Tom zurück, ihrem Mann.

Dennoch wurde zu guter Letzt alles zur allgemeinen Zufriedenheit geregelt. Hugh brachte Grace und Norah mit dem Wagen nach Hause und kehrte dann schnell zurück, um mit den anderen hier zu übernachten. Er selbst hatte die Idee.

»Es ist mir ein großes Vergnügen«, beharrte er. »Bei gutem Wetter rausche ich oft nachts einmal durch die Gegend, nur so.«

Norah ging Mary Seddon suchen, die wie üblich gleich nach dem Essen verschwunden war.

Sie fand sie in ihrem Boudoir am Kamin – sie stickte ein Blumenbild für einen Wandschirm, erklärte sie.
»Alles aus dem vergangenen Herbstgarten. Von allem habe ich etwas gepflückt und zusammengestellt«, sagte sie, formte die Worte vorsichtig und mit montoner Stimme wie typisch für Schwerhörige. »Dahlien, gelbe Margeriten und rosafarben gefiederte, Zinnien und verschiedene Chrysanthemensorten: die cognacfarbenen und zwei von den feinen, spinnenblättrigen – siehst du, blaßrosa und zitronengelb – und ein paar von den erdbeerroten mit den Pomponköpfen. Sie passen so gut dazu. Wird es nicht wunderschön? Ich will für jede Jahreszeit ein Bild sticken, aber den Herbstgarten mag ich am liebsten, also habe ich damit angefangen.« Sie lächelte über ihre Brille hinweg, ein bezauberndes, friedliches Lächeln.
Norah kniete neben ihr. Sie sortierte das Seidengarn und reichte ihr einen karmesinroten Faden für die Dahlie.
»Eigentlich ist es heute abend zu warm für ein Feuer, aber ich habe es trotzdem gern«, sagte Mary Seddon. »Wenn die Sonne untergeht, zünde ich gleich den Kamin an.«
Norah nickte. Sie mochte es auch. Häusliche Annehmlichkeiten gehörten zu Mary wie ihre Ringe, ihre geblümten Seidenkleider.
Nach einiger Zeit nahm sie ein Stück Papier und schrieb, weil ihr nicht nach lautem Reden war, mit dem winzigen golden und violett emaillierten Bleistift, der an einer langen Goldkette an Mary Seddons Rockbund hing – und immer gehangen hatte:
Christopher hat alle eingeladen, hier zu übernachten. Aber ich fahre zu Robin und David zurück; und Grace Fairfax, die Große in dem grauen Kleid, fährt mit. Dürfen Gerald und die beiden Jüngeren bleiben, und darf ich morgen mit meinem Wagen wiederkommen und die Jungen mitbringen?
Mary Seddon las die Mitteilung und lächelte. »Sehr schön«, sagte sie. »Ich freue mich auf deine Jungen.«
Ja, dachte Norah, sie wird die beiden begeistern, lächeln und ihnen übers Haar streichen, ihnen etwas Liebes sagen und sie mit ihrer Zärtlichkeit beeindrucken – sie werden ganz aufgeregt sein: Bis an ihr Lebensende würden die beiden sie nicht vergessen. Und ihr, Norah, würde sie durch eine ganz hinreißende Bemerkung den Eindruck vermitteln, die beiden wären ausgesprochen ungewöhn-

liche Kinder. Dennoch würde sie weiterhin Abstand wahren. Sie gab einem das Gefühl, schließlich gäbe es so viele Menschen... eigentlich könnte man nichts besonders Neues, keine Überraschung erwarten: Es war wirklich, genauer betrachtet, nichts Besonderes, zwei von diesen vielen Menschen in die Welt gesetzt zu haben.
»Christopher mag junge Leute um sich«, sagte sie. »Der junge Mann sieht reizend aus, und so eine angenehme Art! Der arme Christopher findet es herzerfrischend. Ich kannte früher einen Hugh Miller: Ich nehme an, der Vater dieses Jungen. Er gleicht ihm.«
Natürlich. Sie kannte alle – sie hatte sich auf die ihr eigene, erstaunliche und erfolgreiche Weise sowohl auf dem Parkett der feinen Gesellschaft wie auch zwischen den Rebellen und gesellschaftlich Abtrünnigen mühelos bewegt.
»Und hast du dich mit meinem Enkel unterhalten?« sagte sie nach einer Weile.
Norah sah sie an und nickte wieder.
»Er ist ein guter Junge – so liebevoll und ausgelassen. Ganz anders als sein Vater... Mit seinem Vater hatte ich nur Kummer und Enttäuschungen. Aber das ist lange her...« Sie dachte nach. »Weißt du, Ralph will Schriftsteller werden, sagt er. Ich finde ihn talentiert. Sein Großvater war Maler – ein ausgesprochen hübscher Mann. Ich habe schon oft festgestellt, daß Mal- und Schreibbegabung von Generation zu Generation abwechseln... Was meinst du, soll ich auch Blätter sticken oder nur die Blumen? Ich hab's noch nicht entschieden.« Mit geneigtem Kopf betrachtete sie kritisch ihr Werk. Sie hatte gesagt, was sie sagen wollte, und mehr konnte keiner von ihr erwarten.
»Nur die Blumen«, erwiderte Norah. Sie erhob sich. »Gute Nacht, Mary.« Sie beugte sich und gab ihr einen Kuß.
»Liebe Norah...« Mary Seddon legte ihre weiße Hand auf Norahs Wange. »Schön, dich wiederzusehen. Du kommst nicht oft hierher.«
Norah schüttelte den Kopf. Kein Grund, sich zu entschuldigen, zu behaupten, sie käme gern öfter und könnte dies leider nicht.
»Ich habe mich interessant mit deinem Mann unterhalten«, fuhr sie fort und stichelte weiter. »Er ist wirklich ein kluger Kopf. Er

hat erstaunliche Augen!... Wirklich schön. Er ist sicher ein freundlicher Mensch, so sanft.«
Freundlich. Gut, vielleicht war er das. Doch, es war nett gewesen, wie er sich begeistert mit ihr unterhalten hatte, unvoreingenommen, als wäre sie nicht stocktaub. Und mit einemmal fiel ihr ein, wie er früher jeden und jeden Abend mittellose Examenskandidaten – zukünftige Lehrer, die ihn nicht bezahlen konnten – zusätzlich unterrichtet hatte. Ja, er war ein freundlicher Mensch.
Sie ging zurück ins Wohnzimmer und fand ihn, umringt von den übrigen, die applaudierten, als er in die Hocke ging, die Hände auf dem Rücken, eine Flasche auf dem Kopf, und mit dem Mund ein Taschentuch vom Boden hob. Selbst als sie überrascht einen Schrei ausstieß, ließ er es nicht fallen. Er sah gebannt, stolz, vielsagend auf Clare. Das Taschentuch gehörte ihr.

Schweigend fuhren sie durch die Nacht, alle drei saßen sie dicht gedrängt vorn. Norah legte ihren Arm um Graces Schulter, weil sonst nicht genug Platz war; die beiden lächelten sich an. Sie waren zwei Frauen, seit langem ohne viel Aufhebens befreundet, und hatten einen Ausflug gemacht, von dem sie nun heimkehrten.
Norah dachte: »Ich habe wirklich Glück, und ich hasse Selbstmitleid.«
Grace beobachtete die blasse Hand am Steuer. Der Siegelring am kleinen Finger paßte gut, unterstrich Stärke und Eleganz. Eine wohlgeformte Hand war das, mit schönen Nägeln und Fingern. Ihr Blick ruhte wie gebannt auf dieser Hand. Sie hätte ihre eigene gern darüber gelegt; und schläfrig in der nächtlichen Luft träumte sie, daß sie es täte, spürte die Berührung; riß sich zusammen, drückte ihre beiden Hände in den Schoß. Sie empfand, wie körperlich nah sie sich waren. Ihre Schultern dicht aneinandergedrückt, die Köpfe so nah; doch hinter der zerbrechlichen knöchernen Hülle war er ihr unermeßlich fern. Trotz allem, bewirkte die erregende Nähe nicht, daß sie heimlich durch einen Spalt in sein Bewußtsein eindrang, sich in seine Gedanken einschlich?
Einen Augenblick später leuchteten überall die Lichter der Stadt, und sie hatten Norah vor ihrer Haustür abgesetzt.

Hugh fuhr an einer Tankstelle vor.
»Der Wagen muß vollgetankt werden«, sagte er. »Außerdem möchte ich einen Kontakt überprüfen lassen, bevor ich wieder losfahre. Ich würde den Wagen gern hierlassen und Sie zu Fuß nach Hause bringen, wenn Ihnen das nichts ausmacht.«
»Natürlich nicht. Ich verabschiede mich jetzt; Sie brauchen mich nicht heimzubringen.«
»Unfug, kommen Sie.«
Er hakte sich bei ihr ein, und sie machten sich durch die leeren Straßen auf den Weg.
»Ich gehe gern nachts durch die Stadt«, sagte er.
»Ja, alles wirkt so bedeutsam und fremd – die Gebäude, die Mauern; und die Schritte, Leute, die vorübergehen. Am liebsten würde ich fragen, warum sie noch unterwegs sind...Tagsüber sind die Menschen auf der Straße einfach eine Menge Leute; sie wissen kaum, wohin und warum. Doch nachts steht jeder für sich, hat seinen eigenen Sinn. Wäre ich Schriftstellerin und wollte das Leben festhalten, ich wäre des Nachts viel unterwegs. Dann würde ich am ehesten lernen, was wichtig ist.«
»Ja«, sagte er verwirrt. Er dachte darüber nach: Feste, Lokale, Nachtclubs... Bettler und Obdachlose auf Bänken, unter Brükken... Prostituierte, natürlich... was sonst?... Liebende, Einbrecher – gelegentlich ein Mörder... Nachtschicht in den Fabriken... Menschen an Krankenbetten und Totenbetten... Menschen, die sich des Nachts verdammt gut über ihr Unglück im klaren waren und darüber, wie verrückt das Leben war. (Ja, das wußte er...) Er selbst hatte einiges an Nachtleben gesehen, in Europa und auf einem fernen Kontinent; hatte nachts auf hoher See, auf stillen Schiffen empfunden, was sie zu meinen schien. Noch einmal sagte er: »Ja.« Fügte hinzu: »Ich wünschte, ich wäre ein Schriftsteller.«
»Wirklich?«
»Mm. Dann kommen die Dinge aus einem heraus – oder?«
Sie sah hoch in das jugendliche Gesicht und sagte nichts. Er ging immer noch bei ihr eingehakt.
Sie kamen an ihr Haus. Als er die Eisenpforte öffnete, knarrte sie laut wie seit zehn Jahren.
»Jetzt müssen Sie sich beeilen, daß Sie zurückkommen«, sagte sie.

Sie nahm seine Hand. »Sie haben mir einen wunderschönen Tag bereitet.«
»Es hat Spaß gemacht, nicht wahr?« sagte er leicht verlegen. »Hoffentlich sind Sie nicht allzu müde.«
»Nein, nein. Viel besser. Wieder gesund. Ein neuer Mensch.« Sie lächelte. »Ich habe jetzt soviel zum Nachdenken. Damit werde ich lange Zeit beschäftigt sein.«
Außergewöhnliche, ziemlich beunruhigende Frau! Ihr blasses Gesicht im Schein der Straßenlaterne rührte ihn. Seine Hand lag noch in der ihren; und da es ihm unhöflich vorkam, sie fortzuziehen, drückte er sie.
»Wir müssen irgendwann noch einmal eine Tour machen«, sagte er.
Sie aber dachte: »Es wird sich nicht wiederholen; und es macht nichts – wenigstens noch nicht.« Sie war jetzt zufrieden, so allein, wie sie war; sie fühlte sich wieder lebendig. Wie ihr Fliederbaum, dachte sie und besah die wenigen weißen Blüten, die sich heute in der Sonne geöffnet hatten... wie ihr Fliederbaum war sie aufgeblüht. Sie griff und pflückte eine Dolde.
»Weißer Flieder«, sagte sie. »Ich bin ganz stolz auf meinen Baum. Mögen Sie den Duft?«
Sie wollte ihm soviel geben... Sie hielt die Dolde ungeschickt.
»Vielen, vielen Dank«, sagte er. »Eine Blume fürs Knopfloch... Also, gute Nacht.«
»Gute Nacht.«
Er ging schnellen Schritts, pfeifend, davon. Sie wartete, bis er nicht mehr zu sehen war, dann warf sie Steinchen gegen das obere Fenster: Sie hatte ihre Schlüssel vergessen, und alle Lichter waren aus.
Es dauerte eine halbe Stunde, bis Tom aus seinem ersten Schlaf erwachte und sie hörte; erst als er eine Weile erschrocken gelauscht hatte, begriff er die Sachlage und kam hinunter. Sie war sicher ungehalten, dachte er, als er im Flur Licht machte. Das geschähe ihr recht. Doch sie lächelte, als er sie hereinließ. Ihr Lächeln war kein Trost für ihn. Er hatte den Film versäumt und einen trübsinnigen Abend über dem Kontobuch verbracht, sich seine Gedanken gemacht, bevor er schlechtgelaunt ins Bett gegangen war; und als sie morgens früh um eins, frisch von der Nachtluft und

glückstrahlend, sein Haus betrat, spürte er, dies hatte, ohne viel Worte, das Faß zum Überlaufen gebracht. Es war, als träfe ihn bei ihrem Anblick der Schlag. Erst beim Frühstück am nächsten Morgen konnte er sich dazu bringen, nachzufragen, ob sie einen schönen Tag erlebt habe.

Hugh begann zu laufen. Eine Stunde Rückweg, wenn er schnell fuhr, und dann vielleicht noch ein Bad – bei Sternenlicht ins eisige Wasser, schnell hinein, schnell wieder hinaus. Erst die Abkühlung und darauf der ganze Körper glühend warm. Wunderbar!... Wunderbar, morgen früh aufzuwachen und auf dem Land zu sein. Los, los! Der alte Herr erwartete ihn. Er war ein komischer Kauz, aber eigentlich schrecklich nett. Die alte Dame auch. Sie war umwerfend.

Er lief um die Ecke und stieß gegen eine weibliche Gestalt.

»Verzeihung«, sagte er und wollte weiter.

Doch ein leiser Ausruf, ein flüchtiger, betrübter Gesichtsausdruck – wie ein Äffchen, ein Pierrotgesicht – erinnerten ihn, wen er vor sich hatte, so daß er grüßte.

»Hallo, Sie sind Pansy, nicht wahr? Guten Abend, Pansy. Wissen Sie noch, wer ich bin?«

»Ja, natürlich weiß ich das.«

»Habe Sie ja ewig nicht gesehen. Wo haben Sie sich versteckt?«

»Ich habe Sie ab und zu gesehen«, sagte sie. »Sie übersehen mich immer.«

»Wo wollen Sie gerade hin?« fragte er. (Komischer Treffpunkt.)

»Nirgendwohin.« Sie lächelte ihn an.

Sie schwiegen.

»Nun«, sagte er. »Ich habe es leider schrecklich eilig. Verreise übers Wochenende. Gut Nacht, Pansy.«

Sie betrachtete ihn mit ihrem seltsam starren Blick und sagte:

»Ich bin immer noch fast jeden Abend im Tanzpalast.«

»Gut so, Pansy. Ich werde Sie in den nächsten Tagen da suchen. Dann gehen wir wieder essen. Machen Sie's gut!«

Ein Lächeln, ein Winken, dann verließ er sie eilig.

Armes Geschöpf, dachte er, was hatte sie hier zu suchen, abseits der belebten Straßen und ihrer gewohnten Orte? Vielleicht erwartete sie jemanden?

Sie hatte ihn ab und zu gesehen, behauptete sie... Wo denn, um Himmels willen? Ständig wurde er gesehen, ohne selbst jemanden wahrzunehmen. Schade, daß er sie im Stich lassen mußte. Er hätte ihr gern ein gutes Abendessen spendiert. Sie sah aus, als könne sie es gebrauchen. Außerdem war sie eine angenehme Begleiterin, so hübsch und gesprächig wie sie war. An gutem Benehmen konnte sie es mit jeder Debütantin aufnehmen. Schon rührend, wie gewaltig sie sich etwas vormachte. Auf Fragen, wieso sie diesen Beruf ausübte, würde sie sicher eine schöne Geschichte zusammenspinnen. Und er glaubte ihr natürlich, wie immer. Er hatte irgendwie eine Schwäche für Prostituierte, sie taten ihm immer leid und weckten seinen Beschützerinstinkt. (Kitschige Sentimentalität, hatte Oliver das genannt.) Vielleicht empfand er deshalb zunehmend Abneigung gegenüber ihren Diensten. Wenn er auf das sexuelle Klima des vergangenen Jahres zurückblickte, hatte er Erlebnisse dieser Art eigentlich satt. Die Reaktion, der Widerwille kamen beinah zeitgleich mit dem Verlangen. Mittlerweile sehnte er sich – oh! – nach Dauer, nach einer gefühlsmäßig und ästhetisch befriedigenden Beziehung... nach Liebe.

Pansy trat aus dem Schatten der Ligusterhecken, verließ die gepflegten Wohnstraßen mit ihren gotischen Veranden und nahm die Straßenbahn in das Arme-Leute-Viertel, in dem sie lebte.
Sie war todmüde. Stunden um Stunden war sie in jener Straße auf und ab gegangen... dem Polizisten aus dem Weg gegangen... und dann war er plötzlich aufgetaucht, Schicksal, wie ein Wunder – und schon war er wieder fort; wie freundlich und höflich er wieder war. Vielleicht kam er jetzt wirklich bald in den Tanzpalast. Doch sie war so müde, sie war deprimiert. War es keine Ausrede gewesen, seine Eile – wollte er nur fort von ihr? Mitten in der Nacht unternahm man doch keine Wochenendreisen. Und wer hatte ihm den weißen Flieder gegeben, der in seinem Knopfloch steckte?
Sie sah ihn winken, um die Ecke verschwinden, sich selbst dastehen, wie sie mit offenem Mund hinter ihm hergaffte; als hätte er durchschaut, daß sie ihm monatelang nachspioniert, seine Adresse herausgefunden hatte; sicher lachte er sie gehörig aus.

Hugh parkte den Wagen und betrat die große Halle. Seine Schritte dröhnten auf dem Steinboden, dann verschluckten Perserteppiche sie. Die Gobelins an den Wänden, nur vom Kronleuchter in der Mitte beschienen, hatten etwas Überwältigendes, Klaustrophobisches, all die Götter, Göttinnen, Nymphen, Satyre, idealisierten Wälder und Quellen, eine gigantische, rhythmisch gestaltete Szenerie. Niemand war in der Nähe.
Auf dem Tisch schimmerte blaß ein einzelnes Schriftstück. Im Vorbeigehen warf er einen Blick darauf; die Adresse, klein, doch deutlich, wie gedruckt, starrte ihm auf dem dunklen Holz wie eine Drohung entgegen. Wie angewurzelt blieb er stehen; er tat einen Schritt zurück, mußte sich vergewissern; er las *Oliver Digby, Esq.*, dazu die Anschrift in London.
Also schrieb dieser Jüngling ihm. Also kannten sich die beiden. Also war Oliver, von wo immer er gewesen war, zurückgekehrt, hatte sich nicht gemeldet. Also befand er sich in London. Und hatte sich nicht bei ihm gemeldet. Er mußte beide Briefe erhalten haben und hatte einfach nicht geantwortet. Das war also das Ende.
Ihm war dermaßen entsetzlich zumute, wie er da stand – selbst im Traum hätte er es nicht für möglich gehalten – einen Augenblick mußte er sich am Tisch festhalten. Doch der Umschlag starrte ihm frech ins Gesicht, flüsterte: Du hast keine Ahnung, welche Geheimnisse ich berge. Hugh wich zurück, bevor ihn die Versuchung überkam, den Brief zu nehmen und aufzureißen – ja, ihn einfach, unerlaubterweise, zu nehmen und aufzureißen.
Verdammt, verdammt… Er hatte dies alles genau eingefädelt. Falls Oliver, so geschickt und unversöhnlich, wie er war, es ihm zu guter Letzt doch noch heimzahlen wollte, ihm hätte nichts Grausameres, Wirkungsvolleres einfallen können als dieser Brief, wie von Komplizenhand hierher gelegt. »Ich bin anderweitig beschäftigt«, sagte der Brief. »Jetzt bist du ein Nichts.«
Und morgen mußte er diesem Jüngling gegenübertreten… Und was wollte er tun: ihm aus dem Weg gehen, ihn mit Verachtung strafen oder versuchen, bei ihm besonderen Eindruck zu schinden?… Er mußte sich verzweifelt anstrengen und sich die Geschichte aus dem Kopf schlagen, damit er den morgigen Tag genießen konnte.

Grock rappelte sich aus luxuriösen Tiefen eines Brokatsessels hoch und tappte ihm entgegen. Sein schwaches Schwanzwedeln war wenig begeistert: kein Trost für seinen Herrn, daß wenigstens der Hund ihn liebte. Grock sabberte, sein Hundeblick schwer. Gleich verkroch er sich wieder.
Tatsächlich hatte Grock nach dem verlockenden gestrigen Tag seine guten Manieren vergessen und am Ende eine wehrlose Kröte geschnappt, kühn bei lebendigem Leibe verschluckt; die lag ihm nun bleiern im Magen.

Hugh hoffte inbrünstig, daß alle zu Bett waren, und öffnete die Tür zur Bibliothek einen Spalt, schaute hinein. Aber Christopher Seddon erwartete ihn, die Bleistift- und Federzeichnungen, Karten für sein neues Buch lagen auf dem Schreibtisch, bereit zum Vorzeigen und Erklären.
Hugh jedoch blieb in der Tür stehen, nervös, lächelte, entschuldigte sich, erklärte, er sei so entsetzlich müde, er müsse schnurstracks ins Bett...
Und was alles verschlimmerte: Der alte Herr nahm es als Beleidigung; wie vor den Kopf gestoßen schrak er zusammen, sprang auf, fegte seine Papiere beiseite und führte ihn wortlos nach oben.

Niedergeschlagen kam er wieder hinunter, um alle Lichter auszulöschen; er öffnete die Wohnzimmertür, und sein Blick fiel auf Gerald und Clare, die er beide vollkommen vergessen hatte. Clare lag auf dem Sofa, rauchte eine Zigarette, und neben dem Kopfende saß Gerald am Boden. Christopher hörte sie lachen:
»O Gerald, du bist köstlich. Auf griechisch hat mir noch niemand ein Kompliment gemacht.«
Was tun? überlegte Christopher, die Hand am Lichtschalter.
»Nun, ich glaube, wir können hier nicht die ganze Nacht bleiben«, sagte Clare.
»Leider«, sagte Gerald.
»Jetzt wirst du ja menschlich. Ich sage, glaube ich, gute Nacht.« Sie reichte ihm die Hand. Er führte sie an die Lippen.
»Ist das bei den Griechen so üblich?« sagte sie.
Doch er konnte nicht im Scherz antworten, konnte sie nur ansehen...

In diesem Augenblick löschte Christopher Seddon die Lichter und zog sich stumm zurück.
Sie waren fassungslos. Schritt für Schritt ertasteten sie den Weg nach oben, entzündeten dann und wann ein Streichholz.

Als es still im Haus war, stieg Ralph, der keinen Schlaf fand, aus dem Bett und schlich nach unten.
Sein Brief lag noch auf dem Tisch: Er war nicht zur Post gegangen. Das machte nichts. Es stand einiges darin, das ihm schon nicht mehr gefiel. Morgen würde er ihn verbessern. Er steckte ihn in seine Tasche.
Hinaus ins durchsichtig schimmernde Sternendunkel. Zum dunklen Waldstück laufen. Stehen zwischen riesigen Stämmen. Sich verlieren, verschmelzen in ihrem unermeßlicheren Sein.
Von den knorrigen Wurzeln bis in die bebenden Baumspitzen sirren alle Fasern, strömt Lebenskraft durch den majestätischen Organismus. Geburt, Wachstum, Tod – alle Qualen sind dem Holz vertraut. Horch in der Stille auf den Atem der Bäume.
Ye vastest breathers of the air...[9]
Und im nächsten Augenblick war er überwältigt. Die lebendigen, riesigen Bäume um ihn herum kamen ihm so stark vor, daß er zutiefst erschrocken dachte: »Ich bin für immer gefangen!...«
In der Erde verwurzelt, in seiner Rinde gefangen, stand er da. Er war eine Buche.

Fünfter Teil

Wo sie ihre Ferien verbrachte, wußte sie hinterher nie genau. Sie hatte sich nicht auf der Landkarte vergewissert, wo und in welcher Richtung das Dorf lag, hatte nicht danach gefragt. Sie war von der kleinen Kreisstadt im Süden Englands, in der sie übernachtet hatte, per Bus aufgebrochen, war meilenweit gefahren, hatte ausgeharrt, bis es endlich auftauchte, so wie sie es sich in ihrer Phantasie ausgemalt hatte: zwischen Getreidefeldern und satten Weiden, ein Dorf, in Sonnenlicht gehüllt. Und sie hatte ein strohgedecktes Cottage gefunden, weißverputzt zur Gartenseite, alter rötlicher Backstein die Straßenfront; durch einen kleinen, von Blumen überquellenden Garten mit alten Obstbäumen war sie eingetreten und hatte dort Quartier bezogen.

Aus dem Fensterrechteck sah sie den Garten und eine Pappelreihe, dahinter Teich, Dorfplatz und, behäbig und rosig in ihren Gärten, weitere Cottages, aus deren Schornsteinen sich Rauchfäden kräuselten. Und sie hörte Hühner und Enten, schläfrig; und Kinder gingen auf ihrem Schulweg die Dorfstraße entlang und kamen wieder zurück; Fuhrmann und Kuhhirt riefen ihre Tiere von der Weide; und von der Schmiede am Dorfende klang der Amboß.

Dennoch hörte sie ebenso Anzeichen für den Anbruch der neuen Zeit – häufiges Geratter eines Motorrads, neueste Errungenschaft eines jungen Mannes im Gasthaus, das Dröhnen des Busses, der täglich zwischen Dorf und Stadt verkehrte, die Handvoll Einkäufer und Kinogänger abholte und heimbrachte.

Doch eine Zeitlang herrschte noch Frieden: kein Fabrikschornstein, kein Varieté, kein Bahnhof, keine Straßenbahn, auch kein Golfplatz. Die Zeit würde noch ein Weilchen gemächlich voranschreiten, die Jahreszeiten unmerklich einander abwechseln und keine Veränderung mit sich bringen. Männer und Frauen, Apfel-

bäume, die starken Wagenpferde, das Getreide, die Rosen und die Schwalben, sie alle lebten in Harmonie und Eintracht mit der fruchtbaren Erde.
Sie fiel in sommerliche Trance.

Schönheit ist ein Besuch, der ohne Vorwarnung erscheint, einen Tag, eine Stunde – manchmal auch länger – alles verwandelt; einen Hauch später geht und verschwindet.
Sie webte sich in ein schimmerndes Netz, verknüpfte kleinen Reiz mit zerbrechlichem Zauber, bis das leuchtende Gewebe den alltäglichen Mittag, die gewöhnliche Nacht verbarg.
Sie war in ihr Zimmer verliebt, sein angeschlagenes rosa Geschirr, sein Himmelbett, dessen Matratze allem widersprach, was Komfort bedeutete, die gerahmten Bibelsprüche, das Hochzeitsbild und das Foto einer Grabstelle an der Wand. Sie war verliebt in den beißenden Geruch der feuchten, alten Wände mit dem Fenster, das des Nachts die Sterne hineinließ, das Seufzen und Ächzen der Pappeln und den Duft des Mehlkrauts von den üppigen Feldern.
Im Morgengrauen hörte sie in ihren Lehmnestern unter der Traufe die jungen Schwalben sich rühren, das Licht mit zartem Gezwitscher begrüßen.
Auf der Fensterbank fand sie eine Motte von blassestem Jadegrün, auf jedem Flügel eine limonengelbe Wellenlinie. Am Abend lag sie dort, wie ohnmächtig, still; doch später sah sie, daß sie zu Leben erwachte, ein Beben sie durchfuhr und sie der Kerze entgegenkreiselte. Da blies sie die Kerze aus.
Im Garten wuchsen große Mohnblumen, wucherte der Borretsch. Sie pflückte von ihnen, mischte die rauhen Stengel, stellte die Flammenfarben, Rot und Blau, in eine hohe meerblaue Glasvase.
An der Pforte wuchs ein gelber Lupinenbusch; und später, als seine Blütentürme schwankten, kamen die kräftigen Rispen des Rittersporns zum Vorschein.
Als die Sonne heiß schien, lag sie im Schattengitter des Apfelbaums, in dessen Krone eine weiße Kletterrose rankte. Sie beobachtete einen winzigen Fliegenschnäpper, der den ganzen Tag die hochstämmigen Rosen umschwirrte. Jungvögel, Mauersegler, Schwalben, Bachstelzen flogen im Garten, und Rufe der Elternvö-

gel gellten, alarmiert und dringend, wenn die schildpattfarbene Katze zwischen den Blumenverstecken stromerte. Nichts in der Welt, dachte sie, schimmerte so wie regenschauernasse Vogelflügel im Sonnenlicht.
Eines Abends fand sie ein Schwalbenjunges auf dem Gartenpfad. Sie hob es auf und brachte es ins Haus, dachte: »Es ist verletzt und wird sterben; wenn das Auge erstarrt, kehrt die Wirklichkeit zurück.« Es hockte in ihrer Hand, und sein Blick war lebhaft, weder schmerz- noch angstverschleiert; es sah ihr zu. Die Krumen, die sie ihm streute, wollte es nicht fressen; aber nach einer Weile, nach Sonnenuntergang, bewegte es sich abrupt, steckte sein Köpfchen nach hinten, vergrub es und – die Brust geplustert, den Schnabel unterm Flügel – schlief. Still saß sie im Sessel, spürte das eigenartige Klammern der winzigen Krallen, warmes Federkitzeln auf ihrer Hand. Begeistert und erschrocken betrachtete sie das kleine Lebewesen, das von der fremden Umgebung nicht befremdet schien und seiner Beschützerin vertraute. Sie trug es hoch und setzte es in seinem kindlichen Schlaf in die Falten eines Wollschals, bei geöffnetem Fenster aufs Fensterbrett. Sie erwachte vor Sonnenaufgang und sah es bewegungslos dasitzen, ein dunkler Ball. Als sie wieder erwachte, schien die Sonne, und alle Vögel zwitscherten; es war davongeflogen.
Sie nahm es als Botschaft, als gutes Omen. Zum erstenmal, fand sie, hatte sie etwas retten wollen und dabei nicht zerstört. Jetzt würde auch sie gerettet. Und der kleine Traum vom Vogel verband sich mit dem wichtigen Traum von dem jungen Mann. Sie ging und hielt den Gedanken an ihn liebevoll beschützt in ihrer Hand.

Später kamen die tiefroten Kletterrosen, ein dichtes und volles Blütennetz überzog mittsommerlich, üppig und schwer das Gelbgrün, das Blaugrün aller Gärten.
Auf den Weiden wurde Heu gemacht, Reihe für Reihe neigte sich das Gras und fiel. Sie saß in der Sonne am Fuß einer Hecke aus wilden Rosen und Zaunwinden, atmete den Geruch frischgemähten Grases und sah den Leuten beim Heuwenden zu. Das ganze Dorf war des Abends dort, Männer, Frauen und Kinder; Mütter brachten selbst die Kleinsten mit und stillten sie in der Sonne.
Sie schaute zu, wie die letzte Fuhre eingebracht wurde, getürmt

auf dem rotgelben Heuwagen; und die Kinder kletterten nach hoch oben und ließen sich unter Geschrei und Gelächter zum Hof mitnehmen.
Morgens und abends sah sie jetzt von ihrem Fenster die Heumieten, ausgewogene Formen und Linien, nicht vom Zufall geschaffen, sondern erdacht und erprobt – wie das Werk eines Künstlers. Einmal im Morgengrauen lehnte sie nach einem Regen aus dem Fenster und sah weiße Nebelschwaden die Felder fast verhüllen; und sie hörte das Pferd im Stall aufstampfen. Die kühle Feuchtigkeit des Flusses suchte dieses wasserreiche, moorige Tal wieder heim, kündete in den letzten Julitagen schon den Oktober an. Jetzt lag bei Sonnenuntergang oft ein nebliger Perlmuttschimmer über den Wiesen.

Nelken und Malven, Phloxstauden, Madonnenlilien kamen in den Gärten zum Vorschein.
Eine Reihe Malven erblühte vor dem Hintergrund des Spalierobstes hinten im Garten. Sie stellte sich ihre runden Blütenknospen wie Noten in einer ausgebreiteten Partitur vor; Akkorde und Tonleitern in allen Schattierungen von Rosa und Weinrot auf den grünen Latten des Spaliers. Bald, dachte sie, würde sie wirklich die Töne hören, so sehr gegenwärtig waren ihre Sinne in angeregter Harmonie.
Der Duft der Nachtschattengewächse wehte nun durchs Fenster.

Sie ging durch Getreidefelder. Im Wind flackerte und huschte es körperloser als Flammen über grüne Ähren und das Blond der Halme.
Sie erklomm die Hänge und lag am Rande eines Buchenhains. Sie wünschte, sie wäre so groß wie der Hügel, um sich ganz an ihn schmiegen zu können, von oben bis unten, große ruhende Glieder, und dabei die Aussicht aus Riesenaugen zu betrachten: Augen, groß genug, alles mit einem Blick zu erfassen – Felder, Bäume, die Downs und die Wolken darüber, bis zum Horizont.
Der Wind kam in sanften Stößen, wiegte das schwebende Laub an den äußeren Zweigen. Fette Bienen sah sie schlafend im nahen Thymian, und Marienkäfer krochen angestrengt über Gräser und

Wurzeln. Die Wolken strömten über den Himmel, wiederholten aschweiß die dunklen Massen der Ulmen unten und die langen Formen ferner Wälder auf den Downs.
Wenn der Abend kam, schienen die Baumkronen langsam und majestätisch dahinzusegeln, wie allesamt bei Hochflut zur See gelassen, neigten sie sich goldleuchtend gen Westen; und die Wolken darüber segelten auch.
Die Wolken flogen in den hochofenroten Westen; und die Sonne zerriß, verbrannte ihren festen Stoff zu rauchenden Fetzen und Lumpen; und um die Feuerstelle zerstob der sterbende Wind ihre Asche.

Ihre Wirtin hieß Mrs. Crawley. Sie war im Dorf geboren und aufgewachsen, dunkelhaarig, klein und zurückhaltend. Sie hatte einen Jungen, Frank, sechs Jahre alt, und ihr Mann war Gärtner. Tagsüber arbeitete er im Pfarrgarten, und dann kam er nach Hause und bewirtschaftete bis zum Anbruch der Dunkelheit seinen eigenen Garten: ein Mann wie aus Holz, still, bräunlich, zäh, mit knorrigen Gelenken; vierzig, vielleicht auch sechzig... War es schier pflanzliche Ruhe oder war es Leidenschaft, daß er sich immerzu geduldig und beharrlich über die Erde beugte?
Des Morgens kam lächelnd Mrs. Crawley, brachte Eier und Schinken; stellte Brot, Honig, die Teekanne auf den Tisch, erklärte kaum hörbar, der Nachmittag würde feucht oder fein; rief gute Nacht, wenn sie die kleine Warmwasserkanne vor der Tür abstellte. Doch einmal brachte sie eine wilde Orchidee, die Frank gepreßt hatte, mit Briefmarkenfalz auf Aktenpapier geklebt. Wegen dieses Prachtexemplars, erklärte sie, hatte Frank bei einem Schulwettbewerb ein Halfcrown-Stück als Preis gewonnen. »Schön zu wissen, daß die Kinder es zu etwas bringen«, sagte sie und strich Frank im Hinausgehen über den Kopf – putzte aber nicht seine Nase, die es eigentlich ständig nötig hatte.
Die Münze ließ sich schlecht rahmen; sie wie eine Medaille an einer Kette um den Hals zu tragen, fanden sie unpassend. Was tun?
Grace schenkte ihm ein rundes Kristalldöschen mit Silberdeckel, ein Erbstück ihrer Mutter, das eigentlich für Nadeln, Knöpfe und ähnliche Kleinigkeiten gedacht war. In diesem Behältnis lag nun

die Münze im Wohnzimmer auf dem Kaminsims, gut verschlossen und dennoch sichtbar. Danach unterhielt sich Mrs. Crawley manchmal mit ihr, lächelte scheu, ließ sie an Einzelheiten ihres Lebens, an ihren Gedanken teilhaben.
Sie sagte:
»Ich war noch nie in London, und das Meer habe ich auch noch nicht gesehen. Nach London will ich nicht, aber ich möchte, daß Frank das Meer sieht. Vielleicht nehme ich ihn dieses Jahr mit, wenn der Abstinenzlerverein seinen Ausflug macht. Aber ich weiß nicht. Diese Ausflugskutschen sehen meiner Meinung nach gar nicht sicher aus...«
Sie dachte nach. Dieses Abenteuer war offensichtlich mehr, als sie sich ausmalen konnte. Dennoch, Frank sollte das Meer sehen.
Der Junge war kleiner und blasser als viele Kinder der Slums in den Städten des Nordens. Seine Abkunft war arm, wenig fruchtbar, Inzucht war üblich.
Sie sagte:
»Er ist zäh, Frank. Der Schularzt hat ihn untersucht, und im Bericht steht, daß er an Herz und Lungen gesund ist. Aber anscheinend wollten sie ihm was aus dem Hals operieren.«
Sie war eine redliche Frau, und gelegentlich – selten – leuchtete eine verborgene, begrabene Seite ihres Wesens durch, beinah ein Charme, eine liebevolle, verspielte Seite. Doch mittlerweile war sie eingespannt in die tägliche Monotonie ihrer Verrichtungen, in die Zweifel und Bedenken ihrer eigenen Beschränktheit.
Oft erzählte sie von ihrer Wöchnerinnenzeit, der einzigen Zeit, in der sie wichtig war; auf diesem Ereignis basierte ihre eigene Zeitrechnung wie: vor Christi Geburt und danach. Sie erinnerte sich an die zehn Tage Bettruhe, das Kind, seine Wichtigkeit, die Hebamme des Bezirks – sie lächelte dabei wie im Traum, erlebte in Gedanken noch einmal das Geheimnis der Niederkunft, die verwirrende Mischung von Schmerz und Freude.
»Als er zur Welt kam«, sagte sie, »war die Nabelschnur dreimal um seinen kleinen Hals gewickelt. Beinah hätte ich ihn verloren.«
Und einmal sagte sie leise: »Die glücklichste Zeit meines Lebens war das.«
Sie war nicht neugierig, stellte keine Fragen. Brachte sie Toms all-

wöchentlichen Brief, hielt sie ihn mit unschlüssigem Lächeln, einem Blick, ahnte vielleicht: ihr Mann – erhoffte vielleicht ein Strahlen, eine eifrig ausgestreckte Hand; begriff andeutungsweise, daß ihr Logiergast solche Hoffnungen nicht erfüllen konnte; fand es bedauerlich, denn schließlich: Sie selbst hatte es gut – Mr. Crawley war ein guter Mann, arbeitete ordentlich und rührte keinen Tropfen an.

Eines Abends, als Grace auf dem Weg ins Bett an der offenen Küchentür vorbeikam, sah sie alle drei schweigend am Tisch sitzen. Vor ihnen standen die geleerten Teller und Tassen; und das Licht der einzelnen Kerze tauchte die Gruppe in zarte Helligkeit und Schatten, beleuchtete ihre ruhigen, gedankenleeren Gesichter. Die Einfachheit ihrer Bedürfnisse bewegte sie, die schlichten Besitztümer gingen ihr zu Herzen: die harten Holzstühle, Seite an Seite, bereit, die Müden, Ruhebedürftigen aufzunehmen; das Brot für den wohlverdienten Hunger. Das Kind saß schlafend auf ihrem Schoß. Kein Geräusch war zu hören, keine Bewegung zu erkennen. Aus dem schimmernden Dunkel tauchte, wie ein niederländisches Gemälde, die häusliche Gruppe auf, bedeutungsvoll, friedlich und schmerzlich, bildhaft und transzendent, besonders und von allgemeiner Symbolkraft.

Toms Ferien waren kein Erfolg. Er blieb neun Tage fort und kehrte dann in die Stadt zurück. Niemand war da, ihn zu begrüßen; das Haus war verlassen, und Annie hatte Ferien, kam erst zum Wochenende zurück. Er zog die Vorhänge auf, nahm den Staubschutz von den Möbeln, hörte das Echo seiner eigenen Schritte im Treppenhaus, warf einen Blick in die leere Küche und Speisekammer – sie, deren Anwesenheit tröstliche Puddings und gutgefüllte Borde garantiert hatte, war nicht da –, und er empfand die Einsamkeit wie einen körperlichen Schmerz. Er besorgte sich eine Aushilfe, die täglich kam, sein Bett machte und den Frühstücksschinken anbrennen ließ; für die übrigen Mahlzeiten inspizierte er der Reihe nach alle billigen Lokale am Ort; mochte sie alle nicht. Annie würde ihn in seiner traurigen Lage bemitleiden, wenn sie heimkam. Grace würde ihn auch bedauern… würde sie das? Machte es ihr etwas aus, daß seine Ferien trübsinnig, gräßlich, ein

Fehlschlag waren? Länger als einen Monat war sie nun schon allein unterwegs, hielt kaum die Verbindung mit ihm aufrecht...

Potter hatte ihm das Motorrad geliehen – höchster Beweis einer Freundschaft, die bei Whisky und Soda am Billardtisch gereift war –, und auf dieser unzuverlässigen Maschine war er auf Umwegen, doch hoffnungsvoll nach Scarborough gefahren, um dort sein Junggesellendasein zu genießen. Aber in Scarborough hatte es geregnet; es war teuer und unergiebig gewesen. Nie, dachte er, würde er die regen- und windgepeitschte Strandpromenade vergessen, seine halbherzigen Versuche, da und dort Bekanntschaften zu schließen, sein trostloses, klammes Hotelzimmer, seine eigene biedere Art, das Gefühl, verhöhnt zu werden, als er versuchte, beim Tanztee in der Hotelhalle einsame junge Damen zum Foxtrott aufzufordern: Er war ein alter Narr, eine komische Figur, er hatte das Gefühl, sie lachten ihn aus, kicherten. Romantische Abenteuer – alle Abenteuer, von denen Potter erzählt hatte –, er erlebte nichts dergleichen. Ihm fehlte Potters Draufgängertum. Er war in keiner guten Verfassung gewesen.

Aus Scarborough, das ihm hohl und hämisch vorgekommen war, hatte er die Flucht ergriffen, war quer durch England gefahren, auf noch mehr Umwegen, und – nun ohne Hoffnung – bis in die Gegend von Chester; nun mit braven Absichten. Aber auch das hatte ihn nicht zufrieden gemacht, ihn nicht von seinen Erinnerungen und Sorgen erlöst; er hatte einen Kranz auf das Grab seiner Mutter gelegt; kein Gefühl von getaner Sohnespflicht, als er den neu errichteten Marmorgrabstein betrachtete. Der Stein sah gut und richtig aus: nichts Billiges; geschmackvoller als Granit und eindrucksvoll, auch ohne die Worte *Ihre Kinder erheben sich und segnen sie* [10], die er in seiner ersten Trauer als Grabspruch erwogen hatte. Es wäre doch zu reichlich gewesen, auf Mutter bezogen. Sie war nicht unbedingt... Grace ihrerseits hätte sie auf Befragen ganz anders tituliert. Da lag sie also in ihrem Sarg, die alte Dame, Bertha Fairfax, weiß Gott, keine Schönheit: In einer morbiden Anwandlung überlegte er, wie sie jetzt wohl aussah.

In jener Nacht jedoch – im Haus eines alten Freundes seiner Mutter, Anwalt der Familie und Testamentsvollstrecker –, schlaflos im ungemütlichen Gästebett, kam ihm diese Grabinschrift wieder in den Sinn und verfolgte ihn. Geliebte Mutter des Thomas Fuller

Fairfax – lautete die letzte Zeile. Und dabei besann er sich, daß er der letzte seiner Familie war, daß niemand je auf seinen Grabstein schriebe: Geliebter Vater von... nicht einmal: Geliebter Ehemann (bestimmt nicht, wenn es nach Grace ginge – höchstens wenn Annie sie darauf aufmerksam machte). Eigentlich hatte er sich immer als Familienvater gesehen – Hausschuhe am warmen Ofen – Kinder, die ihm zur Begrüßung entgegenliefen – an seiner Taschenuhr horchten – ihm Tee einschenkten – all solche Sachen. Und nichts davon war geschehen oder würde je geschehen. Er war betrogen worden und würde kinderlos sterben. Es war natürlich ungerecht, Grace die Schuld zu geben: Vielleicht war ihr das Kind auf ihre eigene Art auch nahegegangen; doch sie hatte es nicht gesehen, wie er es gesehen hatte: Egal, was sie in ihrer Mutterschaft durchgemacht hatte, sie hatte keine Ahnung, das wußte er, konnte keine Ahnung haben, was es hieß, plötzlich jenes leblose Geschöpf damals vor sich zu sehen und, vollkommen unerwartet, entsetzlich und unvergeßlich, mit einem Schlag zu denken: Mein Sohn!
Nicht zum erstenmal, doch diesmal rebellischer denn je, fand er sich in Zwietracht mit der christlichen Moral. Da war er nun an eine Frau gebunden und dermaßen in seinen natürlichen Bedürfnissen und seiner Zeugungskraft enttäuscht. Wie ungerecht und dumm! Natürlich mußte ein jeder sein Kreuz tragen... Warum eigentlich? Er konnte nur hoffen, daß Grace starb; und dennoch (auch wenn er den Traum von früher Witwerschaft nicht ganz verdrängen konnte) wollte er doch nicht, daß sie starb: nicht Grace, nein, nein (schreckliche Nachtgedanken!), nur seine gefühlskalte, unfruchtbare Frau.

Seine Ferien waren in einer Sackgasse gelandet. Was sollte er mit sich anstellen? Und plötzlich schien die Antwort offensichtlich: Grace besuchen. Ja, dachte er in einer Anwandlung von Gewissensbissen, Zuneigung und wiederkehrender guter Laune, ich schicke ihr morgen früh ein Telegramm und mache mich gen Süden auf, besuche sie ein paar Tage. Womöglich fand auch er Geschmack am einfachen Leben. Sie würden große Spaziergänge machen und sich erholen. Er sah alles schon im Geiste vor sich: wie sie die Einheimischen grüßten, zu Mittag Brot, Käse und Bier zu sich nahmen; ein Schwätzchen mit dem Bauern hielten, querfeld-

ein gingen und auf Zauntritten saßen und rasteten – es sich auf dem Lande rundum gemütlich machten.
Bestimmt hatte sie mittlerweile genug von ihrem verrückten Alleinseinwollen. Wahrscheinlich war ihr in tiefster Seele todsterbenslangweilig, so langweilig wie ihm. Er würde einfach zu ihr fahren und sehen, was sie vorhatte.
Und in seinem Hinterkopf geisterte die Vorstellung, womöglich konnten sie noch einmal von vorn anfangen, versuchen, besser miteinander auszukommen, sich mitzuteilen, besser zu verstehen. Sie war ein komisches Mädchen, Grace: launisch, empfindlich, lachte über die seltsamsten Dinge und regte sich über die eigenartigsten Dinge auf. Sie war unergründlich, Grace. Manchmal spürte er, daß er schlicht Angst vor ihr hatte. Wenn sie ihn abrupt anfuhr, ihn rätseln ließ, wieso er schon wieder alles falsch gemacht hatte! – wenn er geflissentlich ihr verschlossenes Gesicht übersehen hatte: »*Also*, was ist los?«, viel lieber den Kopf in den Sand gesteckt hätte. Frauen waren launisch. Er wollte nur seine Ruhe... Und dann hatte Grace – eine Frau von Format, wie Potter fand – trotz ihrer Größe, ihrer Ruhe etwas, das ihn in seinem tiefsten Innern denken ließ: Arme, kleine Gracie; als spürte er etwas an ihr, womit er nicht zurechtkam, das er nur bedauern konnte: etwas Jungmädchenhaftes, Rührendes, Überschwengliches, zu empfindsam für ihn; etwas, wozu liebevolle Kleinmädchenkosenamen paßten. Das erste Jahr ihrer Ehe war voll davon gewesen – zurückblickend eigentlich erstaunlich. Vielleicht war es seine Schuld: Er hatte sich zu sehr in die Arbeit gestürzt, seine männlichen Freizeitvergnügen, und hatte sie zu sehr sich selbst überlassen.
Morgen früh würde er ihr ein Telegramm schicken, würde eingestehen, wie sehr er sie vermißt hatte; und sie würde lächeln, ihr Lächeln, daß ihm immer noch als heiter auffiel, sagen: »Ich habe dich auch vermißt, Tom«, und sie würden die trüben Gedanken verscheuchen und eine neue Seite in ihrem Leben aufschlagen.

Doch als er schon abreisen wollte, telegrafierte Grace zurück, er solle nicht kommen. *Bitte nicht kommen, schreibe, Grace,* war der genaue Wortlaut. Also hatte er noch einmal telegrafiert: *Fahre nach Hause* – legte in die knappe Botschaft (ob es ihr auffiele?) seine ganze Verlorenheit, Enttäuschung und seine verletzten

Gefühle. Dann war er wieder gen Norden gefahren. Auf ihren angekündigten Brief wartete er immer noch.
Er verbrachte den dritten Abend in seinem verlassenen Zuhause. Gott sei Dank, nur noch ein paar Tage, dann ging er wieder in die Firma.
Zum erstenmal begriff er, wie einsam einer in der Menge sein kann. Potter und seine übrigen Freunde waren alle verreist. Er hatte sogar Norah angerufen und vorschlagen wollen, gemeinsam Bridge zu spielen – etwas, das er früher nie gemocht hatte. Obwohl sie, wenn sie sich begegneten, immer freundlich zu ihm war, gingen beide unausgesprochen davon aus, daß sie eigentlich Graces Freundin war – Ehemänner ausgeschlossen. Er hatte scherzhaft den armen Strohwitwer hervorkehren wollen, doch Norah, informierte ihn das Hausmädchen, war mit der Familie in der Bretagne. Er legte den Hörer auf, wie vor den Kopf gestoßen; denn allein das Wort Bretagne stand seiner Ansicht nach stellvertretend für einen unzweifelhaften gesellschaftlichen Unterschied. Die MacKays nahmen, obwohl finanziell schlechter gestellt, Ferien für selbstverständlich und reisten an Orte, die nicht nur angemessen, sondern obendrein romantisch klangen. Scarborough oder Whitby konnte man nicht mit der gleichen Weltgewandtheit wie Bordighera oder Sevilla nennen – oder auch Ostende, dachte er.
Er stand am Wohnzimmerfenster und sah in der Augustabendsonne dem Verkehr zu, hörte in der Ferne die Musik der Karussells. In der Stadt war Jahrmarkt; und alles, was kreuchte und fleuchte, hatte nur den Rummelplatz zum Ziel.
Was sollte er mit sich anfangen? Er hatte die *Daily Mail* und den *Mirror* schon zweimal von vorn bis hinten gelesen und sämtliche Kreuzworträtsel gelöst. Jetzt blieb nur noch die Abendzeitung. Die ginge er sich kaufen und würde sie beim Abendessen lesen. Welches Restaurant, überlegte er, sollte er heute abend ausprobieren? Zur Abwechslung einmal ein ordentliches, egal, was es kostete? Warum kein schickes wie Barnard's? Verdammt, er ginge zu Barnard's und ließe es sich richtig gut schmecken, nur das Beste dort: Und seine melancholische Stimmung ertränkte er in einer Flasche Wein.

Der Ober setzte ihn an einen kleinen Ecktisch, auf dem eine Lampe mit rosa Schirm und eine kleine Metallvase mit Kunstblumen standen – eine Rose und eine undefinierbare gelbe Blüte. Als er mit männlichem Schritt durchs Lokal an seinen Platz ging, fand er, daß er es mit jeder Gesellschaft aufnehmen konnte. Seine Erscheinung, allseitig von Spiegeln reflektiert, war eigentlich nicht übel. Eigentlich, fand er, war er gar nicht so dick.

Er studierte die Speisekarte und bestellte Scholle, Hausfrauenart, Filettopf, Salat, Nachtisch und Käsetoast, dazu eine Flasche Burgunder. Barnard's war zweifellos in Ordnung.

Das Orchester spielte, hingebungsvoll, schrill, aufreizend, die ersten Takte des Gassenhauers der Saison. Die synkopierten Rhythmen flossen wie Sirup von der Galerie. Er hatte sie zuerst zwischen Palmen und Säulen im Kurhaus in Scarborough gehört, auch die Karussells schickten die Melodie mit dem Wind vom Rummelplatz. Hier hielten die Gäste im Gespräch inne, als sie das Lied erkannten, pfiffen oder summten ein paar Takte mit, wiegten sich, sahen verträumt in die Runde, wippten mit den Füßen. Er ertappte sich, daß er im Takt kaute. Diese Musik ging ins Blut. Wie gern hätte er die modernen Tänze beherrscht. Früher war er als Walzertänzer unschlagbar gewesen; das abgehackte Gehüpfe irritierte ihn. Er hätte, vor dieser Freiheit, Tanzstunden nehmen sollen.

Er betrachtete sein Spiegelbild, führte würdevoll und sicher ein Weinglas an die Lippen. Der Spiegel präsentierte das Restaurant wie im Film: Lichter, Geschirr, eilende Ober, er selbst als Brennpunkt, der Mann von Welt, erlesen, allein, auf den sich das romantische Geschehen konzentrierte. Wo war ›Die Frau‹?

Der Wein wärmte ihn innerlich, und er schwankte zwischen Bedauern und Vorwurf, daß er keinen Mut hatte, die sich anbietenden Gelegenheiten beim Schopf zu ergreifen. All das sollte anders werden. Böte sich ihm heute abend ein Abenteuer, er war zu allem bereit. Die Frage war nur, wo und wie seine guten Vorsätze in die Tat umsetzen? Er war lächerlich ahnungslos.

Er war schon beim Hauptgericht, als sich eine Gruppe junger Männer hinter ihm so auffallend benahm, daß alle im Raum aufsahen. Starren, Blicke, Gesten der Duldung, Überraschung, Mißbilligung – in ihre Richtung. Vorbeigehende Ober hielten inne, amüsiert.

Er drehte sich um. Anscheinend eine Feier. Eine ausgelassene Gesellschaft. Er setzte seine Brille auf und erkannte erstaunt Angestellte aus seiner Firma, mehrere andere junge ortsansässige Männer und in ihrer Mitte – der junge Miller: der junge Miller, der mit rotem Kopf am Tisch eine Pantomime vollführte, Besteck, Brot, die Menage und was sonst noch als Requisiten benutzte. Alle umringten ihn. Lachsalven drangen bis zu ihm.
Was hatte er vor? Er war ein netter junger Mann, doch ihm fehlte Festigkeit. Wenn der alte Herr ihn um seine Meinung bat, würde er das sagen: »Ihr Großneffe ist sehr beliebt, Sir Lionel. Er ist mehr als gescheit, aber was ihm fehlt, ist Festigkeit.«
Er erinnerte sich an ein, zwei alberne Begebenheiten im Büro; schüttelte den Kopf, sah die alte Ordnung schwinden und die Leitung der Firma aus jenen ehrwürdigen Händen, die diese Firma einst geschaffen und in Grenzen gehalten, Rang und Namen erwirtschaftet hatten – ihn seit Jahr und Tag für seine pflichtbewußten Dienste angemessen bezahlten –, übergehen in diese Hände, die er dort drüben bewundern konnte – zu jedem Unfug fähig, unverantwortlich.

Das Orchester spielte nun für Hugh, für ihn allein. »Bravo!« applaudierte er, wenn ein Stück zu Ende war. »Weiter! Los!« – und die schütteren Geigenklänge gewannen an Volumen, der Pianist griff dramatisch in die Tasten.
Ein eigenartiger Impuls ging von diesem ungestümen Tisch auf den Raum über. Wie der Golfstrom, der sich warm seinen Weg durch eisige See bahnte, vorbei an winterlichen Küsten, einen Hauch Grün im Schlepptau, floß eine entspannende Wirkung. Oder wie ein Luftzug, der schale Luft herzerfrischend in Bewegung brachte... oder wie Hefe...
Doch umsonst: Bei niemandem in jener Gesellschaft fielen die Gleichnisse auf fruchtbaren Boden. Im Gegenteil, je mehr der eine in seinem Element war, desto mehr zogen die anderen sich innerlich zurück, kapselten sich irritiert ab gegen den heidnischen Impuls, die ansteckende Fröhlichkeit; versteiften sich zu einer einzigen öden, ablehnenden Masse, empört und starrhalsig.
Hugh jedoch blieb ungerührt. Eisige Kälte mochte ihn streifen, sie konnte ihm nichts anhaben. Er war in Hochform.

»Auf, zu den Karussells und Schiffsschaukeln«, hörte Tom ihn rufen.
Er bahnte sich ein wenig schwankend einen Weg, vorbei an den Tischen, und stieß gegen Toms Stuhl, entschuldigte sich im Herumdrehen. Da erkannte er ihn und grüßte überschwenglich.
»Hallo, da ist ja Onkel Tom. Onkel Fairfax. Mr. Fairfax...«
Er blieb stehen und sammelte sich.
»Guten Abend, wie geht es Ihnen«, sagte er höflich, fügte mit einem entwaffnenden Lächeln hinzu: »Wir nennen Sie in der Firma Onkel Tom. Das macht doch nichts? Es ist ein – wie soll man sagen – ein Liebesbeweis. Haben Sie schöne Ferien verlebt?«
»O ja, angenehm, danke, Mr. Miller.«
»Wie geht es Mrs. Fairfax?«
»Oh, danke, sehr gut, wirklich sehr gut. Wie es Ihnen geht, brauche ich nicht zu fragen«, sagte Tom leutselig. Er fühlte sich doch geschmeichelt. Zweifelsohne hatte er etwas für ihn übrig. Onkel Tom, na so was! Aber das durfte er nicht übelnehmen...
»Oh, ich«, kicherte er, »mir geht's verdammt gut. Gehen Sie auch zum Jahrmarkt?« (Was war mit ihm los, daß er so allein hier saß und aß?)
»Ja – vielleicht – ein halbes Stündchen...«
»Oh, Sie müssen unbedingt. Fabelhaftes Vergnügen. Ritt auf dem Vogel Strauß – ein Penny. Palast der großen Schönheiten – Indische Tänzerin – Dickste Frau der Welt – jede Menge Attraktionen.«
Er zwinkerte Tom zu, sagte dann hastig (denn, o Schreck!, der gute Alte hatte die Ohren gespitzt – gleich käme er womöglich mit):
»Also, ich hab's eilig. Puh, hier ist es heiß, nicht wahr? Nichts wie an die frische Luft.«
Er lächelte, und im Fortgehen drehte er sich noch einmal um:
»Brown hat heute Geburtstag.«
Brown hatte Geburtstag, aha, dachte Tom: Brown, der farblose, mausgraue Angestellte, wer hätte gedacht, daß dieser Mensch, dessen Existenz sich durch reine Unscheinbarkeit auszeichnete, diese auch noch feierte? Wer hatte ihm den Floh ins Ohr gesetzt, seinen Geburtstag mit Champagner zu begehen? Zweifellos herrschte in

der Firma neuerdings ein anderer Ton: Die jungen Public-School-Hengste hatten immer mehr das Sagen. Lag es am jungen Miller? überlegte er.
Er rief nach der Rechnung, nahm die Summe mit einer schieres Entsetzen überspielenden Gelassenheit zur Kenntnis und ging.

Pansy bezahlte am Eingang ihren Sixpence und ließ sich mit der strömenden Menschenmasse auf den Jahrmarkt tragen.
Ziellos trieb sie dahin, geblendet vom schwindelerregenden Kaleidoskop der Sinneseindrücke, benommen von grellem Licht, den Rufen der Budenbesitzer. Voranschiebende Körper bedrängten sie, Körper, die keinen Schritt vorangingen, wie angewurzelt vor den Attraktionen standen und starrten; Geschirrklirren dröhnte in ihren Ohren, endloses Schlagen, hölzern, hohl, endloses Pochen und Plumpsen der Bälle, Kegel, Kokosnüsse; Geruch nach zertretenem Gras, Bier, Zigarettenstummeln, durchdringender Menschengeruch; Pfiff und Schrei der Sirenen, Tamburinscheppern, blechernes Schmettern der Karussells, heißes Wehklagen der Trompeten. Knarren der Schiffsschaukeln über ihr, Schütteln, hoch hinaus, tief hinunter, so schnell, schwindelerregend, sie konnte kaum hinschauen. Sie überschlugen sich, bestimmt, bestimmt. Über den höchsten Punkt hinaus. Diese Gefahr! Und die Achterbahn, in rasender Talfahrt auf bebendem Holzgerüst, schreckliches Krachen! Hör, wie die Menschen schreien! Und rempelnde Autoscooter! Albern, diese Fahrer hinter Spielzeuglenkern! Aber angeblich durchaus nützlich; in solchen holpernden, hastenden Wagen wird jeder gründlich durchgeschüttelt – das Innerste nach außen gekehrt.
Die Musik, so laut, daß die Ohren schmerzten! Immer im Kreis drehten sich die Paare, mucksmäuschenstill, ein kleines Lächeln, verträumter Blick; und ein kleiner Junge ritt, den ganzen Abend schon, immer für einen Penny, jetzt auf dem Vogel Strauß, dann auf dem Pferd. Bald war ihm sicher übel. Der Wirbel verging, das Lied verklang, die Lichter blieben stehen. E. Pettigrews Elektrische Riesentiere, las sie: komische Vögel, seltsames Getier. Immer im Kreis, im Kreis, nach der Musik, langsamer, langsamer, taumelnd und torkelnd. Am Ende stieg das Kind ab, fühlte in seinen schmuddligen Taschen. Leer. Aus der Traum.

»Hier.« Sie reichte ihm einen Penny. »Willst du noch mal?«
Er gönnte ihr keinen Blick, griff die Münze, erreichte mit Not das Karussell. Ein neues Lied. Sie sah ihn hangeln, sitzen, davonsegeln. Also, sein Magen war seine Sache. Wäre doch schade, aus Geldmangel aufzuhören, wo es so Spaß machte.
Ein schönes Lied – lustig, so beschwingt! Doch ihr blieb die Luft aus, erstickend, der Ohnmacht nahe, als wäre ihr alles zuviel – zuviel Leben. Vor ein, zwei Jahren hätte sie alles gegeben, alles getan, nur für ein bißchen Spaß. Heute gab es keinen Spaß mehr. Sicher lag es an ihrer schwachen Lunge.
»Wollen Sie mal?« fragte jemand.
Sie reckte ihr Pierrotgesicht, sah in seins. Sie hatte ihn schon lange neben sich bemerkt: großer, behäbiger Mann, harmlos, rotes Gesicht, schwer, aber gutaussehend, feiner Herr – angenehme Stimme.
Ihr Mund lächelte, wie es sich schickte, Rot auf Weiß.
»Nein, aber vielen Dank. Ich mache mir nichts aus dem Gedrehe, mir wird davon übel.«
»Mir wahrscheinlich auch. Bin seit Jahren nicht mehr gefahren«, sagte er.
»Beim Bootfahren geht es mir genauso. Einmal habe ich einen Ausflug gemacht – mit einer Freundin. Nie wieder. Grauenhaft, das Meer. Mögen Sie es auch nicht?«
»Doch, das Meer mag ich. Ich war früher bei der Marine.«
»Oh, tatsächlich?«
Sie lächelte ihn wieder an. Das klang nicht schlecht.
Nach einer Weile seufzte sie, ging ohne einen weiteren Blick davon. Plötzlich war sie so traurig; lag es an der Musik oder an ihm dort neben ihr, wie er da stand, so schwerfällig und bedrückt, so massig, er blockierte alles. Ihn fortzuschieben wäre wie Elefantentreiben oder Bergeversetzen.

Da war er, da war er! Oh, ihr Herz tat einen Satz! Da war er, endlich! Genau wie sie erwartet hatte: Sie hatte gewußt, irgendwann würde er auftauchen. Wie gut, daß sie ihr schwarzweißes Seidenkleid und den neuen Hut trug. Er trat mit einer Menge Leute aus dem Palast der großen Schönheiten und lachte aus vollem Hals. Er sah nicht aus, als hätten sie ihm gefallen. Kein Wun-

der. Schönheiten durch die Jahrhunderte, weiß Gott – Kleopatra, Helena... stark geschminkte alte Huren, wie sie festgestellt hatte. Sollten sich schämen in ihren engen Trikots; nackte Haut ließen sie sehen und als Attraktion goldene Blechteller über ihren eklig großen Brüsten.
Hatte er nicht schöne Zähne, und wie er lächelte – oh!... Wirklich, als trüge er einen Heiligenschein, eine strahlende Erscheinung. Wenn er nur wüßte, wenn er nur wüßte – alles würde sie für ihn tun...
Offenbar wollte er sämtliche Buden der Reihe nach besichtigen. Da ging er hin, kegelte alle Neune, mehrmals, nie warf er daneben; der Budenbesitzer sah verdrießlich drein, als er den gewonnenen Gold-Flake-Tabak überreichte. Wieviel Spaß der junge Mann hatte, wenn er die Kugeln rollen ließ, eine nach der anderen, schnell wie der Blitz, wie der Blitz! So sicher gezielt, die Bewegung schwungvoll, ausholend, frei. Nieder purzelten die Kegel. Wie aufregend!
Folge ihm. Laß ihn nicht aus den Augen. Über kurz oder lang muß er, muß er dich doch sehen, wenn er von Bude zu Bude schlendert, die Menge überragt, lacht, mit seinen Freunden schwatzt.
Jetzt die Schießbude, dann das Pfeilspiel. Es gab nichts, was er nicht konnte. Er gewann immer. Jetzt gab er seine Preise zurück: Er wollte sie nicht. Er machte seine Späße mit den dunklen, finster dreinblickenden Besitzern, und sie lächelten, sahen ihm zu. So sorglos wirkte er, ein Glückskind; wahrscheinlich besaß er bald keinen Penny mehr, aber auch das störte ihn nicht.
Nun kam die Kokosnußschleuder an die Reihe. Lächerlich, Kokosnüsse, wie Köpfe mit langen Bärten, die in Haltern steckten. Klick, klick machten die Bälle. Zwei getroffen.
»Oje«, rief er, »gleich zwei!« Er schwenkte sie, jonglierte mit ihnen. »Was soll ich damit?... Hier, fang!« Er warf sie den Knirpsen zu, die ihn umringten, ging seines Weges.
Folge ihm, folge ihm. Es war wie im Film, das Jahrmarkttreiben, er der Held, der so sorglos seines Weges ging, und du die Heldin, wie ein Schatten...
Bei allen möglichen lustigen Spielen machte er halt – Münzen, Würfeln, Pferderennen; und am Hau-den-Lukas bekam er sein Geld zurück.

Eine Zigeunerin mit großen goldenen Ohrringen kam auf ihn zu, brabbelte, blickte ihm aus schwarzen Augen schmachtend ins Gesicht, wollte ihm aus der Hand lesen. »Los, Brown«, sagte er. »Deine Chance. Laß dir an deinem Geburtstag die Zukunft voraussagen.« Doch die Zigeunerin wollte nur ihn. »Lieber Herr«, nannte sie ihn frech, sagte: »Ihnen steht das Glück ins Gesicht geschrieben.«

»Eine hübsche Frau und zehntausend im Jahr, eh?« verspottete er sie. Er schob ihr eine Münze in die Hand, schüttelte den Kopf, ging weiter zu den Süßwaren. Da leuchtete es bunt, gestreifte Zuckerstangen unter strahlendem Geglitzer, Fruchtbonbons, rosa, grün, gelb, Karamellen in Silberpapier. Was würde er kaufen? Wunderbare Süßigkeiten, besonders die Walnußtoffees. Warum nicht auch sie? Neben ihm stehen... Seine Begleiter schienen in alle Himmelsrichtungen zerstoben. Die Gelegenheit war günstig: Er war allein.

»Ein Viertel Walnußtoffees, bitte.«

Oh, er kaufte das gleiche. Er erkannte sie.

»Hallo! – Wie heißen Sie noch? – Pansy – Blümchen... So ganz allein?«

Aufgeregt klang er, und gleich sah sie seine Augen, hell, weit die Pupillen. Er hatte getrunken.

Sie starrte zu ihm hoch; und wieder rührte ihn das kleine Gesicht: die hungrigen Augen, blau umschattet, die makellose Porzellanmaske.

»Wo haben Sie denn gesteckt?«

Das sagte er immer...

»Mir ging's nicht so gut.«

»Das tut mir leid... Kaufen Sie auch Toffees? Ich spendiere Ihnen welche.«

Er kaufte eine pralle, volle Tüte, reichte sie ihr. Jemand rief: »Hugh! Hugh!«

»Bis bald«, sagte er. »Schon Karussell gefahren? Gleich geht's los!«

Er zögerte, wiederholte: »Bis bald«, hob die Hand leicht zum Gruß, lief seinen Freunden hinterher.

Nie, ging es ihm durch den Kopf, hatte er jemanden erlebt, der jedes Vergnügen so ernst nahm, so wenig Humor hatte.

Sie sah, wie sie ihn umringten, lachten, scherzten: »War das deine Freundin?« Oh, was würde er antworten?... Wie würde er sie nennen?... Oh! Niemals zog er sie in den Schmutz, niemals, so freundlich wie er war, ein Kavalier...
Sie sah ihn auf das Karussellpferd steigen, lauthals rufen: »Hüh« und »Hott«, schneller im Kreis, rundherum, rundherum... fort von ihr... hin zu ihr... auf, davon. O Gott, Wirbel bis zur Übelkeit, und er dort ließ sie stehen, vergaß sie. Sie lehnte gegen das Geländer, krallte sich fest, bis die Finger schmerzten. Sieh, wie er sich umdreht, schreit und lacht. Immer gleich: immer auf dem Sprung, irgendwen treffen, irgendwohin, für sie keine Zeit. Sinnlos, zu warten, wirklich. Sie drängelten zur nächsten Attraktion, dem Kettenkarussell, Platz für zwei, Fliegen im Kreis, dicht über den Köpfen: fürchterlich.
Verloren, verloren. Was tun? Wozu weiterleben, weitergehen, nach Hause gehen. Gebrochenen Herzens – genau das; und benommen von Geschrei, grellen Lichtern, Gerüchen. Die plötzliche Freude, jetzt die Enttäuschung... Bleib und such dein Glück, na gut... Sie sah die Tüte in ihrer Hand. Vom bloßen Anblick wurde ihr schlecht.

Sie stand vor einem Zelt, hörte einen Mann wieder und wieder schreien: »Hereinspaziert, meine Damen und Herren, zur Häßlichsten Frau der Welt.« Die Menge strömte unentwegt. Begierig, einfältig drängten sie hinein, ernst und gefaßt, nicht lustig kamen sie heraus. Einer äußerte Bedauern, andere schienen angewidert. Warum sahen sie sich das an? Ein verunstaltetes Geschöpf, höchstwahrscheinlich. Und hatten die meisten Menschen nicht gräßliche Gesichter – allein der Gesichtsausdruck? In letzter Zeit fand sie oft: wie die Tiere, Gott weiß, welche – harmlose Schafe jedenfalls nicht. Schwer zu glauben, daß wir alle Gottes Geschöpfe sein sollen... Wie sah die Frau wohl aus? Warum nicht doch einen Blick wagen: Dann war sie wenigstens beschäftigt; immer noch besser, als herumstehen und warten, angestarrt werden, angerempelt von Betrunkenen – warten, obwohl sie wußte, warten war sinnlos...
Als sie sich unter die Menge mischte, fühlte sie, daß dieses Anstehen und Zahlen, um eine in ein schmutziges, erbärmliches Zelt

eingepferchte Mißgestalt zu besichtigen, wie ein Zootier, allein um sich darüber den Mund zu zerreißen, von allen Unternehmungen ihres Lebens am meisten gegen ihre Überzeugung, gegen ihre Moral verstieß. Warum war sie so gemein?... Es war alles seine Schuld.
Sie wurde mit der Menge ins Zelt geschoben, schloß die Augen aus Angst vor dem Kommenden, mußte sie öffnen.

Es war still im Zelt, fand Tom, verglichen mit dem letzten, in dem eine Niggerfrau wild die Augen gerollt und sich wie unter Krämpfen widerlich gewunden hatte; ruhig, dunkel, eine Lampe brannte, und da saß sie, trug eine ordentliche schwarze Bluse, einen Rock, um die Schultern ein kleiner Schal, eine ältere Frau, grauhaarig, die strickte. Ein Raunen ging durchs Zelt... ein Kind jammerte. Die Leute redeten leise, schwiegen, gingen bald fort, empfanden sich als Störenfriede, fanden sie eine arme, alte, strickende Großmutter in Monstergestalt: besonders die Männer; es war nicht komisch, nicht, was sie erwartet hatten. Die Männer schämten sich für die Frau.
Sie war krank, dachte Tom, hatte Elephantiasis; wie konnten sie zulassen...? Wie konnte sie...? Ihre Hände waren aufs Doppelte vergrößert, dieser Buckel, blaurote Lippenwülste, Oberlippe und Kinn von monströsen Ausmaßen; und, schlimmer noch, die winzigen Augen, blinzelnd, befangen betrachtete sie die Pilgerschar, die ihren Altar umringte. Ihm war heiß und unwohl – er kam sich unfein vor, als er sie sah. Er verließ das Zelt, weiter, wollte sie vergessen; er war niedergeschlagen, das Gesicht verfolgte ihn. Er blieb stehen, überwältigt von Schuldgefühlen. Er mußte kehrtmachen.

Er hielt sich am Geländer fest, beugte sich vor, räusperte sich. Sie legte ihr Strickzeug beiseite und kam auf ihn zu. (Oh, das Gesicht, wie bedrohlich es näher und näher kam!)
»Guten Abend, der Herr«, sagte sie. Sie klang wie eine alte, mütterliche Haushälterin, würdig und respektvoll. Sie wartete.
Was sagen oder tun? Er wurde rot. Es brach aus ihm heraus:
»Warum tun Sie das hier?«
Ihre Geschichte war schnell erzählt, war schlicht und einfach. Mit

dreißig war sie krank geworden; vorher war sie – ein hübsches Mädchen. Sie zog ein Medaillon aus dem Ausschnitt, öffnete und zeigte es: ein hübsches Mädchen. Sie war verheiratet (und hielt den Finger mit dem breiten Goldring hoch), hatte einen Sohn, der zur See fuhr, eine Tochter, die nicht gesund war. Dann diese Krankheit; der Tod des Mannes; kein Penny im Haus, der Zustand der bettlägerigen Tochter immer schlimmer. Sie hatte keine Wahl: Arbeitshaus oder Heim für unheilbar Kranke. Die Tochter wurde fast wahnsinnig davon. Also sagte sie sich: Mein Gesicht ist mein einziges Kapital – erinnerte sich an die Mißgestalten auf den Jahrmärkten ihrer Kindheit. Gegen ihr Leben hatte sie nichts, sie schickte regelmäßig Geld nach Hause: gut und reichlich, für die Tochter, die bei der Schwiegertochter lebte, für alle Kinder ihres Sohns.
Tom fand keine Worte, mit denen er ihr seine Gefühle plausibel machen konnte – beunruhigende Gefühle wie Mitleid, Entsetzen, Bewunderung. Gott, dachte er, wer hätte das gedacht! Für manche Leute war das Leben ein Dreck. Dieser Sohn, weit weg in fremden Gewässern, wenn der an seine Mutter dachte, die nicht zu Hause auf ihn wartete, sondern irgendwo im Land herumkutschierte, als Schaustück auf dem Jahrmarkt. Großer Gott, seine eigene Mutter!... Und sie, diese gute alte Frau, zog mit der grauslichen Bürde ihres Körpers von Ort zu Ort, gezwungen, weil es Geld brachte, der Welt zu zeigen, was sie sonst – wie eine brave Frau ihre Nacktheit – sicherlich verborgen hätte. Die Welt war auf den Kopf gestellt... Mit einemmal bemerkte er, daß sie von Zuhörern umringt waren; sie standen mit offenen Mündern da, hörten zu und warteten auf die nächste Vorführung.
»Gute Nacht«, sagte Tom.
»Ihnen auch eine gute Nacht, der Herr«, sagte sie.
Er kramte in seiner Tasche und förderte ein Halfcrown-Stück zutage.
»Vielen herzlichen Dank, der Herr.«
»Viel Glück«, stotterte er. Er stolperte aus dem Zelt, verstohlen, dunkelrot im Gesicht.
Was war heute abend über ihn gekommen, warum benahm er sich so eigenartig? Wahrscheinlich weil er den Wein zum Essen getrunken hatte... oder weil er so einsam war. Was würden sie in der Firma von ihm denken, wenn sie das erfuhren? Er war froh, daß er bald

wieder zur Arbeit ging. Die Ferien waren erbärmlich, höchst verwirrend gewesen.
Er stand am Zelteingang, starrte hoch in den Sternenhimmel. Komisch: Jahrelang waren ihm die Sterne nie aufgefallen; er hatte vergessen, wie viele es gab und wie sie leuchteten.
Pansy kam aus dem Zelt und stellte sich neben ihn. Als er den Kopf wandte, sah er sie.
»Waren Sie dort drinnen?« fragte er.
»Ja, ich habe gehört, was sie Ihnen erzählt hat.«
»Hmm. Ziemlich schlimm, nicht wahr?«
»Vielleicht macht es ihr nichts aus, wissen Sie. Ich glaube, es macht ihr nichts aus.«
»Hoffentlich«, sagte er.
Sie standen Seite an Seite, einsam im geschäftigen Treiben, nichts zog sie zueinander hin – dennoch waren sie unvermeidlich zusammen: die letzten beiden Menschen auf dieser Welt. Keine Zukunft, keine Erinnerung. Sie hatten sich nichts zu sagen und nichts zu verbergen. Sie redeten ruhig, wechselten keine Blicke, forderten nichts heraus, luden nicht ein.
»Jedenfalls«, betonte Pansy, »ich finde sie nicht häßlich – nicht, wenn man den ersten Schock überwunden hat. Das war mir gleich klar, als sie lächelte, da habe ich zu mir gesagt: Du bist nicht häßlich – bei weitem nicht so übel wie viele andere, die ich heute abend gesehen habe. Das hätte ich ihr eigentlich gern gesagt.«
»Mm«, sagte Tom, bezweifelte, daß er ihr zustimmte.
Beide schwiegen sie, dachten verwandte Gedanken: Schönheit verkörperte nur eine hauch- und hautdünne Schicht (wie wahr) – und wirklich schön ist nur, wer Schönes tut (wie recht solche Binsenweisheiten hatten...)
»Also, ein Abend auf dem Jahrmarkt reicht«, sagte Tom. »Was mich angeht, ich glaube, meine Sache ist das nicht.«
»Meiner Meinung nach reicht's«, sagte Pansy.
»Manche Leute haben eine komische Vorstellung von Vergnügen.« (Der junge Miller, zum Beispiel, und alle bei ihm, der tobte immer noch herum, spielte verrückt, er hatte es genau beobachtet. Sie hielten sicher bis Mitternacht durch. Glücklicherweise war er verschwunden. Jetzt wollte er lieber nicht entdeckt werden.)
»Wahrscheinlich ist es in Ordnung, wenn einer jung ist.«

»Sie sind nicht alt«, sagte Pansy. »Sie sind nur anders.«
Anders fühlten sie sich: weise, sie kannten beide das Leben wirklich.
Wieder schwiegen sie.
Er betrachtete sie aus schmalen Augen, dachte, daß er jetzt nichts davon entdeckte, was auf den ersten Blick offensichtlich gewesen schien: die Gier, die ihr auf den Mund und in die Augen geschrieben war, das wollüstige Versprechen der gesamten Person. Nein, obwohl sie mit ihm da stand, fehlte die Begierde. Ein Mädchen aufzugabeln war ganz anders, als Potter ihm ausgemalt hatte. Nichts Prickelndes, Herausforderndes oder Geschäftsmäßiges. Es erschien ihm wichtig; beunruhigende Gefühle waren im Spiel, die nichts mit sexueller Lust zu tun hatten; es machte ihn melancholisch. Er wußte nicht, wie weiter oder ob er weiter wollte. Ihm schien, womöglich hätte er sie mißverstanden und sie lehnte jegliche Annäherungsversuche verächtlich und beleidigt ab. Jetzt nahm sie keinerlei Notiz von ihm, statt dessen sah sie sich um, als suche sie jemanden: ihre Mutter vielleicht oder ihren Freund. Minuten verstrichen.
Sie schaute in alle Himmelsrichtungen: nichts zu sehen. Es war spät geworden. Er war fortgegangen.
Ihr Herz war gebrochen... eins war klar: Seine Freundlichkeit war ein Spiel gewesen. Er verabscheute ihren bloßen Anblick.
Nun... dieser Mann... Sie sah hoch, sah seine stumme, verschämte Frage, seine Bitte. Jetzt hatte er den Blick, den sie kannte, doch eigentlich eher bemitleidenswert als gierig.
»Einsam?« fragte sie, und nun klang ihre Stimme anders, sachlicher. Er nickte.
»Bestimmt sind Sie das. Da drinnen dachte ich gleich: Warum will er mit ihr reden. Er ist sicher in Verlegenheit.« Sie schickte ihrem Geschwätz ein brüchiges, wenig überzeugendes Lachen nach, warf ihm einen Blick zu und meinte noch: »Ich meine es nicht ernst. Es war sehr freundlich von Ihnen. Ich sah auch, wie Sie ihr etwas gaben. Da sagte ich mir: Der ist großzügig.« (Wenigstens sah er aus, als hätte er einiges übrig.)
Die letzten Worte hatten einen scharfen Beiklang, fand er. Sie machte den ersten Schritt. Großzügig, ja, natürlich war er das – im Rahmen des Vernünftigen. Er räusperte sich.

»Sie können gern haben«, stammelte er, rang nach Luft, »was ich bei mir habe.« (Den letzten Rest des verdammten Feriengelds.)
»Schon gut.« Sie lächelte aufmunternd. »Kopf hoch. Wie wär's mit einem Abendessen?« Sie hielt die Tüte mit den Toffees hoch. »Mehr habe ich seit heute mittag nicht gekriegt«, sagte sie. »Huch, ekliges, klebriges Zeug.« Sie holte heftig aus und warf die Tüte fort. »Ich kenne ein sehr schönes Hotel, wo wir etwas Gutes bekommen – ganz abgeschieden.«
»Gut!« sagte Tom.
Wenn ihn jetzt jemand sähe... Er zog den Hut tief in die Stirn, ein falscher Bart, jegliche Verkleidung wäre ihm recht gewesen.
»Kommen Sie schon«, sagte sie zärtlich und nahm seinen Arm.

Als Grace das Telegramm gelesen hatte, in dem Tom sein Kommen ankündigte, erkannte sie es als Vorwarnung: Ihre Illusion war bedroht. Unverzüglich telegraphierte sie; und dann folgte Schweigen. Weder kam noch schrieb er. Doch in den folgenden Tagen verlor das illusionäre Netz an Substanz. Es entließ sie am Ende doch. Sie rechnete, wie lange sie abwesend war: fünf Wochen, beinah sechs. Ihr Geld war verbraucht – alles außer der Summe für die Fahrkarte zurück in den Norden. Stündlich hatte sie sich wieder auf die Stadt hinbewegt, die Herbstregen und Stürme in den kalten Straßen. Alles war Lug und Trug gewesen. Die Damen der Pfarrgemeinde hätten sich den Mund zerrissen: Mann und Heim im Stich gelassen, die Pflicht nicht getan, die Pfarrerstochter, immer unzuverlässig, schwelgte in sündiger Liebe, einfach auf und davon. Seltsam, wie der Gedanke an sie, deren Blick nichts entging, an ihr ewiges Schnüffeln, Tratschen immer noch kindische Gefühle wie Haß, Angst und Schrecken hervorrief. Sie hatten solche Macht, diese Moralwächterinnen, die ihre Pflichten diktierten: Sie wuchsen zu Riesen aus und regierten die Welt. Sie waren es, die sie aus ihrem paradiesischen Zustand zurückholten, zurück aus Blumengärten, Einsamkeit und Muße, aus ekstatischer Selbstliebe und der Unwirklichkeit einer verlängerten Kindheit, aus Liebesqualen, unbändiger Liebe, nichts als Liebe – zurück in ein Stadthaus, Nummer in einer Reihe, zu einem zuverlässigen Ehemann und den häuslichen Pflichten einer verheirateten Frau.
Ja, jede Woche hatte ihr Mann einen Brief geschickt, die Neuigkei-

ten sollten sie fesseln: Er teilte ihr Leben mit. Seine Botschaften waren echt, der Ton unmißverständlich. Sinnlos, wie im Kinderspiel zu behaupten: »Ich bin taub«, und davonzugehen. Sinnlos, zurückzulaufen, in Panik, rebellisch, einen letzten Blick auf alles zu werfen, albern auszurufen: »Ich bin betrogen worden. Alles Geschehene ist nicht wahr, ist gegen meinen Willen geschehen. Eigentlich bin ich eine Dichterin – eine Schöpferin. (Wer Malven wie Musik empfand, war eine Dichterin, beinah.) Ich wäre schön, hätte Liebe mich erfüllt –« (Sicher wäre es damals bald schön geworden, ihr geheimnisvolles Gesicht im Spiegel mit siebzehn; beinah ein ebenmäßiges Madonnengesicht, still und erwartungsvoll wie im Traum. Nur jenes eine Mal hatte sie ihre eigene Schönheit kommen sehen: nie wieder. Und jetzt in diesem Sommer war sie dieser Schönheit wieder begegnet, von fern, im Vorübergehen, wie ein Abschied.) Sinnlos zu sagen: »Jetzt gehe ich zurück und nehme mir mein Recht: nehme Liebe, nehme Glück, nehme alle Gefühle für mich in Anspruch, ergreife alles, wonach mir der Sinn steht, nutze jedes Talent, lasse mir keine Gelegenheit entgehen.« Nur unzufriedene Frauen, hin- und hergerissen im Niemandsland zwischen Jugend und Alter, äußerten solchen Unsinn. »Sie ist in den Wechseljahren«, würden die Klatschbasen sich aufgeregt mokieren. »Das gibt sich wieder.« ... War es das?

Sie erinnerte sich, warum sie hierhergekommen war. Sie hatte keinen Wechsel geplant, keine Flucht, nicht Liebe und Leben; sie hatte sich Luftveränderung und Ruhe von ihren Pflichten zu Hause gönnen wollen. Sie erinnerte sich, es gab kein Entrinnen.

Wie konnte eine Frau vergessen, was sie ganz und gar vergessen hatte – daß sie seit zehn Jahren verheiratet war? Diese Frau, die sich Freiheiten vorgaukelte, unverantwortlich, brachte alle Frauen in Verruf. Recht geschah ihr; am Ende kam das Erwachen: Zu Hause wartete Tom, ganz der alte, mit Hut und Schlüsselbund. Er würde fragen: »Was hast du den ganzen Tag allein angestellt?«, und sie müßte zugeben: »Gar nichts.« Fragen »Und woran hast du gedacht?« würde er kaum; sie mußte sich nicht herausreden: »An Blumen, Bäume, Vögel, Felder und Wasser.« Noch weniger würde er fragen: »An wen hast du gedacht?« – so daß sie nicht zugeben mußte: »Nur an den jungen Miller.«

Sie blieb noch einige Tage, dann packte sie ihren Koffer und suchte sich auf dem Fahrplan im Dorfkrug einen Zug aus. Sie fuhr in des Jahres voller Reife, bevor die Schätze überreich geerntet wurden. Die Ähren standen schwer, kupferne, lohbraune Felder wirkten wie gegen den Horizont modelliert, zum Bersten reif. Die kleinen grünen Äpfel hingen prall in den Zweigen. Bald welkten die Rosen. Rosa Kleeblüten erfüllten die Luft mit Süße.

Am Tag ihrer Abreise ging sie ein letztes Mal in den Garten und sah, fast verborgen im Blumenbeet unter ihrem Schlafzimmerfenster, das schmutzige Gerippe einer jungen Schwalbe.

Sie hatte die ganze Zeit dort gelegen und gewartet: war hinuntergefallen, natürlich, flügellahm, war nie davongeflogen. Sie hatte ihr nicht zum Höhenflug verholfen.

Sie war in Ferien gewesen, ein wenig weiter als sonst, kühner als sonst; kam ein wenig später zurück, ein wenig unruhiger und rebellischer.

Und wenn sie nun an die Stadt dachte, sah sie vom Wohnzimmerfenster aus die Straße und die Straßenbahn durch den kahlen Fliederbaum.

Wenn sie an ihn dachte, sah sie eine Schattengestalt, die vorbeiging, nie anhielt, sie niemals sah.

Sechster Teil

Ende September. Es ist die Zeit der Herbstgärten. Zaunreiter blühen auf den Beeten und leuchtendschöne großblumige Dahlien, Astern in allen Farben, zerzaust, doch langweilig; tiefrote und gelbe Zinnien mit steifen gemeißelten Köpfen wie abstrakte Kunstwerke. Die Spargelbeete sind zu einem gefiederten Dickicht hochgeschossen, in dem die Kinder Versteck spielen. Katzenminze ziert noch die Beetränder; aus den späten Lavendelstauden ragen spitzlanzig die vielen Blütenstände; und trunkene Herbstrosen glühen feurig, viel üppiger als ihre sommerlichen Schwestern. Der Rasen ist bis mittags taugetränkt, und die Bäume starren metallisch, bläulich gleißend durch sonnenbeschienene Nebelschwaden. Die reichen Ebereschen schwanken unter ihrer Beerenlast. Apfelpflücker richten in den Gärten ihre Leitern auf. Zwischen schimmernden Stoppeln hocken Saatkrähen. Die Hecken um die Felder herum scheinen zu schwelen, zu brennen; das Grün der Ulmen ist gelb durchsetzt, ein kühn gemusterter Brokat.
In der Stadt sickert in der Dämmerung, wenn die Laternen angezündet werden, Blau durch die Straßen wie Puderstaub, und rote Wolkenherden lauern am Ende jeder Sicht ungerührt hinter schwarzen Schornsteinen.
In den Parks welkt das braun gewordene Laub, Gärtner kehren es zu Haufen, verbrennen es. Aus Feuerherzen steigt blau beißender Rauch wie ein dickes Seil.

Welche Hausnummer es wohl war, überlegte Hugh, als er an seinem letzten Abend die Allee hinunterspazierte – 31, 33, 37? Die Fassaden glichen einander alle, die Fenster mit dunkelrosa oder gelben Tüllgardinen. Nummer 37 hatte keinen Tüll, statt dessen sah er bräunliche Vorhänge. Irgendwie schien es typisch für sie:

farb- und schmucklos. Warum nicht einen Augenblick hineinschauen: Sonst hatte er nichts zu tun. Er läutete, und im Warten dachte er, daß er Abschiedsbesuche eigentlich haßte; obendrein mußte ein Leben hinter solchen Kachel- und Stuckfassaden abscheulich sein. Doch den Bewohnern war sicher nicht bewußt, wie abscheulich ihr Dasein war: auch gut.
Das rundliche Hausmädchen strahlte ihn an, lächelte so rückhaltlos wie ein guter Geist; es überraschte ihn. Als hätte sie seit Jahren seine Heimkehr erwartet, mit guten Nachrichten aus einem fernen Land. Was für ein angenehmes, friedfertiges Gesicht; ein tröstlicher Anblick. Plötzlich fand er, es wäre unfreundlich, unverzeihlich gewesen, nicht vorbeizuschauen.
»O ja, der Herr, Mrs. Fairfax ist zu Hause. Treten Sie doch ein.«
Natürlich war sie zu Hause, versicherte sie: immer zu sprechen für einen Gast wie ihn.
Und wie im Triumph, mit einem Schwung, öffnete sie die Wohnzimmertür; es klang weich, vertraulich, als sie verkündete:
»Mr. Miller, Madam.«

Grace rief:
»Oh!«
Sie hockte auf dem Boden vor dem Gasfeuer, und während sie sich aufmühte, spürte sie, daß sie über und über rot wurde.
»Ich habe gedacht, ob Sie wohl zu Hause wären«, sagte er gewandt, wenn auch schüchtern, zurückhaltend und umgänglich.
Sie hörte ihre eigene Stimme in den Ohren schrillen – die begeisterte Begrüßung, atemlos, fassungslos, Eingeständnis einer Frau an ihren Liebsten. Sie bemerkte, wie sie innerlich zu zittern begann, am ganzen Leib, und bückte sich, zog hilflos den Bezug auf einem Sessel zurecht, richtete ein Kissen gerade.
Warum war er gekommen? Warum dieses schlichte, langerwartete, nie im Traum erhoffte Wunder?
»Setzen Sie sich«, sagte sie.
Wie umständlich sie war, dachte er. Wann konnte er, ohne unhöflich zu wirken, wieder gehen?
»Lesen Sie gerade?« fragte er und warf einen Blick auf den Roman am Boden.
»Sozusagen.«

»Lesen Sie viel?«
»Viel dummes Zeug. Früher habe ich alles mögliche gelesen – habe mir Vorträge angehört – hielt mich für gebildet und für etwas Besseres. Jetzt kann ich mich nicht mehr konzentrieren.« Sie griff sich an die Stirn.
»Früher habe ich viel gelesen«, sagte er, »in Oxford... Schwieriges Zeug.«
Oliver hatte ihm eine Leseliste gegeben – Gedichte, Essays, Biographien und Gott weiß was –, und er hatte sich unermüdlich hindurchgeackert: war nicht mehr auf Partys gewesen, auch nicht mehr abends ausgegangen, hatte gebüffelt und gelesen; war demonstrativ mit einem Buch in der Jackentasche herumgelaufen, Blake oder sonst etwas; er fühlte sich intellektuell erhaben, stark – wenigstens für eine Saison. Er sagte:
»Mein Problem ist – es geht zum einen Ohr rein und zum anderen wieder raus. Ich verschlinge die letzte Seite, klappe das Buch zu, und schon habe ich keinen blassen Schimmer mehr, was drinstand.« Er lachte.
»Das Kino ist unser Ruin, glaube ich.« Sie lachte auch.
Jetzt war es in Ordnung. Die Lage hatte sich entspannt. Sie zitterte nicht mehr. Wieso war er gekommen? Einfach, weil er sie sehen wollte – nein? –, weil er gern mit ihr zusammen war; weil er sie die ganze Zeit schließlich doch nicht vergessen hatte. Vielleicht lud er sie wieder ein...
»Fürchterlich kalt, nicht wahr?« sagte er.
»Ja, der Sommer ist vorbei. Jetzt wäre es auf dem Land schön. Daran dachte ich gerade.«
Immer noch die alte Leier.
»Das tun Sie immer – oder?« fragte er vorsichtig, ein wenig herausfordernd.
»Ja, ich bin todlangweilig.«
Sie sah hinaus auf die neblige, dämmrige Straße, beugte sich vor und stellte das Gasfeuer im Kamin an.
»Das Gasfeuer ist etwas Entsetzliches«, sagte sie. »Nachts verfolgt es mich. Obszöner kleiner Moloch, hockt mit seinen leeren, blinden Augen in jeder Zimmerecke...« Sie schaute zu ihm hoch, kniff die Augen zusammen, blinzelte und sagte zögernd: »In dieser Stadt gibt es Leute, finde ich, die haben den gleichen Blick... Ge-

sichter wie Innereien – Gedärme oder so... Ist Ihnen das auch aufgefallen?«
Er grinste, zog die Nase kraus.
»Aber Tom findet Gasfeuer praktisch. Er hat sie überall einbauen lassen. Ich habe schon gesagt, er solle sie in sein Familienwappen aufnehmen. Sein Wappen ist eins seiner Lieblingsthemen.« Sie holte tief Luft und bremste sich, sah zu Boden, schämte sich. Das war unfair, fände Tom. Damals hatte es ihn gehörig verunsichert. Hastig fügte sie hinzu: »Zu mir würde es auch fabelhaft passen. Ich hocke den ganzen Tag davor.«
Annie tauchte in der Tür auf, trug ihre beste Schürze.
»Hätte der Herr gern eine Tasse Tee?« fragte sie leise, besorgt.
»Nein, danke«, antwortete er schnell. »Ich muß bald wieder fort.«
»Nicht einmal eine Tasse?« bot sie an.
»Nein, danke.«
Die Tür schloß sich, enttäuscht, mit leisem Klick. (Dennoch, sie hatte gesehen, was sie sehen wollte, mit eigenen Augen, wie sie dasaßen, in aller Gemütlichkeit, und einander anlächelten.)
»Habe Sie seit ewigen Zeiten nicht gesehen«, sagte er.
»Ja, nicht seit jenem Tag... Oh, das war damals schön! Es ist schon so lange her.«
Es irritierte ihn, daß sie plötzlich soviel angeregter und lebhafter als sonst klang. Hatte es ihr wirklich soviel bedeutet? Er war ihm unangenehm, dieser Einblick in ihr anscheinend leeres, monotones Dasein.
»Ja, es war ein guter Tag«, stimmte er zu.
Doch was ihn betraf, er hatte diesen Tag nicht als großen Erfolg verbucht. Er erinnerte sich lediglich an allgemeine schlechte Laune, Unbehagen – der alte Herr hatte sich geweigert, wieder aufzutauchen; ganz zu schweigen von unangenehmeren Gründen. Er war erleichtert, als er das Wochenende überstanden hatte. Tatsächlich hatte er es bisher nie wieder erwähnt. Er wechselte das Thema:
»Was haben Sie den ganzen Sommer über angestellt? Waren Sie verreist?«
»Ja, ich war in Südengland, ganz allein – genau wie ich gesagt habe.«

»Oh, ich erinnere mich.« Er lachte. (Sie war wirklich komisch, wie ein Kind, ihr Übereifer, ihr Triumphgefühl.) »Sie planten ja, durchzubrennen.«

»Ja! Und ich habe es in die Tat umgesetzt! Ich habe in einer wunderschönen Gegend ein kleines Dorf mit roten Backsteinhäusern entdeckt – typisch Südengland – genau nach meiner Vorstellung. Da war ich sehr glücklich. Mittlerweile kommt es mir wie im Traum vor – so fern und unwirklich, kaum zu fassen. Ich darf gar nicht daran denken... Seit ich wieder zu Hause bin, habe ich überhaupt nichts unternommen.«

Nichts, außer nur an ihn gedacht und mich gezwungen, nicht an ihn zu denken; nichts, außer mir meine Hoffnungen auszutreiben und festzustellen, daß sie nicht kleinzukriegen waren; nichts, außer aus dem Fenster zu schauen und ihn nie vorübergehen zu sehen.

»Und wo waren Sie?« fragte sie. »Ich dachte schon, Sie seien für immer fort.«

»Noch nicht.« Er lächelte. »Ich war in den vergangenen drei Wochen in Schottland.«

»Mit Grock?«

»Ja, mit Grock. Er ist in bester Verfassung. Jetzt habe ich ihn dort bei meiner Verwandtschaft gelassen.«

»Sie sehen aus, als hätten Sie sich dort von der guten Luft durchpusten lassen.«

Er glich einem gesunden Säugling – so frisch, so strahlend; fast hätte sie gelacht.

»War nie im Leben besser in Form.« Er streckte sich. »Kennen Sie Schottland?«

»Kein bißchen.«

»Was – Sie waren nie über die Grenze? Wenn Sie das nächste Mal ausreißen, versuchen Sie es mal dort.« Er lächelte sie spitzbübisch an.

»Wie geht es Ihrer Schwester?« fragte sie. »Ihrer schönen Schwester?«

Das Kompliment nahm er dankbar an.

»Ich hatte ganz vergessen, daß Sie sie kennen. Oh, es geht ihr gut, glaube ich. Sie schreibt nie. Ich denke, ich werde sie in ein paar Tagen sehen.«

»Kommt sie wieder zu Besuch?«
»Nein, ich meine, in London. Morgen fahre ich fort, wissen Sie.«
»Fort? Für immer, meinen Sie?«
»Ja. Ich dachte, Sie wüßten es vielleicht. Obwohl, warum eigentlich, um Himmels willen«, fügte er hastig hinzu. (Es klang, als wären seine Taten und Wege für sie von irgendeiner Bedeutung.)
»Ich nehme nicht an, daß Sie regen Anteil an meiner Karriere nehmen – oder dem sonstigen Geschehen in der Firma.«
»Tom erzählt mir nicht viel«, murmelte sie und fügte langsam hinzu: »Vielleicht würde er es tun. Eigentlich erzählt er gern von der Firma. Es liegt an mir – ich ermutige ihn nicht dazu.«
Und noch weniger, seit wir wieder zusammen sind. Etwas war anders geworden: Sie waren weniger Fremde als entfremdet. Er mühte sich nicht mehr, ihre Abende angenehm zu gestalten – hatte sich in sein Schweigen ergeben. Früher hätte er ein Naserümpfen riskiert und angedeutet, daß sich in der Firma etwas tat... angedeutet, daß der junge Miller fortging.
»Nein«, sagte sie. »Ich wußte nicht, daß Sie fortgehen.«
»Ich dachte, ich schaue nur kurz vorbei und sage auf Wiedersehen.«
»Das ist freundlich von Ihnen... Womöglich hätte ich sonst nie erfahren, daß Sie nicht mehr da sind.« Ihre Stimme wurde leiser. Es war wirklich freundlich. Erstaunlich, eigentlich. Vielleicht mochte er sie ein wenig...
»Ich habe mich den ganzen Tag überall verabschiedet. Trostlos, nicht wahr?«
»Ja.« Sie hielt inne. »Waren Sie schon bei Norah MacKay?«
»Noch nicht. Da gehe ich heute abend vorbei.«
Er war zuerst zu ihr gekommen... Lag darin irgendeine Bedeutung – ein Gradunterschied in ihrer jeweiligen Bedeutung für ihn?
Was spielte es für eine Rolle?...
»Ich habe sie seit jenem Wochenende nicht wiedergesehen«, sagte er.
»Ich auch nicht.«
Sie stand auf, stützte die Ellenbogen auf den Kaminsims, stützte den Kopf in die Hände. Er warf einen Blick auf ihr zusammenge-

sacktes, unbewegtes Profil und begriff, daß nur ihr gelegentliches Lächeln sie so anziehend machte. Denn anziehend hatte er sie durchaus gefunden; doch jetzt wirkte sie unvorteilhaft, als sei sie schon alt. Er fühlte sich mehr denn je in der Klemme; womöglich bat sie gleich um einen Gefallen, gestand ihm etwas, und er hatte seine liebe Last, wieder fortzukommen. Er überlegte, wer je in seinem Leben ihm dieses Gefühl vermittelt hatte, denn irgendwie war es ihm vertraut. Und mit einemmal war ihm klar: wieder Oliver.

»Nun«, sagte sie schließlich, »ich habe Ihnen geraten, nicht zu bleiben, stimmt's?«

»Tatsächlich?« murmelte er.

»Ich bin froh, um Ihretwillen. Und die anderen können in Ruhe weiterschlafen. So war es gemütlicher.«

Sie hatte ihr Gesicht abgewandt und redete so leise, daß er sie kaum hören konnte; er überlegte, ob er sie bitten solle, ihren Satz zu wiederholen; beschloß, es zu lassen, denn das, was er verstanden hatte, klang seltsam.

»Und jetzt wohin?« fragte sie, drehte sich um und lächelte ihm zu.

»Oh, weit weg, wahrscheinlich. Vielleicht zurück nach Argentinien. Oder womöglich bekomme ich eine Stelle in Ceylon. Ich fürchte, ich bin ein hoffnungsloser Fall. Ich brauche immer Abwechslung...«

Sie sah die Sonne auf glühenden Sand strahlen und saphirblaues Meer Korallenstrände umfächeln; Palmen über flachen weißen Häusern; und Menschen mit brauner Haut; Frauen – anmutig, mit sanften Stimmen, lächelnd, in leuchtenden Gewändern –, die in Reisfeldern, Baumwollfeldern arbeiteten; und immer Sonnenschein, kräftig am knalligblauen Himmel über dem dürstenden Land, von einem Ende zum anderen; wolkenlos, schattenlos. Sie sah ihn in der Sonne stehen, allein, er rauchte seine Pfeife, die Ärmel seines weißen Hemdes aufgekrempelt, sah sich mit seinen blauen Augen ruhig um...

»Und ich bleibe am gleichen Ort, bis ich eine alte Frau bin – wie eine Schnecke am Fels –, als hätte ich weder Beine noch Verstand. Warum gehen wir nicht einfach los, und immer, immer weiter?«

Er lachte peinlich berührt.

»Wahrscheinlich, weil wir seßhaft sind«, sagte er. »Ein Zuhause brauchen.«
»Ich nicht. Ich habe nichts, das mich hält«, sagte sie hart. »Nichts.«
Er wußte nicht, was er sagen sollte. Und er konnte nur denken, daß hier wieder Mitgefühl von ihm erwartet wurde; er war, wie Oliver behauptet hatte, unfähig, auch nur einen Hauch davon aufzubringen. Statt dessen erfüllte ihn ein tiefer innerer Widerstand, am liebsten hätte er die Flucht ergriffen. Er konnte nicht anders, er verachtete jeden, der Mitleid heischte, schrak davor zurück. Je mehr er es sich abzuverlangen versuchte, desto kälter wurden seine Gefühle. Warum klagen? Er klagte auch nie. Er verabscheute jeden Eingriff in seine Gefühlswelt.
Er sagte nichts, und schließlich fragte sie ruhig:
»Möchten Sie denn seßhaft werden?«
»Ich denke, über kurz oder lang schon«, er klang angespannt, aggressiv.
»Wanderer wünschen sich immer ein Zuhause. Einen Ort, an den sie zwischendurch zurückkehren können und wo immer jemand wartet. Ist es das?« Sie lächelte.
»Vielleicht.« Er lächelte auch. Das war besser. Immerhin erzählte sie ihm nicht (wie schon mehr als eine Frau zuvor), daß ihre Ehe ein Fehlschlag war: wie grob, unangenehm und übellaunig ihr Mann war. Er war nicht gezwungen, sie zu bedauern: »So ein Pech«, und ihr ein Taschentuch zu reichen (oder, wie einmal in London, höchst unwillig seine Schulter anzubieten, gräßlich!).
»Ich wünsche mir«, sagte sie und errötete, lächelte schüchtern, abbittend (und jetzt, fand er, sah sie wieder richtig hübsch aus). »Ich kann nicht anders, als mir einfach zu wünschen, daß Sie alles bekommen, was Sie sich wünschen.«
»Na, vielen Dank«, sagte er im gleichen spielerischen Ton. Er fügte hinzu: »Irgendwie bekomme ich das immer. Schrecklich.«
»Und Sie werden es immer bekommen«, rief sie. »Sie sind der Mensch, auf den ich mein Leben lang gewartet habe...«
Er sah sie erschrocken an. Sie neigte sich zu ihm und fuhr gefühlvoll fort:
»Ich hatte immer das Gefühl, es müsse jemanden geben, der absolut glücklich ist. Sie sind glücklich, nicht wahr? Sie haben vor

nichts Angst; und Sie werden immer Glück haben. Ein Glückskind ... » Sie hielt inne. Sie wirkte ganz aufgeregt.
»Das Leben gefällt mir, glaube ich«, sagte er unsicher, überwältigt. »Jedenfalls – ich kann ganz schön deprimiert sein.«
Denn die Wahrheit mußte heraus, fühlte er. Er kannte sich nicht wieder. Soviel wußte sie von ihm! Was sie wohl sagen würde, wenn er ihr erklärte, was passierte, wenn er seinen Gefühlen freien Lauf ließ, wie er tief innen spürte, was Oliver ihm mit auf den Weg gegeben hatte: diese unmerkliche, heimliche Unterminierung seines Selbstbewußtseins? Könnte er es nur erklären, ohne daß sie dächte, er erwarte Mitleid, vielleicht würde es ihn trösten ... Aber nein. Er konnte nicht. Schweigen und geheimhalten war, was ihm bei dieser Sachlage blieb; der einzige Treuebeweis, den er zu bieten hatte.
»Sie sind manchmal deprimiert?« Sie lächelte ihn verschmitzt an. Sie hielt es für einen Scherz. »Das glaube ich nicht. Solange ich lebe, werde ich mir vorstellen, wie Sie sich irgendwo froh und munter in der Welt herumtreiben ... Sie müssen mir versprechen, daß Sie immer glücklich sind.«
Sein Lächeln schwand, als er sah, wie angestrengt sie nachdachte. Sie war ganz ernst, wollte, daß er etwas sagte. Also sagte er ganz im Ernst, gehorsam, wiederholte wie ein Kind, während er sie ansah:
»Ich verspreche es.«
Sie sagte sich, daß er nun durch ihre Liebe unantastbar war. Darin lag in Zukunft ihr Glaube, so wurde ihr Leben vielleicht erträglich. Sie mußte an die geistige Kraft ihrer Liebe glauben.
Er bewegte sich, warf einen Blick auf seine Armbanduhr. Er wollte fort.
»Ich muß gehen«, sagte er.
»Würden Sie noch ein kleines bißchen bleiben?«
»Also –«, sagte er, und aus irgendeinem Grund fiel ihm keine Ausrede ein.
»Bitte.«
Sie hatte noch nicht jenen äußersten Punkt erreicht, wo sie ihm die Hand geben und auf Wiedersehen sagen konnte. Sie brauchte noch einige Minuten, sich ein bleibendes Bild von dieser Begegnung zu schaffen. Sie mußte dafür sorgen, daß dieses Bild in der endlosen

Leere Bestand hatte, eine innere Wirklichkeit, bis an ihr Lebensende; so daß seine Abwesenheit, sein Schweigen, sein Vergessen – alles, was in der nächsten halben Stunde beginnen und nicht enden würde – Tatsachen waren, die nur auf dieser Erde galten und eigentlich keine Bedeutung hatten.
Sie sah, wie er sich entspannte, zurücklehnte, und spürte, wie ihre Qual auf wunderbare Weise einer zerbrechlichen Freude wich. Er war hier. Er war jetzt... Halte es fest, dieses Jetzt, jedes kleine Stückchen, mit deinem ganzen Wesen, immer.
Sie lächelte.
Er fühlte, daß eine verborgene Krise überstanden war. Vielleicht schmerzte sie etwas...
»Haben Sie in letzter Zeit irgendeinen guten Film gesehen?« fragte er aufmunternd.
»Mehrere. Aber meine Wintersaison hat noch nicht richtig begonnen.«
»Wir hätten wenigstens einmal zusammen hingehen sollen«, sagte er. »Wir zwei Filmnarren. Schade, daß wir es verpaßt haben.«
»Ja, schade... Tom und ich haben so verschiedene Geschmäkker.«
»Ich glaube, Sie haben in mehrerer Hinsicht verschiedene Geschmäcker?« wagte er zu fragen, kühn, wie er nun war (denn sie war wirklich eine nette Frau – er konnte sich darauf verlassen, daß sie sich nicht beklagte).
»... in vielerlei Hinsicht.« Sie blinzelte.
Er wagte es.
»Ich habe mich manchmal gefragt...« Er hielt inne. Er war ein Idiot. Er fühlte sich gezwungen, weiterzureden: »Komisch, ich weiß nicht, warum... ich meine... Sie und er... ich meine... Sie kommen mir so verschieden vor...«
»Ja, ich weiß. Warum ich ihn geheiratet habe?...«
Sie stützte den Kopf auf, dachte nach. (Sie war nicht wie die anderen, die gleich eine Erklärung parat hatten, bevor man überhaupt danach fragte.)
»Ich muß nachdenken«, sagte sie.
Lang begrabene Erinnerungen standen klar vor ihr; sie sah sich vor vierzehn Jahren, im ersten Kriegsjahr, eine verträumte junge Frau, ungelenk und ungeschickt, und das Gesicht, das nicht ganz, doch

beinah dem gerahmten Medici-Druck der Madonna von Luini im Arbeitszimmer ihres Vaters glich: die vollen, blassen zarten Augenlider, der Mittelscheitel, der geheimnisvolle Mund, die lächelnden Lippen. Und da lernte sie Tom kennen – Tom, kräftig und gut gebaut, nicht dicklich, in seiner Uniform der Könglichen Marinereserve – an einem Sommernachmittag, als er Urlaub von seinem Minensuchboot hatte und höflich über den Gartenzaun ihren Vater nach dem Weg zum Golfplatz fragte; und Vater, gastfreundlich, wie er war, lud ihn prompt zum Tee ein. Als er wieder ging, war sie sehr glücklich; und danach traf sie ihn beinah jeden Tag: Wartete am Strand auf ihn; ging mit ihm in den kalkigen Hügeln der Downs spazieren, bis hoch zum Fort und dem Drahtverhau, bis zu Tennysons Denkmal; sie picknickten zwischen Heidekraut, hoch über der See. (Sie roch förmlich die Heideblüten, schmeckte die Erdbeermarmelade auf den Butterbroten, sah sich einen weißen Blütenstengel pflücken und ihm geben – »Heidekraut bringt Glück« –, errötete, als er beteuerte, er würde die Blüten für immer verwahren... Wo sie wohl steckten?) Sie erinnerte sich, daß sie ihn auf den Golfplatz begleitet, stundenlang zufrieden seine Schläger geschleppt hatte; an einem Tag gab er ihr Unterricht, sie stellte sich hoffnungslos an, doch er war unendlich geduldig, ermutigte sie. Manchmal mußten sie nach ihren Schlägen beide fürchterlich lachen.

Sie erinnerte sich an ihr Herzklopfen, als er auf Wiedersehen sagte, er war in die Nordsee abkommandiert; ihr banges Herz in jenem Winter; wie sie auf seine Briefe wartete, die sie in einer Mappe unter Verschluß hielt, sie immer und immer wieder las, bis sie zerfleddert waren. Sie erinnerte sich, wie er immer alles daran setzte, sie wenigstens einen Tag lang zu besuchen, egal wie kurz sein Urlaub war; seine Besuche waren die einzigen Lichtblicke, als der Krieg kein Ende nahm und Vater immer kränker wurde. Sie sah, wie zuvorkommend er Vater behandelte, ihm seinen Arm reichte, die Treppe hoch, die Dorfstraße entlang. Gemeinsam hatten sie sich im letzten Kriegsjahr um ihn gesorgt, als sein Leben wöchentlich weniger wurde, klaglos, nur noch vom Bett zum Sessel vor dem Kamin, wo er die Bibel las und sie oder Tom ihm aus Walter Scotts Werken vorlas. Und vor seinem Tod sagte Vater immer wieder: »Er ist ein guter Mann, mein Mädchen. Er wird für dich sor-

gen –.« Mit diesen Worten hatte er ihre Verlobung gebilligt, die eigentlich nie als solche, mit Ringen und Treueschwüren, vollzogen wurde. Und gesorgt hatte er für sie. Gleich nach Erhalt ihres Telegramms war er gekommen und hatte ihr geholfen, die Beerdigung auszurichten; hatte sie hinterher zur Erholung zu seiner Mutter gebracht; hatte sich nach einer Arbeit umgesehen, damit sie gleich heiraten konnten; und damals wußte sie schon, es war alles ein Fehler; dennoch hatte sie ihn natürlich geheiratet.
»Doch ich«, sagte sie laut, ihren unausgesprochenen Gedanken folgend, »ich war damals so jung und platzte fast vor brachliegenden Gefühlen, ich hätte wahrscheinlich jeden geheiratet.«
Sie mühte sich, die Schuld abzuwägen, die Wahrheiten von damals aus den verzerrten Erinnerungen, Vorurteilen, kühlen, lieblosen Urteilen der Gegenwart herauszufiltern: Tom zu sehen, wie er war, nicht sein Bild im Zerrspiegel ihrer Unfreundlichkeit.
»Ich habe Tom sehr gemocht«, sagte sie. »Am Anfang waren wir manchmal sehr glücklich.« Sie erinnerte sich an Zeiten, wo sie Tom sehr nah und zärtlich verbunden war; als er ihr zeigte, was er als Kind gesammelt hatte, Vogeleier, als Junge zusammengetragen; als er seinen Kopf auf ihre Schulter gelegt und ihr anvertraut hatte, wie bitter er bedauerte, daß er nicht studieren konnte... all die anderen Male, als... »Es war schön, jemanden für sich allein zu haben – wissen Sie. Ich war stolz und kam mir wichtig vor als verheiratete Frau, ich war entschlossen, Tom in seinem Weiterkommen zu helfen. Anfänglich habe ich das getan.« (Hatte ihm Mut gemacht, ihn angespornt, ihm geholfen, das brave Arbeitstier zu werden, das sie heute verabscheute.) »Dann war ich schwanger, und das Kind starb.« Sie hielt inne, wünschte ihre Worte ungesagt: so mitleidheischend klangen sie. Rührseliges Zeug – damit setzte sie den gutherzigen, normalen jungen Mann unter Druck. »Tom ist es sehr nahegegangen«, fügte sie hinzu. »Doch damals hatte ich Angst, ein Kind in die Welt zu setzen, das womöglich wie er war – oder wie seine Mutter – oder wie ich. Ich wollte kein Kind. Ich dachte, so sei es auch recht.«
Er sah sie an und schwieg – dankbar, daß sie ihnen beiden über das Thema hinweghalf – ihm bewußt ersparte, seine Anteilnahme auszusprechen.

»Es ist eine Schande, daß ich ihn geheiratet habe«, sagte sie. »Eigentlich war mir das klar. Eigentlich war mir das jeden Tag bewußt.« (Jeden Tag hatte sie sich gesagt, daß sie ihn um alle seine Hoffnungen betrog, seine Sehnsucht nach einer Familie enttäuschte.) »Tom ist wirklich freundlich...«
»Schrecklich freundlich«, stimmte er schnell zu. (Ein gutmütiger Kerl, offen und warmherzig; im Büro machten sie sich über ihn lustig – aber eigentlich mochten sie ihn.)
Sie überlegte, welch unerwartetem Drang sie nachgab? Warum sie in den letzten Minuten mit diesem Mann, den sie liebte, ein so sorgfältiges und zärtliches Porträt ihres Ehemanns zeichnete, sein Bild von den grauen Schichten der letzten Jahre befreite? Es mußte wohl so kommen. Nur so kam die Wahrheit zum Vorschein, verhinderte ihren Verrat.
»Ich bin im Glauben an die Ehe erzogen«, sagte sie, »an eine monogame Beziehung, in der eine wirkliche Frau auf die große Liebe wartet und dann Haus und Heim gründet. Bei uns zu Hause gab es nur Schwarz und Weiß – keine Zwischentöne. Ich war ein Spätentwickler. Bis ich endlich aufwachte und anfing zu denken, war es schon zu spät: Ich hatte meine Chance verpaßt. Es macht mir nichts, daß ich für meine Unehrlichkeit zahlen muß und nicht die sentimentalen, scheinheiligen Argumente ins Feld führen kann, die auf der Hand liegen. Daß ich mich so leicht habe hereinlegen lassen, darüber kann ich nur lachen; daß ich so wirr und ahnunglos und lahm war: immerhin ein Trost. Nur leider habe ich das Leben eines Menschen ruiniert, der mir vertraut hat.«
Er hatte Schwierigkeiten, ihr zu folgen; ihre trocken konstatierte Verzeiflung beunruhigte ihn; doch der letzte Satz traf ihn mit aller Wucht: Denn auch er hatte Unheil angerichtet, wo man ihm vertraut hatte. Er hatte Olivers Leben ruiniert, so wenigstens hatte Oliver behauptet. Also sagte er ernst:
»Ja – ich weiß.«
Aber dazu gehörte einiges, einen Dickhäuter wie Onkel Tom zu ruinieren.
»Ich glaube, eigentlich geht es in Ordnung«, sagte er vage, doch ernst. Er wollte sie beruhigen, ihr sagen, daß sie alles zu ernst nahm, sich unnötig Vorwürfe machte. Eigentlich erschreckend – wenn auch herzerfrischend –, daß sie die ganze Schuld auf sich

nahm. Und um vom Persönlichen aufs Allgemeine abzulenken (denn sie kam ihm so ernst vor, wie sie aufrecht, ohne ihn anzusehen, dasaß), fragte er von Mann zu Frau:

»Sie glauben also nicht an die Ehe?«

Da mußte sie lachen.

»An die Ehe? O doch! Und an Junggesellen, alte Jungfern. Und an tausend Liebhaber, einen oder keinen. An alles nur Erdenkliche, jedem, was er will und kann... Oh, wenn jetzt Tom zuhören würde. Tom hat solche Prinzipien.«

Und sie dachte: »Außerdem, von ihrem Ehemann kommt eine Frau nie los.« Alle betonten immerzu die Bedeutung des Individuums, behaupteten: Trotz äußerlicher Bindungen bin ich ein freier Mensch. Doch es stimmte nicht. Jeder gewöhnte sich an den anderen, und dann war es mit der Freiheit aus.

»Freiheit des Individuums«, sagte er, und ihm fielen die Diskussionen in Oxford ein.

»Freiheit... ja, vielleicht. Niemand mischt sich in das Leben des anderen ein. Deshalb – das mag ich an Ihnen – Sie lassen nicht zu, daß jemand sich in ihr Leben einmischt, nicht wahr? Nicht einmal jemand, den Sie lieben... Oh, Hugh!...« (Wie gern sie seinen Namen aussprach!)

Sie legte ihre Hand auf seine Hand, und er griff danach, hastig, drückte sie. Jetzt, spürte sie, konnte sie ihm alles sagen. Jetzt war sie sich ganz sicher, konnte nicht irren; brauchte nichts mehr zurückzuhalten, abzuwägen, zu bedauern.

»Ich gestehe«, sagte sie. »Als ich Sie das erste Mal sah, dachte ich, daß ich Sie schon mal gesehen hatte. Das war im Kino gleich nach Ihrer Ankunft. Sie haben mich nicht gesehen...« Er hörte gespannt zu, ganz jung und ernsthaft, beobachtete sie. »Beim nächsten Mal – damals, als Sie zum Tee kamen – überlegte ich wieder. Ihr Gesicht kam mir so bekannt vor. Jetzt weiß ich, warum. Obwohl ich Sie noch nie gesehen hatte, habe ich sie gleich erkannt. Sie waren der Mensch, der mir soviel bedeutete.«

Er sah sie nicht an, schwieg. Eigentlich müßte er sich bedrängt fühlen; aber er fühlte sich nicht unwohl in seiner Haut. Irgend etwas an ihrer Art beruhigte ihn, sagte ihm, daß sie nichts von ihm erwartete. Wenn sie nur begriff, wie es in Wirklichkeit um ihn stand.

»Wissen Sie, Sie schätzen mich völlig falsch ein«, sagte er ernst. »Ich bin ein hoffnungsloser Fall.«
Sie lächelte, schüttelte den Kopf.
»Ich werde an Sie denken...« sagte sie.
Er hätte ihr gern, wirklich gern geholfen. Er ging für immer davon. Und sie mußte bleiben. Das bekümmerte ihn.
»Es ist ganz entsetzlich«, sagte er und wurde rot, »daß Sie hierbleiben müssen – wo es Ihnen gar nicht gefällt. Wenn Sie das doch nicht müßten... Wenn Sie so leben könnten, wie Sie wollten...«
Sie machte große Augen.
»Lassen Sie«, sagte sie lächelnd. »Es macht nichts. Sie dürfen mich nicht bemitleiden. Mitleid halte ich nicht aus.« (Wirklich, dachte er, sie war wirklich ausgesprochen nett.) »Ich halte viel aus. Ich bin ganz schön zäh.«
Und sie fand, irgend etwas steckte in ihr, das auf den ersten Blick nicht zu ihr paßte; etwas, das selbst über ihre eigenen verborgenen Qualitäten hinausreichte – Stärke, Ausdauer, eine Religion ohne Glaube und Hoffnung, ein Erbe, vielleicht. »Du wirst wie deine Mutter«, hatte Vater oft gesagt und gelächelt oder den Kopf geschüttelt. Ihre Mutter war mittlerweile schon lange tot, die Fotografie verloren und ihr Gesicht aus dem Gedächtnis gestrichen, geblieben nur die modischen Attribute, die sie als Kind begeistert hatten – die Fransen und die Schnürtaille, der Stehkragen, die stoffüberzogenen Knöpfe, Rüschen. Doch sie war wie ihre Mutter... Ja, im Älterwerden geschah es einfach. In der Jugend variierten Aussehen, Wünsche und Regungen, Fleisch und Blut von Generation zu Generation; aber darunter überdauerte eine gute Portion der Vorfahren, der Gestalt, der Struktur, des Gerüsts.
Er stand auf. Jetzt mußte sie ihn gehen lassen.
»Tut mir leid, jetzt muß ich wirklich gehen«, sagte er.
Er streckte seine Hand aus.
»Auf Wiedersehen, Hugh«, sagte sie. »Ich wünsche Ihnen Glück. Vergessen Sie nicht, was Sie mir versprochen haben.«
»Ja.« Er grinste.
»Lieben Sie, heiraten Sie.«
»Oh, ich heirate niemals«, sagte er gutgelaunt.
»Nein?«
»Ich finde niemanden, der mich aushält.« (Jede Frau fände in Null

Komma nichts heraus – daß er ein Nichts war.) »Nicht länger als ein, zwei Monate.«
»Vielleicht doch...«
Sie lächelten sich an; und er dachte wieder, was für ein angenehmer Mensch sie war. Ihm gefiel, daß sie ihn ins Herz geschlossen hatte.
»Also, auf Wiedersehen«, und einen langen Augenblick trafen sich ihr Blicke. Er hätte es gern gesagt; doch was eigentlich?
»Ich habe Ihnen meine Lebensgeschichte erzählt«, sagte sie. »So etwas habe ich noch nie getan. Vergessen Sie es.«
»Nein, bestimmt nicht«, sagte er nüchtern.
Vielleicht gehörte es dazu: Er würde sie nicht vergessen. Dessen war er sicher. Sie hatte ihn beeindruckt, bewegt. Er mochte sie. Er sah sie hilflos an.
Sie brachte ihn in den Flur und öffnete die Haustür; er drückte ihr noch einmal die Hand, lief die Stufen hinab, winkte und war fort.

Es war vorbei.
Es war kein Verlust, sondern ein Gewinn – wie sie beabsichtigt hatte. Die Klatschbasen in der Gemeinde konnten nicht mit dem Finger auf sie zeigen, hinter vorgehaltener Hand tuscheln. Mit ihrer Integrität hatte sie ihnen den Todesstoß versetzt und sich für immer von ihnen befreit.
Sie hatte ihm alles erzählt... und nichts.
Es hätte nicht besser sein können, fand sie... und spürte Todesqualen in sich aufsteigen... es hätte kein besserer Abschied sein können.
Sie sah auf die laternenbeschienene Straße und schloß die Tür... öffnete sie wieder, ließ sie geöffnet.
Tom würde nach Hause kommen, sehr bald, jetzt.

Siebter Teil

Ende November.
Der Sturm kam kreischend von der See über den Platz, trieb Stroh, Blätter, Papier hinunter in die Stadt. Pralle Wolkenhaufen flogen über den Himmel, von einem Ende zum anderen; Regen fiel. Fußgänger stemmten sich in den Straßen gegen den Wind wie gegen eine Wand, kämpften in verquerer Pose, setzten mühsam einen Fuß vor den anderen – erstickt, zerschlagen, blind. Dann plötzlich Windstille; hervor drang in einer Atempause wundes Licht; schmerzlich, bleich – schwankend und ohnmächtig. Der Wind erhob sich donnernd aus seinem Versteck, peitschte schon wieder den Regen, schoß Abermillionen spitzer Pfeile, schmetterte sie in Böen gegen die Fenster.
Sie ertrug das Heulen des Winds nicht. Sie ging in die Küche, suchte Annies Gesellschaft.
»Was für ein Sturm, Madam. Die armen Seeleute...«
Sie fragte sich wieder, wo Annie diese steife, respektvolle Anrede aufgegriffen hatte. Hier im Norden lernte bestimmt niemand, die Hausherrin »Madam« zu nennen. Sicher entsprang dieser Begriff Annies romantischer Phantasie: spiegelte ihre Vorstellung von den adligen Häusern, deshalb benutzte sie ihn als Krönung der schlichten Bourgoisie.
»Was gibt's, Annie?«
Sie hatte ihr den Rücken zugewandt, bückte sich, hielt eine Untertasse voll Milch. Vor dem Ofen hockte ein kleines schwarzes Wesen: ein pitschnasses Kätzchen.
»Ein streunendes Tier, Madam, es ist ganz sauber.«
Angestrengt richtete sie sich auf, lehnte gegen den Tisch. Gemeinsam beobachteten sie das winzige Geschöpf, wie es sich über den weißen Tellerrand neigte – tief verzückt, schon gierig leckend.

»Ich habe die Tür aufgemacht, da saß es auf der Schwelle. Das bedeutet Glück, wissen Sie?«
Sie lächelte, doch nur kurz, mühsam. Was war in letzter Zeit mit Annie?
»Annie, ich dachte, Sie machen heute abend für Mr. Fairfax einen Apfelpudding. Wissen Sie, den besonders guten.«
»Sehr schön, Madam.«
Sonst nichts. Kein erfreuter Blick, keine Erklärung, daß sie sich beim Apfelpudding-Kochen heute selbst übertreffen würde. Sie klang lustlos – apathisch, beinah. Hatte sie etwas auf dem Herzen, Kummer – selbst Annie? Wollte sie kündigen? Sie bückte sich noch einmal mit dem Milchkrug.
»Du bist schrecklich dünn«, stellte sie fest. »Komm, trink noch ein bißchen, kleiner Kerl.«
Als sie sich aufrichtete und umdrehte, wußte Grace endgültig, daß sie sich nichts einbildete: Annie versuchte seit geraumer Zeit, ihrem Blick auszuweichen. Sie kam ihr müde und blaß vor.
»Annie, sind Sie krank?«
»Überhaupt nicht, Madam.« Annie klang wachsam, beinah aufsässig. Sie warf Grace einen fragenden Blick zu: Sie war das Mißtrauen in Person, wunderte sich Grace. Sie kam ihr vor wie ein Kind, ein junger Hund, der eine unvermeidliche Standpauke erwartete, trotzig, betroffen, gefaßt.
»Sie sehen nicht besonders gesund aus.«
»Ich hatte eine Magenverstimmung... Das kommt von der Kocherei.« Sie bedachte den Herd mit einem grollenden Blick. Nicht auszudenken, eigentlich unfaßbar, daß Annie plötzlich das Kochen nicht mehr mochte. Was bedeutete das?
»Möchten Sie zum Arzt gehen?«
»Nein, niemals. Ich glaube nicht an Ärzte...«, erwiderte sie eigensinnig.
Eine Lüge! Sie verehrte Ärzte geradezu. Sie hatte keine Angst vor Ärzten. Als Grace krank war, hatte sie sich darum gerissen, dem Doktor die Tür zu öffnen, hatte ihn formvollendet ins Krankenzimmer geführt. Ihre Stimmung war offensichtlich auf dem Tiefstand. Hatte ihr Freund sie sitzenlassen?
»Ach, schade...« Grace drehte sich um, wollte gehen. Annie brach in lautes Schluchzen aus.

»Ich will Ihnen nichts vormachen, Madam«, weinte sie. »Ehrlich gesagt, ich erwarte was.«
»Tatsächlich, Annie?« fragte Grace unverblümt. Der Satz führte sie zurück ins Pfarrhaus, Wohltätigkeitsveranstaltungen für gefallene Mädchen, die Klatschbasen zerrissen sich die Münder, ihr Vater schüttelte besorgt den Kopf. Das meinte Annie nicht... Doch, sie meinte es.
»Irgendwann müssen Sie es ja erfahren... Ich sage mir die ganze Zeit: Sie merkt es garantiert nicht. Ihnen fällt auch gar nichts auf, oder?«... Schluchzend fügte sie hinzu: »Madam...«
»Das tut mir schrecklich leid, Annie.«
Grace war bewußt, daß sie sich nicht an die Spielregeln hielt. Annie erwartete die unverzügliche Entlassung.
»Es tut mir so leid, daß ich Ihnen das angetan habe. Sie und Mr. Fairfax waren immer so gut zu mir. Wie werden Sie nur zurechtkommen...?« Sie konnte nicht weitersprechen.
»Ich komme niemals ohne Sie zurecht, Annie.«
»Wenn Sie sich dazu in der Lage sehen – mich hierzubehalten, bis es soweit ist. Es dauert noch Monate. Ich muß doch etwas verdienen... ich habe kein Zuhause...«
»Natürlich bleiben Sie, gute, dumme Annie...«
Grace kam, konnte nichts sehen, stand neben ihr und legte ihre Arme um den breiten, molligen, bebenden Oberkörper. Tränen, die sie vergeblich wochenlang zurückgehalten hatte, strömten – aus erstarrtem Herzen – über ihr Gesicht. Annie hatte mit ihrer Bürde das Maß voll gemacht, sie hatte keine Kraft mehr. Grausam hatte Annie ihren Widerstand gebrochen (wie versteinert war sie gewesen, mit niemandem wollte sie ihr Leid teilen).
»Hören Sie auf zu weinen, Annie. Es ist gut. Weinen ist schlecht für Sie.« Sie gab sich einen Ruck, wiederholte streng: »Hören Sie sofort auf zu weinen« – aus Angst vor ihrem eigenen Schmerz – Angst, daß sie die Kontrolle über sich verlor.
Das Kätzchen schnurrte, tapste über den Teller zu ihren Füßen.
»Ich war so traurig... Ich hatte keine Freude mehr am Kochen. Mir war so schrecklich übel.«
»Ich weiß.«
Es war alles, was sie von ihrer Schwangerschaft in Erinnerung hatte.

»Aber das ist jetzt vorbei.« Sie wischte die Tränen mit der Schürze fort. »Jetzt kann ich wieder richtig arbeiten, Madam.«
»Sie wollen nicht – heiraten?« fragte Grace vorsichtig.
»Nein, Madam.« Sie begann wieder zu schluchzen. »Um ehrlich zu sein, Madam, er ist verheiratet. Ich wußte es die ganze Zeit. Er hat mir nichts vorgemacht.«
»Aha.«
Dennoch war sie überrascht. Daß Annie so lax mit der Moral umging, hätte sie nicht gedacht.
»Er reist, Madam, er hat einen Lieferwagen. Er wohnt in London. Er kam mir gar nicht verheiratet vor – so immer unterwegs... Ich sehe ihn nicht wieder.«
»Weiß er Bescheid?«
»Nein. Ich habe es ihm nie erzählt. Ich wollte ihm keine Unannehmlichkeiten machen oder Schwierigkeiten, nicht, solange ich allein zurechtkomme. Ich würde Ihnen ungern seinen Namen nennen.« Besorgt warf sie ihr einen störrischen Blick zu, nahm an, Grace könne darauf bestehen. »Er ist noch jung. Und hat zwei Kinder zu ernähren... Als er das letzte Mal kam, bin ich gleich zur Tür: Hallo, du bist das, habe ich gesagt. Komm nicht noch mal hierher. Ich will nichts mehr mit dir zu tun haben. Er war ganz erschrocken... Wollte wissen, was er angestellt hatte. Armer Arthur.« Sie weinte, doch nicht bitterlich. Die Situation, wenn auch schmerzlich, war offensichtlich nicht ohne gewissen dramatischen Reiz gewesen.
»Sie haben ihn sicher geliebt.« (Auch eine Bemerkung, die sich nicht schickte. Wenn sie so weitermachte, würde Annie sie am Ende für durch und durch unanständig halten.)
»Er war wirklich freundlich, Madam. Wenn er das nicht gewesen wäre, hätte ich es nicht dazu kommen lassen.« Sie fügte taktvoll hinzu: »Natürlich war es ein Versehen. Ich dachte, in meinem Alter passiert das nicht mehr.«
Annie, mit ihrem Wissensfundus über körperliche Vorgänge, war nicht die Frau, natürlich nicht, die ihre Blüte ungenutzt ließ; die in der archaischen, üppigen Lebensmitte ihre körperlichen Bedürfnisse unterdrückte. Liebe war für sie ein Fremdwort – ein Gefühl, dem sie in ihrer Welt keinen Stellenwert beimaß. Er war jung, er war freundlich. Anstatt ihm zu schaden, hatte sie ihn gehen lassen

– vermißte ihn nicht besonders. Es schien so einfach und richtig: richtig auch, daß sie, die eine Personifizierung hausfraulicher Tugenden war, tatsächlich ein Kind bekam. Annie war der Triumph des Unkeuschen.

»Wir müssen ein Krankenhaus für Sie aussuchen, Annie. Ich werde mich kümmern –«

»Oh, vielen Dank, Madam. Ich habe wochenlang kein Auge zugemacht, weil ich nicht wußte, was tun. Das Baby macht mir solche Sorgen. Wer nimmt es mir wohl ab?...« Sie wiederholte: »Ich muß Geld verdienen. Ich habe kein Zuhause.«

Sie hielt die Schürze vors Gesicht – horchte auf die Worte, die vielleicht nicht kamen – doch kamen – kommen mußten.

»Sie können das Baby hierbehalten... Es darf nur nicht immer schreien.«

»Ja, Madam.« Annie hatte den Scherz verstanden. Sie strahlte, wenn auch mühsam. »Oh, Madam, Sie werden es niemals bereuen – niemals. Sie werden nicht einmal merken, daß hier im Haus etwas nicht stimmt. Ich schwöre, ich werde alles zu Ihrer Zufriedenheit...«

Sie hatte alles geplant – wo das Kind schlief, wie sie es zwischendurch stillte. Oft genug hatte sie sich, nachdem alle Hoffnung endgültig geschwunden war und sie die Gedanken an den Fluß, den Gasofen, das Arbeitshaus verscheuchen mußte, alles genau überlegt, sich wider alle Vernunft ein glückliches Ende ausgemalt. Jetzt war es eingetroffen.

Annie wußte, daß Mrs. Fairfax ungern redete. Taten, nicht Worte sollten ihre Dankbarkeit beweisen. Dennoch sagte sie, was ihr im Sinn war:

»Jedenfalls, Madam, ich habe oft gedacht, ich hätte gern einen lieben, kleinen, pummeligen Jungen.«

»Ja, Annie.« Egal, welches Geschlecht, dachte sie, pummelig würde das Kind sicher.

»Die Leute sind sehr engstirnig, nicht wahr?« wagte sie zu sagen und seufzte.

»Ja, sehr.«

Jetzt war Annie wieder in der Lage, sich auch um fremde Probleme zu kümmern: Mit der ihr üblichen Besorgnis betrachtete sie Mrs. Fairfax. Das tränenverquollene Gesicht, blaß, stumpf, müde, Ränder um die Augen… Ach, die Ärmste!… Sie ahnte, was die arme Mrs. Fairfax bedrückte; wie bitter, wie öde ihr Leben war. Ja, sie weinte um ihretwillen. Mr. Fairfax war ein gutherziger Mann, er meinte es gut; aber er war für sie nicht gut, nicht gut als Mann. Sie brauchte, was alle Frauen brauchten. Sie hatte es schlimm kommen sehen. Hatte es sich zusammengereimt… Doch jetzt war er wieder fort, hatte für immer die Stadt verlassen. Einen Augenblick hatte sie an der Tür gehorcht und es ihn sagen hören.

Was hatte Mrs. Fairfax davon, daß sie so ein großes Herz hatte?

»Also, Apfelpudding, Annie.«

»Gut, Madam. Ich koche Zitronenschale mit: Dann schmeckt er nicht so sauer und noch viel besser.«

Und als Grace aus der Küche ging, hörte sie Annie zur Katze sagen:

»Hier, noch ein Schlückchen. Such dir ein warmes Eckchen und schlaf schön, Ich wußte, du hast Glück, du kleines schwarzes Liebchen.«

»Dann guten Tag«, sagte Norah an der Tür zum Cottage, lächelte aufmunternd und gestand sich gleichzeitig ein, daß diese alte Frau alles andere als angenehm war. »Mal sehen, wer noch auf meiner Liste steht.« Sie schaute in ihr Notizbuch. »Nummer 15. Miss Roberts. Das ist Ihre Nachbarin?«

Das teilnahmslose, in sich zusammengefallen Gesicht der Alten nahm einen harten Ausdruck an. Sie guckte lebhaft um sich.

»Wenn Sie auf mich hören, gehen Sie nicht hin.«

Norahs Lächeln wich.

»Warum nicht?« fragte sie kühl.

»Ich habe nichts gesagt.« Die Arme gekreuzt, der Kopf senil nikkend, sah sie Norah an. Ihre Augen waren steinern, ohne Lider, unbewegt wie Reptilienaugen. »In dieser Straße wohnen anständige Leute. Mit Pansy Roberts haben wir nichts zu tun. Guten Tag.«

Sie schlug die Tür zu.

»Das ist ja reizend«, murmelte Norah.

Sie stand einen Augenblick bewegungslos, entmutigt. Sollte sie aufgeben und nach Hause gehen? … Morgen der Frau des Bischofs schreiben und ihre Mitarbeit in diesem Komitee ein für

allemal aufkündigen? Sozialarbeit war sinnlos. Doch anstatt aufzugeben, ließ sie sich überreden, drängen, jährlich immer mehr Aufgaben zu übernehmen. Und zugleich haßte sie jedes Komitee, jeden Vorstand, jede Institution, die je gegründet wurde, egal, ob sozial oder religiös. Gerald glaubte ihr nicht; doch so war es. Sie machte wegen der Leute weiter, sagte sie sich: der fesselnde menschliche Kontakt; hier und da tauchte im schalen Ozean ein herzerfrischender Tropfen auf. Doch wie sie in diesem neuen Viertel empfangen wurde – dessen Wohnsituation und hygienische Bedingungen sie sich bereit erklärt hatte, mit zu untersuchen –, führte kaum dazu, sich als erfolgreicher Wohlfahrtsapostel zu fühlen. Im letzten Haus hatte eine Frau oben aus dem Fenster geschrien, daß sie genug mit ihrer Wäsche zu tun und keine Zeit für sie habe; und davor hatte die Frau des Hauses, in unordentlichem Unterrock und Leibchen, um den Kopf einen schmuddligen Schal, unter Tränen gestammelt, daß es ihr gar nicht gutgehe und sie sofort wieder auf ihr Sofa müsse; und im allerersten Haus hatten eine Frau und viele Kinder, mehrere Männer, erbärmlich gekleidet, lange arbeitslos, zusammen um ein kümmerliches Feuer gesessen und sie aus hungrigen Augen und animalischen Gesichtern angestarrt; die Sätze, die sie sich zurechtgelegt hatte, waren ihr auf den Lippen gefroren; sie hatte ihnen Geld fürs Essen gegeben (was gegen die Regeln des Vereins war) und war geflohen.
Ja, dachte sie, sie konnte von Not und Krankheit, Alkoholismus und schlechten hygienischen Bedingungen, Boshaftigkeit und Lieblosigkeit ein Lied singen... von der Welt, wie sie wirklich war. Und jetzt also, als pikante Beigabe, eine Sünderin; wenn es ihr nicht gelang, dort akzeptiert zu werden, nicht als Sozialarbeiterin, sondern als Mensch, würde sie morgen ihre Mitarbeit aufkündigen und die Befragung denen überlassen, die in ihrem missionarischen Eifer kämpferischer und zäher waren.
Sie ging zur Tür von Nummer 15 und klopfte zögernd. Nach einer Weile bemerkte sie, daß sich, wie üblich, die dichten Spitzengardinen im Wohnzimmer bewegten. Jemand nahm sie genau in Augenschein. Langes Warten; dann das mißtrauische Öffnen der Tür, und ein Mädchengesicht spähte hinaus; ein Gesicht, unwirklich in seiner Zartheit, seinem verheerenden Glühen.
»Guten Tag, sind Sie Miss Roberts?«

Das Gesicht erwiderte ihr Lächeln nicht. Es schaute; dann, wie von einer schrecklichen Ahnung erfaßt, erfror es. Eine Stimme sagte:
»Was möchten Sie?«
»Ihnen nur – ganz kurz – einen Besuch machen – wenn Sie nicht zu beschäftigt sind.«
»Ich bin nicht beschäftigt, aber mir geht es nicht gut – ich habe eigentlich keinen Besuch erwartet...« Die blaßblauen fieberleuchtenden Augen warfen einen prüfenden Blick auf Norah.
»Das tut mir leid. Dann gehe ich lieber.«
Angesichts dieser Maske fühlte sie sich schuldig, hilflos.
»Kommen Sie von der Kirche?« sagte die Stimme wie von einem unendlich fernen Wachturm.
(Sie hatte gehört, daß sie kamen, herumschnüffelten, »retten« nannten sie das. Sie mußte vorsichtig sein, überall lauerten Leute, die ihr Böses wollten.)
»Nein, nein!« rief Norah. »Mit der Kirche hat es nichts zu tun.«
»Aha. Ich dachte, ich frage lieber... ich gehe nicht in die Kirche – jedenfalls nicht regelmäßig... wegen meiner Gesundheit.«
Sie zog eine schwarze Samtjacke enger über ihre schmale Brust. Sie war hübsch angezogen, stellte Norah fest, trug ein eigentlich unpassendes schwarzes Crêpe-de-Chine-Kleid mit weißem Spitzenkragen und Manschetten, feinste Seidenstrümpfe und hochhackige Lacklederschuhe: eher die Aufmachung einer Gastgeberin in einer städtischen Pension. Wie konnte sie solch ein Geschöpf über Abwasserleitungen ausfragen?
»Ich wollte nur fragen, ob – ob ich irgend etwas für Sie tun kann. Wie Sie wissen, besuchen wir... einige von uns... versuchen wir... Aber –«
Angesichts dieser letzten, schlimmsten Niederlage wollte sie gehen. Genausogut konnte sie einem Vögelchen helfen, ihr Anliegen einem Eichhörnchen erklären. Sie besaß die erschrockene Würde eines verzweifelten kleinen Tiers; den gequälten, einsamen Blick eines Wesens, das unwiderruflich durch seine Zugehörigkeit zu einer anderen Gattung von uns getrennt war.
»Aha«, sagte die Stimme wieder. »Ich glaube, ich brauche nichts, vielen Dank. Ich komme allein zurecht. Wenn Sie mich entschuldigen... der Durchzug... Ich bin ziemlich krank.«

»Das tut mir leid«, sagte Norah und öffnete ihren Regenschirm. »Passen Sie gut auf sich auf. In Ihrem Alter sollten Sie nicht krank sein, so hübsch wie Sie sind.«
Das Gesicht taute mit einemmal auf, ein trauriges Lächeln bewegte den Mund.
»Ich hab's an der Lunge«, sagte sie. »Oje, es regnet! Wollen Sie nicht hereinkommen, bis es aufhört?«
Sie führte Norah ins Wohnzimmer. Es roch ungelüftet, abgestanden; grüner Plüsch, Schoner auf den Armlehnen, Fotos, eine Schusterpalme füllten den spärlichen Raum angemessen; ein weißgefältelter Papierfächer verdeckte und schmückte den leeren Kamin.
»Nehmen Sie doch bitte Platz«, sagte sie. »Sie entschuldigen, daß der Kamin nicht brennt. Es ist ein wenig kühl... Eigentlich«, räumte sie locker ein (denn wir Damen, lächelte sie vielsagend, haben alle unsere kleinen Eigenheiten), »habe ich den heutigen Nachmittag in der Küche verbracht.«
»Oh, dann gehen wir in die Küche. Ich finde sowieso, die ist meist der gemütlichste Raum«, stimmte Norah zu.
Sie öffnete eine andere Tür und rief freundlich, aber bestimmt: »Will, zieh Mantel und Schal an, mein Lieber, und mach einen Spaziergang. Schwester hat Besuch.«
Es klang, als spräche sie mit einem Kind. Doch, schwer zu erkennen im dunklen Raum, erhob sich ein Mann aus einem Sessel und ging unbeholfen und wortlos zur Hintertür hinaus.
»Das ist mein Bruder«, bemerkte Pansy und stellte einen zweiten Stuhl an den Herd. »Er ist zurückgeblieben, aber er meint es gut. Er ist sehr gut zu mir. Er kümmert sich um mich, wenn es mir schlechtgeht. Nur wenn er das Blut sieht, regt er sich schrecklich auf, der Arme. Natürlich, es erinnert ihn an Mutter. Sie ist daran gestorben, wissen Sie.«
»Das Blut?« fragte Norah entsetzt.
»O ja«, sagte die Stimme geziert. »Seit diesem Herbst spucke ich manchmal Blut. Ich mußte leider meine Arbeit aufgeben. Ich bin Friseuse, ich maniküre auch.« Sie schüttelte die luftig aufgetürmte aschblonde Haarwolke, sah auf ihre lackierten Nägel. Sie sagte:
»Der Arzt meint, ich werde nie mehr gesund.«

Und weiter beschrieb sie ihre Symptome, Temperatur, Nachtschweiß, Husten; erwähnte die fatalen Einzelheiten sachlich, achselzuckend; mit jener genau dosierten Untertreibung, die eine hohe schauspielerische Leistung ausmacht.

Sie verabschiedeten sich eine Stunde später.
Pansy stand in der Tür und sah Norah nach. »Ja«, sagte sie sich, »ich mag, wie sie sich kleidet.« Gutes, wenn auch abgetragenes Tweedkostüm, gute, wenn auch alte Schuhe mit flachen Absätzen. Puder, zwar kein Lippenstift; nur der goldene Ehering – kein anderer Schmuck. Schöne Zähne, angenehmes Lächeln, gute Stimme. Seine Stimme… Komisch, daß ihr plötzlich, als sie da saßen, durch den Kopf ging, sie kannte ihn womöglich. Es kam ihr wie Gedankenübertragung vor, sie spürte: ›Sie hat ihn im Sinn.‹ Sicher Einbildung… Dennoch, sie konnte sich sogar ausmalen, daß er bei ihr zum Essen eingeladen war, sie ihn Hugh nannte und ihn bat, bald wiederzukommen…
Jedenfalls, es wäre ein Vergnügen, wenn jemand wie sie ab und zu vorbeischaute. Wie teilnahmsvoll sie gewesen war!… Ohne sich einzumischen. Und dabei hatte sie ihr beinah die Tür vor der Nase zugemacht! Sie konnte es nicht ändern. Schließlich ging es um ihre Ehre. »Sie sind viel zu hübsch, um so krank zu sein«, hatte sie gesagt. Sie war erschrocken, als sie erfuhr, wie schlecht es ihr ging – wollte sich beim Arzt erkundigen. Das mußte sie verhindern… Es stimmte nicht ganz, natürlich, was sie über den Arzt gesagt hatte. »Nichts Ernstes«, hatte er gesagt, »aber erste warnende Anzeichen.« Er hatte ihr verordnet, sie solle sich in dieser Klinik untersuchen lassen. Ein paar Monate Sanatorium würden sie heilen, sagte er. Sie wußte es besser. Seit einer Woche ging es ihr soviel schlechter. Sie starb. Sie starb wie Mutter in einem Hustenfall – überall Blut. Was würde Will dann tun?…
Nein; natürlich würde sie noch jahrelang leben. Sie mußte zusehen, daß sie wieder gesund würde. Bald würde sie wieder arbeiten… sich einen neuen Mantel und Hut kaufen… abends in den Tanzpalast gehen… dort würde er sie suchen und zum Essen einladen.
Nein, er kommt nie mehr. Irgendwie wußte sie, daß sie ihn nie mehr zu Gesicht bekäme.

Also sterben... Aber nicht allein, o Gott, nicht allein... Sie würde am Ende da sein und für sie sorgen. *Ich komme gerade vom Totenbett unserer kleinen Pansy... Mein Gott, doch nicht die kleine Pansy? Doch, ihre letzten Worte waren an dich...* Dann fiel es ihm bestimmt wieder ein; dann tat es ihm leid... er kam und kniete neben ihr, gab ihr Blumen in die kalten Hände, und sie lag tot da...

»Pansy!«

Will kam von seinem Spaziergang wieder.

»Pansy!«

Er rief die Treppe hinauf... so rauh und verrückt klang es – wie in Panik.

»Deine Schwester ist hier, Will.«

Sie warf einen letzten Blick die düstere, böige Straße entlang.

Nicht mehr zu sehen.

Komm bald wieder, wie versprochen. Komm wieder.

Sie schloß die Tür.

Norah eilte durch die Straßen.

Der Wind sammelte sich wieder im Westen, peitschte Wolken über den Himmel. Der Sturm nahm zu. Die ganze Nacht würde er jetzt heulen. David würde ihr bestimmt einen mitternächtlichen Besuch abstatten, aus seinem an ihr Bett huschen und flüstern, irgend etwas täte ihm ein bißchen weh. Er hatte Angst vor dem Geräusch, das der Sturm machte: befürchtete, egal ob Robin ihn auslachte, Erdbeben, Sturmfluten, den Weltuntergang. Sie mußte ein Nachtlicht für ihn brennen lassen.

Der Nachmittag war also nicht vergeudet. Sie dachte an die kleine Person – wie sie in der Tür vor ihrem Cottage gestanden, ihr hinterhergeschaut hatte, aufmerksam, traurig, abwesend – immer noch kam ihr der Vergleich zu einem kleinen Tier. Wo lag der Schlüssel zu dieser Unwirklichkeit? »Ich huste Blut«, hatte sie gesagt, als spräche sie von Rheuma bei feuchtem Wetter. »Es hat mich nicht gewundert, als Blut kam«, sagte sie. »Eigentlich habe ich es erwartet.«

Gehörte diese Künstlichkeit – dieses Drama – zu ihrem Wesen... war es ihre Art von Wirklichkeitsflucht, wie Psychoanalytiker das nannten? Beging sie eine perfekte Selbsttäuschung – sah sie sich

im andauernden Tagtraum als Heldin einer Folge faszinierender, rührseliger Geschichten?
Oder war es die krankhafte Hoffnung der Todkranken, die ihr jedes Gefühl für ihre gefährliche Lage nahm?... Was?
Nie hatte sie einen Menschen erlebt, der sich in einer Vielzahl offensichtlicher, doch undurchdringlicher Täuschungen so verstellte und doch entblößte.
Was war mit ihrem Beruf? dachte Norah, als sie an der Ecke auf die Straßenbahn wartete. Wäre es ihr auch ohne die üble Nachrede aufgefallen? Stand es ihr in die Augen geschrieben, mit dem fanatischen, hellen Blick? – Hatte sie nicht etwas auffallend Diskretes, Gieriges, Heimlichtuerisches an sich? Oder war alles Einbildung?
Würde jeder Mann sie sofort erkennen – wahrnehmen – später seinen Freunden beschreiben? Schließlich erzählten sie sich doch (hatte Jimmy behauptet) von ihren Zufallsbekanntschaften (niemals von ihren Ehefrauen)... Sie spürte einen Druck im Kopf, fühlte sich hinweggeschwemmt von Bildern und Vorstellungen: Der alte Abszeß Sex pochte wieder, nie richtig verheilt. Es war schwer, hinzunehmen, daß etwas körperlich bedeutsam, aber emotional völlig unbedeutsam sein konnte. Ein netter Kerl wie Hugh zum Beispiel – würde er sich mit einer Prostituierten abgeben?
Er hatte solchen Charme, so gute Manieren, entsprach in jeder Hinsicht dem Bild eines anständigen jungen Engländers. Blauäugig, redlich und freundlich; nichts an ihm war offenkundig sinnlich. Würde auch er... ohne Gewissensbisse vorher oder nachher? Seine gute Laune entsprang sicher auch der Tatsache, daß seine sexuellen Bedürfnisse nicht zu kurz kamen. Sie hätte ihn gern ausgefragt, über seine Ideale, ob er sich die Hörner abgestoßen hatte, was er den Jungen riet. Eigentlich war es das Wichtigste und Spannendste, was sie von jemandem gern erfuhr; auch wenn Gerald da anderer Meinung war. Der dachte – oder tat wenigstens so –, das Interessanteste an einem Menschen waren die Bücher, die dieser las.
Gerald, dachte sie und sprang mit einem Satz in die Straßenbahn, suchte sich einen Eckplatz, Gerald, so penibel und idealistisch, gegen jede körperliche Verweichlichung – dennoch war dieser

Gerald nicht frei, nicht ruhig und ausgeglichen: ganz im Gegenteil – ein Bündel leidenschaftlicher Konflikte und Verdrängungen. Wem nützte sein Idealismus? Die Jungen würde es zuerst irritieren, dann, als Reaktion, würden sie bestimmt über die Stränge schlagen; würden daraufhin sofort von ihm verstoßen... Oje!...

Wäre Hugh doch nicht fort – der liebe Hugh, der so glücklich und erdverbunden war, auf andere zuging, nicht immer nur sich sah; der einem Mut machte, daß weder die Lebenslust völlig von der Welt verschwunden war noch der Genuß: Sie waren gerade nur außer Reichweite.

Es war erstaunlich (angesichts der Tatsache, wie selten sie ihn gesehen hatte), doch zweifellos hatte sich seit seiner Abreise die allgemeine Stimmung zum Schlechteren gewandt, war wenig heiter, eine Dürreperiode. Morgens nach dem Aufwachen empfand sie es schon, die Stimmen klangen prosaisch, hohl und dröhnend... Ja, er hatte einen wohltuenden Einfluß gehabt. Er hatte alles in Bewegung gebracht.

Sie hatte Gewissensbisse, einen plötzlichen Anfall von Elend und Leere, dachte, daß nur sie allein wußte, wie nahe daran sie gewesen war – seinetwegen auf dumme Gedanken zu kommen; obwohl sie angenommen hatte, daß sie nichts mehr erschüttern konnte. Nun... doch sie brauchte sich keine Schuldgefühle zu machen. Gerald hatte, gegenüber Clare, ganz schön den Kopf verloren. Ob er an sie dachte? Er redete nie von ihr. Dennoch fragte sie sich manchmal... Sein Gesichtsausdruck neuerdings manchmal – ziemlich schrecklich? Benahm er sich nicht, als – als triumphiere er insgeheim, als wüßte er, was sie nicht wußte?

Die Straßenbahn hielt an. Sie sammelte sich, stellte fest, daß sie am Ende der Straße angelangt war, in der Grace wohnte.

Einer Eingebung folgend, sprang sie hinaus, wollte mit einemmal unbedingt Grace sehen, ihre eigenartige Ausstrahlung spüren, ihre merkwürdige Normalität, das unpersönliche Lächeln. Sie hatten sich seit Monaten nicht gesehen.

Es war Grace, die ihr selbst die Tür öffnete. Ihr Gesicht wirkte verändert – abgespannt, transparent. Wäre es nicht eigentlich ausgeschlossen – man könnte annehmen, sie hätte womöglich geweint.

»Norah!« Ungewohnte Freude und Zuneigung klangen in ihrer Stimme. Ihr Gesicht leuchtete so plötzlich, daß Norah erst jetzt begriff, wie traurig es zuvor gewesen war. »Ich bin so froh, dich zu sehen. Komm herein und erzähle mir etwas.«
Und sie griff sie beim Arm und führte sie ins Wohnzimmer, schob den Sessel heran und sagte:
»Genau dich brauche ich. Sag mir den erfreulichsten Ort, an dem jemand sein Kind bekommen kann.«

Es war beinah Abendbrotzeit, als Norah sich auf den Weg nach Hause machte. Es hatte aufgehört zu regnen, und der Himmel klärte sich auf – windgefegt, sternenklar, dramatisch. Die schimmerndweiße Mondsichel schaukelte und tauchte durch dahinwalzende düster-bleiche Wolken. Eine wunderbare Nacht.
Als sie nach Hause lief, dachte sie an Grace: wie dauerhaft, wenn auch niemals eng, ihre Freundschaft war, so daß sie nach zehn Jahren wahrhaftig sagen konnte, was sie zum Abschied gesagt hatte – als sie ihren Hut aufsetzte und gemütlich seufzte:
»Ach, auf Wiedersehen, Grace. Du bist mir ein großer Trost – sehr beruhigend. Ich frage mich oft, was ich ohne dich täte.«
Heute abend waren sie besser denn je miteinander ausgekommen – hatten mit einemmal einen Schritt voran gemacht. Hatten in der Tat richtig Vertrauliches miteinander geredet.
Sie hatten alles besprochen: zuerst Annie, die Grace mit Humor sowie Sympathie köstlich nachahmte; dann Hugh und Clare und alle übrigen an jenem fernen Sommertag. Betont beiläufig hatte Norah bemerkt:
»Übrigens, Hugh ist endgültig fort.«
Und Grace hatte ebenso beiläufig geantwortet:
»Ich weiß. Er kam und hat sich verabschiedet.«
Sie machten sich manchmal gehörig etwas vor, dachte Norah; denn natürlich hatte Grace hinzugefügt: »Hast du etwas von ihm gehört?«, hatte sich erfolglos bemüht, ihr Rotwerden zu verbergen, selbst die sonst so verschlossene Grace war also ins Flattern geraten... Der Gedanke amüsierte sie.
Dann, erinnerte sich Norah, hatte sie Grace vom heutigen Nachmittag erzählt – von ihren Erfahrungen, hatte versucht, Miss Roberts zu beschreiben.

»Norah, warum unternimmst du so schreckliche Dinge?« hatte Grace gefragt.
»Wahrscheinlich, damit ich nicht der ungesunden Neigung nachgehe, mir zu viele Gedanken zu machen.«
»Mm. Dann sollte ich wohl mitmachen. Aber ich werd's nicht tun. Ich habe mich noch nie zu etwas aufgerafft und werde es auch jetzt nicht. Meine Laster sind mein einziger Trost. Du hast viel mehr Charakter als ich, Norah. Sicher werden deine guten Taten im Himmel registriert.«
»Oder in der Hölle!«
Und sie lachten, wechselten das Thema, unterhielten sich über Literatur, bedauerten ihre Bildungslücken; beschlossen, in diesem Winter einige Vorträge zu besuchen.
Grace hatte auch gesagt:
»Heimliche Gedanken sind so schlimm wie heimliches Trinken. Man wird zur leibhaftigen Falschheit. Aber was soll ein Mensch in meiner Lage tun?« – Sie gab zum erstenmal eindeutig zu verstehen, daß ihr Leben völlig schieflief.
»Aber vielleicht sind wir mehr oder minder alle Betrüger«, sagte sie. »In letzter Zeit frage ich mich manchmal, was in Toms Kopf vorgeht. Ich glaube, er träumt von schändlichen Dingen. Ich kann's ihm nicht verdenken. Ich bin so schrecklich zu ihm« – ein weiterer Einblick, nie zuvor gewährt. Nachdenklich hatte sie hinzugefügt: »Sollte es mir etwas ausmachen, wenn er untreu wäre?« Und sie hatten, wie sonst noch nie, ein wenig über ihre Männer, ihre Ehe geredet. Geheimnisvolles Geschöpf – so wie sie redete, schien es fast, als hätte sie mehr zu verbergen, als man ihr zugetraut hatte. Schade, daß sie niemanden Interessanteres geheiratet hatte. Sie hatte solche Talente.
Norah versuchte sich die junge Frau vorzustellen, wie sie vor zehn Jahren gewesen war – sie zu sehen wie damals, als sie sich kennengelernt hatten; sie war in die Haushaltsschule gekommen, als hätte sie sich verlaufen – groß, ein weiches Gesicht, verträumt; still und schüchtern; von allen Schülerinnen in der Klasse langweilte sie sich am ehesten, war am ungeschicktesten. Als die Lehrerin eines Tages bissig feststellte: »Es tut mir leid, Mrs. Fairfax, Sie haben keinerlei Talent zum Kochen«, wie komisch hatte sie das gefunden! Ihr immer breiter werdendes Lächeln, zwar bestürzt und

schuldbewußt, hatte die andächtige, angestrengte Klasse zum Lachen gebracht. Sie hatten sich einen Blick zugeworfen und danach Freundschaft geschlossen.
Sie hatte sie damals gebraucht, dachte Norah, damals hatten sie sich gegenseitig noch oft eingeladen. Man konnte sie so leicht aufziehen, mit ihrer jugendlichen Ungeschicklichkeit, ihrer Ernsthaftigkeit, Trägheit und katzenhaften Sehnsucht nach Bequemlichkeit, ihren komischen Energieanwandlungen und ihrem Eifer; so freundlich, verträumt und nicht von dieser Welt, so klug, immer eine witzige, trockene Bemerkung parat.
Doch sie hatte sich anders als erwartet entwickelt; sie hatte sich immer mehr zurückgezogen, war immer langweiliger geworden; oder hatte die Tatsache, daß nur eine von ihnen Mutter wurde (hatte ihr das etwas ausgemacht?), ihre Freundschaft beeinträchtigt? Denn zweifelsohne war es lediglich ein Anfang gewesen, vielversprechend, doch ohne Erfüllung.
Heute abend jedoch hatte es geschienen, als bäte sie auf ihre komische Art um Mitgefühl. Sie hatte sich gefreut – wirklich gefreut –, Besuch zu bekommen, war sogar dankbar gerührt gewesen.
»Oh, geh noch nicht«, hatte sie gebeten.
Sie hatte erschöpft ausgesehen – als brauche sie einen Tapetenwechsel.
Und nur über ihre Ferien, dachte Norah, als sie vor ihrem Zuhause stand, hatte sie sich ausgeschwiegen: hatte verrückterweise, typischerweise gesagt, sie habe keine Ahnung, wo sie gewesen sei und was sie getan habe – und hatte das Thema gewechselt.
Ja, in diesem Winter wollte sie mehr mit ihr unternehmen.
Sie schloß die Tür hinter sich und stand im Flur. Die Mäntel der Jungen lagen auf einem Haufen – die Küchentür war wieder offen, und bis in Geralds Arbeitszimmer roch es nach Zwiebeln. Wie es war am Anfang, dachte sie, so auch jetzt und in alle Ewigkeit... Doch warum mußte sie mit einemmal so überdeutlich an Hugh und Clare denken?
Oben hörte sie die Jungen lachen. Alles in Ordnung also. Doch irgendwie war eine eigenartige Atmosphäre im Haus.
Geräuschlos öffnete sie die Tür zu Geralds Zimmer. Er saß an seinem Schreibtisch und schrieb, neben sich einen geöffneten Brief. Er hörte sie nicht.

Leise sagte sie:
»Hallo, mein Lieber!«
Er schrak zusammen, versuchte die Schreibunterlage mit seinen Händen zu verdecken.
»Wieso kommst du einfach herein?« sagte er gereizt.
»Ich komme einfach herein. Ich wollte dich aber nicht stören.« Sie kam und strich ihm übers Haar, wie er es sonst mochte. »Böser Kater«, sagte sie (manchmal mußte er dann lachen). Doch er schob ihre Hand beiseite und sagte:
»Du hast mich erschreckt.«
Den Kopf gesenkt, zusammengesackt, wachsam, wartete er, daß sie ging.
Sie sah den Brief, der neben ihm lag, erkannte die breite geschwungene Schrift, las: *Liebster Gerald*... Sie sagte:
»Ich wußte nicht, wie beschäftigt du bist. Tut mir leid...« Ihre Stimme klang schrill. Sie fügte hinzu: »Ein Brief von Clare? Wann ist er gekommen? Darf ich lesen?...« Sie streckte die Hand aus.
Sehr langsam nahm er Clares Brief, faltete ihn zusammen und steckte ihn in seine Brusttasche.
»Nein«, sagte er endlich. Er schwieg, dann fügte er hinzu: »Warum solltest du meine Briefe lesen? Ich bitte dich doch auch nicht, deine lesen zu dürfen, oder?«
»Nein«, sagte sie. »Weil du es auch nicht brauchst. Ich gebe sie dir zu lesen – alle, die dich irgendwie interessieren könnten. Ich habe nichts zu verbergen.«
»Woher weiß ich das?« fuhr er sie an.
Sie hätte wissen können, sagte sie sich, daß er nicht einfach in die Defensive ging; daß er sofort zum Angriff überging, wie immer mit Waffen, so geschickt und gemein – zweifellos nahm er an, sie zöge sich aus diesem ungleichen Kampf wie üblich zurück.
Eine leise Stimme in ihrem Innersten warnte: ›Seine Frage hat den Nagel auf den Kopf getroffen. Hast du nichts zu verbergen?‹ Doch nein. Sie konnte sein Argument immer noch abwägen, wenn sie das Ausmaß der Katastrophe kannte.
»Gerald«, sagte sie, »ich will keinen Ärger machen, aber ich würde gern wissen, was zwischen dir und Clare ist.«
»Darf ich fragen, was genau du mit diesem Satz sagen willst?«

Sein vernichtender Ton bezichtigte sie der Geschmacklosigkeit, sie sollte sich schämen. Sie aber konterte:
»Es führt zu nichts, wenn du mich so behandelst, Gerald – diesmal nicht. Diesmal erreichst du nichts damit, daß du mich lächerlich machst.«
Er runzelte die Stirn, fixierte sie mit stechendem Blick, lächelte leicht.
»Sei so lieb und nimm dich zusammen«, sagte er höflich, »dann kann ich dir eher folgen.«
Sie errötete heftig und dunkel, wurde dann blaß; wartete einen Augenblick, bis sie tonlos sagte:
»Zeigst du mir den Brief?«
»Nein.«
»Wieso nicht?«
»Weil meine Briefe meine Privatangelegenheit sind und dich nichts angehen.«
»Aha. Dann weiß ich, was ich zu tun habe.«
»Und was ist das?«
»Ich werde Clare schreiben. Einen Brief, der dich nichts angeht.«
»Ein nobler Entschluß!« Immer noch lächelnd fügte er hinzu: »Ich persönlich würde mich ungern so erniedrigen. Eifersucht ist kein sehr feines Gefühl.«
»Das ist mir egal.« Ihre Stimme schrillte hysterisch laut. »Ich sage, was ich will, und wenn mir danach ist, schreie ich, so laut ich kann. Ich habe es lange genug ausgehalten ...«
Er lachte – es klang trocken, ein berstendes Geräusch.
»Weiter«, sagte er ruhig, »weiter.«
»Und ob ich weiterrede! Du willst mich in den Wahnsinn treiben – du willst... Jahrelang habe ich das ausgehalten – versucht, mit deinen Launen fertig zu werden, deiner Gemeinheit, wie du mich und die Kinder behandelst... Aber lächerlich machst du mich nicht – hinter meinem Rücken Liebschaften mit meinen Freundinnen... Das geht zu weit... Mit dir bin ich fertig.«
Still saß er an seinem Schreibtisch, spielte mit dem Brieföffner, beobachtete sie aus glitzernden Tigeraugen.
»Dann wissen wir, wo wir sind«, sagte er ruhig. »Wie du willst. Dies ist das Ende.«

Jetzt hatten sie es beide gesagt. Der Streit war auf die Spitze getrieben, der Krisenpunkt erreicht. Stimmte, was er sagte – war dies das Ende? Es war so plötzlich gekommen...

Er sprang auf, schleuderte seinen Stuhl zurück, warf Bücher und Brieföffner polternd zu Boden, sah ihr ins Gesicht und sagte mit schmalem Mund:

»Ich habe auch genug. *Wunderbar* war es für mich, mein Eheleben, *wunderbar*! ›So eine gute Frau! So geduldig! So selbstlos! So aufopfernd! Soviel auszuhalten bei diesem Mann – und immer gute Laune!‹ Hörst du! Ja, du hast genau verstanden! So war's doch! ›Ich erfülle meine Pflicht bis zum bitteren Ende!‹ Applaus! Und erst wie du selbst von dir denkst. Solche Tugend! Nie dagewesen! Du hast dir gar nichts vorzuwerfen!... Du nicht! Niemals auch nur ein pflichtvergessener Gedanke. Oder? Nichts zu verbergen!« Er kam näher, sagte leise, eisig: »Denkst du, ich weiß nicht, wer deine Gedanken, deine Träume beherrscht... immer, von Anfang an...«

»Nein«, keuchte sie wie in einem Alptraum.

»Hast du mich jemals wirklich gebraucht – jemals? Nein! Du hast deine Pflicht mir gegenüber erfüllt – deine *Pflicht*! Was ist das wert? Du warst nie untreu – nein! – Du würdest nie mit einem anderen Mann ins Bett gehen! Dein ganzes Herz hängt nur an mir, oder? ... Warum soll ich nicht einmal etwas für mich haben – für mich allein? Du hast mich immer übergangen. Ich kenne deine Pläne, deine Machenschaften! Aber wie du sagst, ich drehe den Spieß um! Es ist doch egal, oder, ob das Objekt der Begierde tot oder lebendig ist?« Er lachte laut. »Tot! Wie bedauerlich! Wir müssen alle beten, daß wir werden wie er. Wer kann schon so ein Ausbund der Tugend sein! So treu ergeben – angeblich...«

Sie warf sich gegen ihn, schrie:

»Du bist gemein! Du bist gemein! Ich hasse dich!«

Er griff sie am Arm und hielt sie von sich, so fest, sie war sprachlos vor Schmerz.

»Weiter so«, sagte er. Sein Gesicht war bleich. »Lauter! Das Dienstmädchen soll alles hören! Deine Kinder auch! Los!«

Sie fiel in sich zusammen, und er ließ sie los. Sie lief aus dem Zimmer, die Treppe hinauf, rief munter im Flur: »Ab ins Bett, ihr

Jungen. Ich komme gleich«, betrat ihr eigenes Zimmer und sank weinend aufs Bett.

Stunden vergingen. Sie lag im Dunkeln, hörte die Uhr der Kathedrale elf schlagen. Sie überlegte, was sie tun sollte. So liegen bleiben bis zum Morgen? Sie fror, zitterte vor Kälte und Erschöpfung. Eine Wärmflasche machen, sich ausziehen und ins Bett gehen, wie immer?... Sie mußte nach den Kindern sehen. Das Leben ließ für Krisen keinen Raum. Zeit verfloß ohne Unterlaß, brachte die letzten der täglichen Pflichten mit sich. Wer, wenn nicht sie, würde die erledigen? Wer würde ihr zärtlich raten, auszuruhen, sich keine Sorgen zu machen – wenn nicht Gerald? Kein Mensch konnte so gut trösten wie Gerald; kein Mensch – wie verrückt! – so gut mit dummen Tränen umgehen.

Die Tür quietschte. Sie rührte sich nicht; doch sie wußte, daß er neben ihr im Dunkeln stand.

Nach einer Weile setzte er sich neben sie aufs Bett. Er sagte nichts.

Sie schniefte, schluchzte, rang nach Luft.

»Du zitterst«, sagte er ruhig. »Geh zu Bett.«

»Nein, ich kann mich nicht rühren«, flüsterte sie.

»Armes Mädchen«, sagte er mitleidig. »Es wird schon wieder.« Er deckte das Federbett über sie.

»Ich glaube, ich muß nach den Jungen sehen...« Sie seufzte.

»Alles in Ordnung. Ich habe nachgeschaut. Sie schlafen beide. Ich habe ein Nachtlicht angezündet, falls David aufwacht. War das richtig?«

»Ja. Danke.«

Aufmerksam von ihm...

Er suchte ihre Hand und nahm sie, streichelte sie.

»Ich bin so müde«, flüsterte sie. »Ich weiß nicht, was haben wir getan... Ist alles vorbei?«

»Der Streit ist vorbei.«

»Und vergessen, wahrscheinlich!«

»Und vergessen.«

»Wie kann das sein? Als könnten wir vergessen, daß wir...«

»Wir könnten...«

»Du kannst das leicht sagen...« Sie schluchzte. »Nachdem du alles für immer kurz und klein geschlagen hast... Die Frage ist, was wir

nun am besten tun. Ich glaube, ich kann nicht mehr mit dir leben, Gerald. Vielleicht willst du das auch gar nicht mehr.«
Er antwortete nicht, streichelte weiter ihre Hand, so klug und tröstlich, so vertraut.
»Ich weiß nicht, ob Clare... Will sie... O Gott!... *Clare* – meine Freundin...«
»Komm, es ist gut«, sagte er sacht. »Du hast ihr nichts vorzuwerfen. Ich habe mich nur ein bißchen in sie verliebt. Das habe ich ihr gesagt. Mehr nicht.« Seine Worte waren wie Stiche, nahmen ihr die Luft. Sie wollte ihre Hand fortziehen, doch er hielt sie weiter fest und sagte: »Sie macht sich überhaupt nichts aus mir. Sie schreibt mir ab und zu – vielleicht aus Freundlichkeit – sie ist nicht unfreundlich, weißt du, vielleicht fühlt sie sich auch ein bißchen geschmeichelt: Sie ist sehr eitel. In ihren Briefen steht gar nichts – wahrscheinlich schreibt sie jeden Morgen ein halbes Dutzend dieser Sorte...«
»Und du hast ihr lange Briefe geschrieben – die ganze Zeit?...«
»Ja.«
»Liebesbriefe... heimlich...«
»Nur Briefe – an die Person – eher das Symbol, das sie für mich war. Ganz harmlos. Nenn es einen Zeitvertreib. Ich habe ihr kleine Gedichte geschickt. In diesen Briefen war nichts, das dir gehört, Norah. Keine Untreue.«
»Oh!« rief sie vorwurfsvoll, zutiefst ungläubig.
Doch er wiederholte ruhig:
»Nichts, das dir gehört.«
Wie grausam er war, fand sie, er verwundete sie einfach mit den nackten Tatsachen. Doch er klang so traurig, sie mußte ihm weiter zuhören, er klang so weise, sie ließ sich von ihm überzeugen.
Ab und zu, nicht oft in den zehn Jahren, war sie an dieses verborgene Wesen seiner Person gelangt, eine unwiderstehliche, empfindsame Weisheit, eine natürliche Wahrhaftigkeit, die – nur wenn ihre Not am schlimmsten war – die verzerrte, verworrene Oberfläche ins Lot rückte. Es hatte sie in ihren eigenartigen, unglücklichen Flitterwochen begleitet; bei der Geburt der Kinder; es würde sie, stürbe sie zuerst, durch die letzte extreme Erfahrung des Todes leiten. Dieses Etwas lag tiefer als ein Mitgefühl durch gesammelte Erfahrungen – es war ihm angeboren, spürte sie: Vielleicht war es

ein Sinn für die Tragik des Lebens; deshalb sagte sie sich... egal, was er tat, er hatte eine edle Seele.
Sie bewegte sich, drehte ihm das Gesicht zu und sagte mit veränderter, vernünftiger Stimme:
»Warum hast du es mir nicht gesagt, Gerald? Konntest du mir nicht trauen? Das ist es, was so weh tut.«
Sie wußte, er lächelte im Dunkeln.
»Ach, warum nicht? Du hättest mir nur zu gern unter die Arme gegriffen, nicht wahr, wenn ich dich darum gebeten hätte? Du hättest hingerissen meine kleine Affäre unter deine Fittiche genommen. ›Der Ärmste‹, hättest du dir eingeredet, ›er braucht mich so. Er regelt nicht einmal seine Liebesgeschichten ohne mich.‹ Stimmt's? Hast du es nicht im Sommer versucht?«
Sie schwieg, verletzt. Doch er hatte recht, insgeheim gab sie es zu. Sie erkannte sich in seiner Beschreibung wieder.
Er sprach unerschütterlich weiter, hielt ihre Hand:
»Ich war dumm genug, daß ich etwas ganz allein ausprobieren wollte. Ich mußte mir beweisen, daß ich menschlich annehmbar war – als Individuum – ohne dich. Ich wollte in erster Linie Clares Gefühle für mich allein – nicht nur als Abklatsch eurer Beziehung – wie sonst höchstens.«
»Ich wußte nicht, daß dir daran etwas lag...«, sagte sie leise. »Ich dachte immer, du haßtest alle Leute grundsätzlich.«
»Ja«, sagte er. »Manchmal ist es schwierig, den klaren Blick zu behalten, wenn man so eng zusammenlebt.« Er drückte ihre Hand. »Vielleicht wollte ich dir auch eins auswischen. Jedenfalls, wie schon gesagt, war das Ganze unrealistisch und somit zum Fehlschlag verdammt. Und außerdem zieht sie dich mir vor. Das hat sie in ihrem letzten Brief geschrieben. Siehst du, du hast also wieder gewonnen, wie immer.«
Sie umarmte ihn und hielt ihn fest.
»Macht es dir schrecklich viel aus?« flüsterte sie.
»Es nagt am Selbstgefühl«, sagte er leichthin. »Aber was soll's. Du mußt mir verzeihen, denn eigentlich läuft es nur darauf hinaus... daß ich feststelle, wie abhängig ich von dir bin. Ich brauche dich – nur dich.« Seine Stimme schwankte. »Du kannst also ganz beruhigt sein. Ich werde nicht wieder auf die Barrikaden gehen.«
»Sag das nicht«, sagte sie. »Sonst schäme ich mich so. Es tut mir

leid, ich war schon immer entsetzlich eifersüchtig. Es hat mich so erschreckt – so um dich zu fühlen. Du hast mich noch nie eifersüchtig gemacht.«
»Und mich hast du immer eifersüchtig gemacht.«
»O Gerald!«
»Er hat immer zwischen uns gestanden... Stimmt's?«
»Ich nehme es an«, flüsterte sie. »Ich habe alles in den falschen Dimensionen gesehen. Ich habe ihn so geliebt. Du hast mir nie geholfen, ihn zu vergessen. Ich durfte nie von ihm reden – oder über ihn weinen – ganz natürlich. Selbst als wir uns kennenlernten, wußtest du doch, wie wund und weh ums Herz mir war.«
Er hatte das Gift nach innen getrieben, es hatte ihre Beziehung korrumpiert und verdorben.
»Ich weiß«, sagte er; dachte, daß er selbst nach all diesen Jahren es nicht hatte lassen können, Clare nach ihm zu fragen, hatte sich an den Andeutungen, die sie machte, ereifert, hatte gelitten. »Ich wollte dich für mich allein, um *meiner selbst* willen. Ich bin auch verteufelt eifersüchtig. Aber ich habe immer nur ein kleines Stückchen von dir bekommen, werde es immer nur bekommen, ich weiß.«
»Das stimmt nicht. Du mußt es mir glauben. Ich brauche dich auch, für immer. Jimmy ist keine Realität. Wenigstens – muß ich mir das klarmachen...« Langsam fuhr sie fort: »Es stimmt, Jimmy war nicht, was du einen anständigen Menschen nennen würdest. Er besaß alle Untugenden... und hatte nicht halb soviel Gefühl für mich übrig wie ich für ihn.« Sie hielt inne, überwältigt vom Schmerz über diese Wahrheit. »Clare hat es dir wahrscheinlich erzählt...« sagte sie leise. »Es geschieht mir recht. Das ist die Wahrheit. Wenn sie doch nur nicht...«
»Es war meine Schuld«, sagte er, ergriff wieder ihre Hand. »Ich habe sie gefragt. Sie hat nichts sagen wollen. Sie hat kaum etwas erzählt.«
Wer hätte gedacht, daß Clare solche Skrupel hatte. Wahrscheinlich hatte sie Jimmy längst vergessen; oder es stimmte, was sie seit langem vermutete, daß auch Clare in Jimmy verliebt war. Doch Jimmy war tot, armer Mann, vor vielen Jahren gestorben. Im Krieg getötet wie George und alle anderen auch. Das war sein Ende.
Sie setzte sich auf, lehnte sich an ihn.

»Bei dir kann ich mir auch gar nichts einbilden«, sagte sie. »Manchmal glaube ich, Gerald, du bist mein einziger Feind.«
»Wundert dich das?« fragte er. »Du freundliche, beliebte Frau.«
»Du unfreundlicher, unbeliebter Mann... wir passen zusammen, nicht wahr?«
»Ja. Ja.« Er seufzte.
Sie schwiegen, dann sagte sie:
»Wirst du Clare weiter Briefe schreiben?«
»Siehst du! Du fängst wieder an! Nicht ich. Du verdirbst alles.«
»Wirst du... bist du immer noch ein kleines bißchen in sie verliebt, du?«
Er lächelte.
»Höchstens ein winziges bißchen – solange ich sie nicht zu Gesicht bekomme.«
»Da passe ich schon auf... Aber ist sie nicht wunderschön?... Hast du ihr schöne Gedichte geschrieben?« (Und während sie seine Antwort erwartete, spürte sie schon, kaum zu bändigen, die Eifersucht.)
»Nur ein paar passende Kleinigkeiten. Sie haben ihr gefallen. Du weißt schon, welche.«
»Erzähl.« (Denn er sagte seine kleinen Kreationen gern auf.)
»Eins fand ich besonders gut:
Du bist die Sonne, Schatten ich;
Ich in Fesseln, du frei:
Singe, lache, lauter, lauter mein Seufzen;
Laß dich lieben, doch liebe mich nicht.«
»Sehr schön«, sagte sie, dachte: Kein Wunder, daß es Clare gefällt. Es war sehr... Clare hatte sich nie, nie etwas gefallen lassen müssen. Deshalb sah sie auch noch so gut aus, so jugendlich... Es nagte entsetzlich an ihrem Innern... Schnell sagte sie: »Es beschreibt sie sehr gut. Ihn auch – Hugh, meine ich. Findest du nicht auch?« Im stillen sagte sie sich, sie müsse aufhören, dermaßen an Hugh zu denken. In letzter Zeit spielte Hugh, zugegebenermaßen, eine Rolle in ihren Tagträumen – hatte die Gestalt des anderen angenommen, sein Gesicht... Sie hatte eine ungezügelte Phantasie. Sie mußte sich bemühen...
Schlaftrunken, wie im Nebel, sah sie die beiden, Bruder und Schwester, zwei strahlende Köpfe, für immer in weiter Ferne.

»Sie waren ein eindrucksvolles Paar...« So fern waren sie, die Vergangenheit hatte sich ihrer bereits bemächtigt... »Das war ein glücklicher Tag, damals?« Doch weit weg... Zusammen würden sie dort nicht wieder hingehen und sich verzaubern lassen. »Weißt du, er war eigentlich der nettere von beiden. Ihm täte es, glaube ich, leid, wenn er Unheil anrichtete... doch sie hätte keinerlei Skrupel.«

Er sagte abwesend:

»Das weibliche Geschlecht...«

Sie wurde innerlich ganz ruhig. Er dachte nicht mehr an Clares Schönheit..

»Der Sturm hat sich gelegt«, sagte sie. »Gott sei Dank, David kriegt heute nacht keine Anwandlungen. Sieh doch den Mond über den Dächern! Wie schön die Nacht ist!«

»Eine Nacht wie in Lappland«, sagte er.

Und er saß schweigend neben ihr, dachte, daß er bald nach unten ginge und die Suppe aufwärmte, die Florrie bereitgestellt hatte. Dachte, wenn der endgültige Verzicht auf alles, was er einmal gewollt hatte, so gut und einfach und heiter sein konnte – er allezeit friedlich und erschöpft die Hand seiner Frau hielte, nie wieder eifersüchtig, nie mehr in Wut versetzt –, das Alter vielleicht seinen Stachel verlor, das Grab überwunden war.

Samstag nachmittag mitten im Dezember. Die Zuschauer vom Fußballspiel strömten in eine Richtung über die Wiesen des öffentlichen Parks, Männer, die ihre Windspiele ausführten – in die andere Richtung, die angespannten, rasierten Hundekörper zitternd angeleint –. Der blaßblaue Himmel war von einem Ende zum anderen wolkenlos, die Luft still, sanft und kühl.

Es war einer jener späten Herbsttage, an denen die Baumstämme über lilaroten Hecken an den Landstraßen wie körperlos stehen, ätherisch schimmernd aufragen – einander überschneidende, farbige Licht- und Schattenflecke.

Grace sah die Bilder in der Erinnerung vor sich, während sie die weite, baumlose bräunliche Grasfläche betrachtete und mit ihrem Mann den Park durchquerte. Er hatte auf sein Golfspiel verzichtet, ging mit ihr an diesem schönen Nachmittag spazieren. Sie war krank gewesen.

Sie erreichten das Pfadende, an der anderen Seite, wo Eisengeländer den Park von den Vororten trennten. Alles war hier still, verlassen. Das Geräusch der Stadt drang gedämpft an ihr Ohr.
»Ich muß eine Pause machen«, sagte sie. »Komm, laß uns hinsetzen.«
»Aber wohin?« sagte er besorgt.
»Auf den Boden«, sagte sie.
Sie setzte ihren Hut ab. Er breitete seinen Regenmantel aus, unsicher – aber sie erlaubte keine Widerrede –, und sie setzten sich nebeneinander hin, als Rückenlehne das Geländer.
Schließlich nahm auch er seinen Hut ab. Es war unklug, doch die Sonne war wirklich angenehm.
Sie sah ihn an und lachte.
»Wir sehen sehr feiertäglich aus«, sagte sie. » Komisch, dich auf dem Rasen sitzen zu sehen.«
Tom hatte in ländlicher Umgebung, selbst bei einem Picknick, immer fehl am Platz gewirkt.
»Bin mittlerweile zu dick, mich so hinzuhocken«, sagte er, von ihrem Lächeln ermutigt. (Denn in letzter Zeit war sie so deprimiert, so schweigsam, hatte an einer Neuralgie beängstigend gelitten.) Ich habe in diesem Jahr wieder zugenommen, weißt du. Ich kann anscheinend nicht aufhören damit.«
»Hör auf, dich zu wiegen«, sagte sie. »Und dann spielt es keine Rolle.«
»Macht es dir nichts aus?« fragte er.
Seine Frage klang so schüchtern, so trübselig, es rührte sie – sie bedauerte, daß sie den Eindruck erweckt hatte, sein Äußeres sei ihr egal.
»Nur, wenn es dir etwas ausmacht«, sagte sie freundlich.
»Könntest du nicht Annie bitten, sich bei den Suppen etwas zurückzuhalten?«
»Annie kann ich in gar nichts zurückhalten. Sie bekommt ein Kind.«
Er sah sie ungläubig, dann schlichtweg entsetzt an; doch nicht lange. Bald war klar, daß er ihren Fehltritt eher bewundernd betrachtete: »Gut für Annie!« Und was die Folgen des Fehltritts betraf, fand er, es war ein verflixtes Pech. Und er vertraute Graces Entscheidung, zu verzeihen. Es würde sicher Gerede geben,

meinte er; doch wenn Grace es nichts ausmachte, machte es ihm auch nichts aus. Annie war wichtig.
Sie schwiegen, dann fragte er beklommen:
»Ist es das, was dich beschäftigt hat?«
Sie hielt inne, antwortete dann mitleidig:
»Nein, Tom.«
Gern hätte sie ja gesagt – ihm die Genugtuung gegeben, daß er ihr die Sorgen abgenommen hatte.
»Ich wußte, das konnte es nicht sein... Wenn du nur nicht so niedergeschlagen wärst, Gracie. Ich glaube, es liegt...«
Er sprach nicht weiter. Er wußte, sie würde seine Hilfe nicht zulassen. Sie traute ihm keine Einsicht, kein Verständnis zu.
»Ich bin einfach müde, glaube ich, Tom.«
»Du brauchst Abwechslung. Möchtest du noch einmal verreisen... allein?« Er schluckte, fügte entschlossen hinzu: »Ich zahle gern, was es kostet.«
Und dann sah er fort, fürchtete, daß sie den Vorschlag atemlos, eifrig annähme. Nie konnte er vergessen, wie eigensinnig sie damals auf jenen vermaledeiten Ferien beharrt hatte. Ihr einziger Gedanke war gewesen, von ihm fortzukommen. Nicht das geringste Interesse hatte sie für seine Pläne gezeigt, nicht das geringste Bedauern darüber, getrennte Ferien zu machen. Er hatte schwer daran geschluckt.
Doch sie antwortete, ruhig und resigniert – was für ihn schlimmer als abweisend war:
»Nein, Tom, ich brauche keine Luftveränderung. Außerdem will ich nicht von zu Hause fort.«
Ihr fiel auf, daß sie zum erstenmal diese Stadt als ihr Zuhause bezeichnete. Eine kindische, aufsässige, sentimentale Anhänglichkeit an das Pfarrhaus hatte sie immer davon abgehalten. Doch jetzt sagte sie es bewußt, fügte hinzu:
»Ich möchte nicht fort von dir.«
Einfach zu bleiben, wo sie war, war das Beste. Nie mehr wäre sie fähig, einen Sommer lang allein wegzugehen. Alleinsein war zu schmerzlich, ein zu quälender Kontrast. Nichts war jetzt wirklich Nichts; die Illusion, das Leben böte sich in ganzer Fülle, gab es nicht mehr; auch nicht die Illusion, sie selbst sei großartig und schön wie die Schöpfung. Nie mehr würde sie das Gefühl haben,

mit den körperlosen Elementen des Lichts, der Farbe zu verschmelzen, durchs Universum zu fließen, sich mit der Lebensenergie zu vereinen. Die Lebensrhythmen, die ihre Sinne bestimmt, ihr Wesen beseelt hatten, verloren sich nun in krankhaftem Nervenrucken, in fahrigem Herzzucken. Das ewige *Ich will* schlängelte, ringelte sich um ihr Dasein, ein hartes und schmutziges Gewächs, Efeu ähnlich, erstickte nach und nach ihr Innerstes und war ihr Ruin. Wie konnte sie sich retten?

Doch ihre Worte, ihre Stimme trösteten ihn: Es fiel ihm leicht zu antworten:

»Eigentlich möchte ich auch nicht, daß du fortgehst. Es war verdammt schrecklich diesen Sommer, so allein umherzuziehen.«

Der angestaute Ärger von Monaten klang in seiner Stimme – Beben, Ersticken, das sich nicht unterdrücken ließ. Am liebsten hätte er geweint, sich beklagt, sich trösten lassen.

»War es so schrecklich, Tom. Das tut mir leid.«

Sie hatte ihn nie nach seinen Reiseerlebnissen gefragt. Er hatte ihr etwas vorgemacht, ihr versichert, er hätte eine fabelhafte Zeit erlebt; und sie hatte es dabei belassen, hatte zwar die falsche Begeisterung gespürt – gestand sie sich jetzt ein –, hatte sich ihre Illusionen nicht zerstören lassen wollen. Sie sagte:

»Ich glaube, ich habe es geahnt, Tom. Aber ich wollte nicht daran denken. Ich wäre mir so gemein vorgekommen – weil ich selbst so glücklich war.«

Sie spürte, wie verletzt er reagierte. Sie sagte: »Laß uns nicht mehr daran denken. Ich bin einem schönen Traum nachgereist. Es geschieht nicht wieder.«

Was meinte sie damit, überlegte er. Immer sagte sie Dinge, denen er nicht folgen konnte. Doch er bat sie um keine Erklärung. Im Innersten wußte er, die Antwort wäre schmerzhaft und verunsichernd. Und tiefer in diese Geschichte einzudringen war das letzte, was er wollte: nur die gefährlich frei liegenden Wurzeln wieder bedecken. Gleich würde es aus ihm herausplatzen – was er so versucht hatte, aus seinem Kopf zu verbannen, als unmöglichen, trostlosen Traum zu verwerfen; den Vorfall, Verrat, Versagen, ein Fehler, von Anfang bis Ende. Er sagte:

»Was mich angeht, geschieht es auch nicht wieder... Das kann ich dir versprechen.«

Seine Worte, treuherzig, gewichtig, vieldeutig, hätten sie vielleicht aufhorchen lassen; aber sie hatte nicht zugehört. Sie begriff nicht, daß ihr Mann Intimitäten mit einer Prostituierten beichtete, bereute; daß er zukünftige Treue schwor. Sie dachte gerade daran, daß es eigenartig war, wie sie ihr Geheimnis vor ihm verbergen konnte – daß sie sofort wüßte, wenn er etwas zu verbergen hätte. Zweifelsohne waren Männer ehrlicher und leichter zu durchschauen als Frauen.
Er zündete eine Pfeife an, lehnte sich zurück; er war erleichtert, sein Schuldgefühl beruhigt. Jetzt, so ohne jeden Aufruhr, den sein Eingeständnis hätte verursachen können, genoß er das Gefühl der Läuterung, Befreiung. Er seufzte zufrieden.
»Schön hier«, sagte er. »Friedlich. Fast so gut wie auf dem Lande.«
»Schade, daß du nicht Golf spielen konntest.«
»Oh, so wichtig war es mir heute nicht.«
Doch sie wußte, er hatte sich überwunden.
»Du bist ein lieber Mensch, Tom. Du verdienst eine bessere Frau.«
»Ich bin ganz zufrieden mit der meinen.« Er legte seinen Arm um sie, schüchtern, und sagte, scherzhaft, beklommen:
»Eigentlich halten wir uns ganz gut über Wasser – oder?«
Das taten sie, dachte er, angesichts der Tatsachen: so gut wie die meisten.
»Ja, Tommy.«
Und mit einemmal erschien die graue Zukunft vor ihr im versöhnlichen Schein des Sonnenuntergangs. »Sei gut zu Tom«, ermahnte sie sich. »Mach das Beste aus ihm. Hugh zuliebe.« (Wie leicht, wie tröstlich, wenn sie ihr Tun auf Hugh bezog!...)
Ein gelbbrauner Terriermischling, die Ohren munter gespitzt, kam geschäftig dahergerannt. Grace streckte die Hand nach ihm aus. Er lief auf sie zu und begrüßte sie. Die Augen in seinem Strubbelkopf leuchteten hell und feucht. Gleich darauf hockte er sich neben sie, hielt wachsam den Kopf schief; seine schokoladenbraunen Nüstern bebten. Ein, zweimal knurrte er tonlos ein imaginäres Wesen an, angriffslustig, erwartungsvoll.
»Netter Hund«, sagte Tom. »Bestimmt ein guter Wachhund.«
»Ein richtiger Wichtigtuer«, sagte Grace. »Sicher steckt er seine

Nase in alles hinein. Ich glaube, er wird zu Hause gehörig verwöhnt.«
»Er mag dich«, sagte Tom, ihr Lächeln machte ihm Mut. »Sieh nur, wie er dich bewacht.«
»Gerade ist er arbeitslos«, sagte sie und streichelte ihn.
Nach einer Weile witterte er etwas Verdächtiges am Horizont, verabschiedete sich mit einem gewinnenden Schwanzwedeln und verschwand.
»Auf Wiedersehen«, rief sie.
»Hunde sind treue Tiere«, bemerkte Tom. »Meinst du« – er zögerte, denn eigentlich war das Thema seit jenem Unglück mit dem jungen Hund tabu; und bei Frauen merkte er immer zu spät, ob er schon wieder ins Fettnäpfchen getreten war; jedenfalls kam er sich immer taktlos, gefühllos und geschmacklos vor. »Meinst du, du möchtest vielleicht wieder einen…?«
»Ich könnte es mir vorstellen«, sagte sie. (Der erste Schritt zu einer besseren Gegenwart hieß, nicht mehr der Vergangenheit nachzutrauern.) »Hunde leisten einem so gut Gesellschaft, eigentlich. – Außerdem wäre ich gezwungen, jeden Tag im Park spazierenzugehen, und das wäre sehr gut für mich.«
Alle praktischen Mittel gegen die Verzweiflung mußte sie ausprobieren: eine gute Übung.
Dann sagte er:
»Da gerade von Zeitvertreib die Rede ist, ich möchte mir auch einen zulegen.«
Zuerst hielt sie es für einen seiner Witze. Seine Witze deprimierten sie – daran war nichts zu ändern, fürchtete sie. Doch sie ging auf seinen Ton ein:
»Was, eine weiße Maus?«
»Nein, rate!«
»Ich kann nicht.«
»Ein Auto!« Er sah sie triumphierend an.
»O Tom! Das ist nicht wahr?«
»Potter hat von einem ›Singer‹ gehört, gebraucht, sehr günstig. Offenbar eine Gelegenheit. Ich dachte, ich sehe ihn mir mal an.«
»Wie aufregend!«
»Wahrscheinlich kann ich ihn herunterhandeln.« In Gedanken unternahm er bereits eine kleine Probefahrt… »Natürlich müssen

wir sparen, teures Benzin etcetera – dürfen nicht zu oft fahren. Aber jeden Sonntag einen prima Ausflug – he? Dann kommst du regelmäßig aufs Land!«
Sie malte sich die ländlichen Sonntage mit Tom lieber nicht zu genau aus. Er war so glücklich – tat sein Bestes für sie. Sie mußte begeistert sein, dankbar sein.
»Es gibt keinen Grund, warum du nicht auch das Fahren lernen kannst – wenn's an der Zeit ist.« Er betrachtete sie mit erwartungsvoller Gönnermiene.
»Liebend gern.«
Ja – das wollte sie gern. Autofahren würde ihr guttun... hoffentlich schaffte sie es. Schon sah sie sich unwiderruflich als hoffnungslosen Fall. Das Land rutschte in greifbare Nähe, endlich: die Erfüllung ihrer Träume, abhängig allein von ein wenig Anstrengung und ein bißchen Benzin. Dennoch fürchtete sie, auch wenn das Benzin zehnmal billiger und sie zehnmal mehr erpicht wäre, der Stadt und Tom zu entkommen, niemals würde sie sich allein in einem gebrauchten ›Singer‹ aufs Land trauen.
Äußerst zufrieden lehnte er sich zurück, zog an seiner Pfeife.
»Ich muß dir noch erzählen«, sagte er plötzlich vertraulich, »mit der Anlage von Mutters Erbe habe ich einen guten Griff getan.«
»Oh, gut.«
Seine Wohltaten schienen ohne Ende. Dies war ein Zeichen äußersten Entgegenkommens. Sonst machte er aus seinen Finanzen ein Geheimnis, hielt sie kurz, machte gelegentliche Andeutungen über die Schlechtwetterlage und beäugte ihre Haushaltsführung mit verständlichem Mißtrauen.
»Ich denke, ich werde mich in nicht so ferner Zeit zur Ruhe setzen. Dann kaufen wir uns ein Haus irgendwo, mit Garten – he?«
»Wann?«
»Na, mit sechzig, vielleicht. Mal sehen«, fügte er hinzu und versetzte ihr einen kameradschaftlichen Schubs. »Wenn du schön brav bist und unser Geld nicht so schnell ausgibst, wie ich es ranschaffe.«
»Ach ja«, seufzte sie. »Ich weiß auch nicht, wie das immer geht. Es muß an Annie liegen... Oder ich kaufe Hüte und Jacken, die mir nicht stehen.«
»Kopf hoch«, sagte er. »Mir gefällst du.« Und für sich dachte er,

sie sähe gar nicht schlecht aus. Damals hatte sie lieb ausgesehen, nicht direkt hübsch, aber ungewöhnlich. Ein lieb aussehendes Mädchen.

Sie saßen da, Seite an Seite, still.

Er setzte seinen Hut auf.

»Es wird kühl.«

Sie bat: »Nur noch ein bißchen. Die Sonne ist so schön. Wahrscheinlich die letzte in diesem Jahr. Warte, bis sie wirklich verschwunden ist.«

»Wenn du schwörst, daß dir warm genug ist –«

»Warm wie ein Toast. An der frischen Luft, Tom, fühle ich mich soviel besser.«

»Ehrlich?«

Seine Laune stieg enorm. Sie hatte zwar nie besonders geklagt, doch in letzter Zeit schlief und aß sie so schlecht, daß er sich Sorgen machte.

»Meinst du nicht«, fragte er zweifelnd, »der Arzt sollte dich einmal gründlich untersuchen?«

»Nein, nicht nötig. Mit mir ist alles in Ordnung.«

Ein alarmierender, begeisternder Gedanke schoß ihm durch den Kopf. Konnte... Konnte womöglich ein Kind... und sie behielt es noch für sich, weil sie nicht sicher war? Es gab so viele Anzeichen: wie sie jedes Essen verabscheute, die Müdigkeit, daß sie ihn aus dem gemeinsamen Schlafzimmer verbannt hatte...

Er sagte behutsam:

»Eigentlich bedauerlich, daß du nie wieder richtig zu Kräften gekommen bist – nach dem Kind –«

Das gab ihr das Stichwort. Er wartete, sah vor sich hin.

»Vielleicht nicht ganz, Tom«, sagte sie mühsam.

Eigenartig, dachte sie, als er das Kind erwähnte, hatte es in ihrem tiefsten Innern einen Satz getan; dabei machte es ihr doch eigentlich nichts mehr aus, und sie wollte auch keins mehr. Sicher war es reine Sentimentalität.

»Solltest du nicht –«, sagte er, »wenn du nur – wenn du vielleicht noch eins bekämst – das wäre doch eine gute Sache – ich meine, für deine Gesundheit?«

»Ich weiß nicht«, sagte sie. »Ich werde bestimmt keins mehr bekommen.«

Er nickte.
Nun, so war's...
Schließlich stand er auf und half ihr auf die Beine.
»Wir haben ja noch Annie«, sagte sie und schaute zu ihm hoch, machte ein Gesicht, dachte er, als wolle sie, daß auch er lächelte.
Er lächelte sie an.
»Mensch, ja!« sagte er. »Ein fertiger Erbe. Meinst du, sie würde...?«
Sie hakte sich bei ihm ein. Langsam gingen sie nach Hause.
Sie blickte über den weiten Rasen in die neblige Ferne. Über allem schien versöhnlich die Abendsonne, verwandelte Erde und Himmel.
»Heute gibt es sicher Nachtfrost«, sagte er. »Ich würde mich nicht wundern. Sieht die Sonne nicht verückt aus – wie eine Apfelsine. Bald ist Weihnachten.«
»Ach ja.« Ihr sank das Herz. Und dann kamen die Januarschneestürme, dann die Hyazinthen auf dem Fensterbrett und dann...
Nach einer Weile sagte sie:
»Wie geht's eigentlich in der Firma?«
»Oh, einigermaßen. Jetzt sieht es schon besser aus, aber das Jahr war verheerend. Der Chef hat gehörig Gegenwind abbekommen. Ach, er wird langsam alt. Und verschroben obendrein. Verständlich, wenn einer an seinem Lebensende mit so schweren Zeiten wie heute konfrontiert wird... Es war ein harter Schlag für ihn, daß der Neffe die Sache hingeworfen hat.«
»Das kann ich mir vorstellen.«
»O ja. Er hat große Hoffnungen in den jungen Kerl gesetzt. Mehr als wir.« Tom mußte lachen. »Er hatte einen geradezu demoralisierenden Einfluß auf die Angestellten. Er konnte etwas, bestimmt – aber er war nicht der Typ dazu. Ich habe es immer gesagt.« Er drohte mit dem Finger. »Er war eine Woche bei uns, da habe ich zu Jones gesagt: ›Wollen wir wetten? Aus dem jungen Kerl wird niemals ein Geschäftsmann.‹« Er mußte wieder lachen. »Aber ein feiner Kerl war er! Er war überall beliebt.«
»Ja, er war ein anziehender Mensch.«
Arm in Arm spazierten sie durch den Park; hinter den Asphalt-

wegen und Geländern waren die Beete leer und geharkt, das Gras winterkurz; die Laternen brannten schon, als sie in ihre Straße einbogen.

Als er nach dem Abendessen in seinem Sessel saß, fielen ihm die Augen zu. Sie betrachtete ihn, den gelösten Mund, durch den der Atem ein- und ausströmte, den auf die Brust gesackten Kopf, der aufschreckte, zurückfiel. Er sah alt aus, sinnlich und verloren. Er schnarchte.

Der Schlaf verrät ihn, dachte sie. Eigentlich war er zu verletzlich, um sich so bloßzustellen. Sie durfte ihn nicht beobachten, während der Schlaf ihm so grausam mitspielte – sein waches Selbstbild dem Spott preisgab; sein Ansehen und seine Würde, um die er so besorgt war; seinen Glauben an seine unsterbliche Seele.

Sie dachte an Hugh, wie er wohl im Schlaf aussah; sah ihn, wie sie ihn nie sehen würde, still und schön daliegend wie ein schlafendes Kind.

Er wachte abrupt auf, gähnte, streckte sich.

»Ich bin fix und fertig«, sagte er.

Die Arbeit der vergangenen Woche forderte ihren Tribut. Samstags und sonntags döste er manchmal den ganzen Tag. Eine Gewohnheit, die ständig zunahm. Sie hatte es kühl und angewidert festgestellt. Ungerecht, sagte sie sich. Er war kein kerngesunder Mann. Er arbeitete zuviel. Er brauchte Ruhe.

»Ich mache, daß ich ins Bett komme.« Er gähnte wieder, räusperte sich laut. »Kommst du?«

»Bald.«

Sie hörte seine gewichtigen Schritte die Treppe hinauf.

Danach Annie; es raschelte und knarrte, als sie mit ihrer Last in ihr Dachbodenzimmer ging.

Sie saß allein da, horchte, wie das Gas rauschte, hörte die Straßenbahn, den Wagen, mit dem etwas nicht stimmte, wie er ächzend daherholperte.

Wieder eine Nacht, ruhelos, schlaflos, voller Phantasien.

Sie knipste die Lampe aus, stellte das Feuer ab und ging, um die Tür zu verriegeln.

Hugh hatte sich zu guter Letzt entschlossen, zurückzukommen – wartete auf der anderen Seite – läutete gleich. Öffnete sie die Tür,

fände sie ihn dort, lächelnd, die Hand ausgestreckt. Er sagte: »Ich bin wieder zu dir gekommen...«
Schieres Glück ergriff sie für einen Augenblick. Ihre Hand tastete nach der Türklinke.
Nein. Unsinn. Schließ ab. Schließe dieses Haus, diesen Käfig und bleib drinnen. Schließe die Türen und Fenster. Sonst brechen Diebe ein; oder Regen oder Wind. Ziehe die Vorhänge dicht gegen die Dämmerung, gegen neugierige Blicke, gegen ein vorzeitiges Erwachen. Leg die Kette, schieb den Riegel vor. Er kommt nie, nie, nie wieder an diese Tür.
Sie ging in ihr kaltes Zimmer, zog sich aus, stieg ins Bett, griff ihre Wärmflasche. Wie viele Monate winterkalter Laken, dachte sie, standen ihr bevor!
Kein Geräusch aus Toms Zimmer. Er schlief schon. Hatte es ihm etwas ausgemacht, als sie ihn bat, sie sollten in getrennten Zimmern schlafen? Sein Gesicht fiel ihr ein, als sie den Vorschlag machte – ihre Schlaflosigkeit als Ausrede benutzt hatte – nach den Sommerferien. Damals hatte sie sich wie wahnsinnig ein wenig Freiraum gesucht, einen Weg, wie sie sich – sie, eine verheiratete Frau unter einem Dach mit ihrem Ehemann – ganz dem anderen vorbehalten konnte; hatte ihn gebeten: Kann ich allein schlafen? Ja, es hatte ihm etwas ausgemacht, auch wenn er zustimmte und sie bedauerte; wahrscheinlich wartete er stumm, daß sie ihn zurückholte.
Schließlich stand sie auf, öffnete die Tür zu seinem Zimmer und rief in die Dunkelheit:
»Tom!«
»Ja?«
Sie hörte, wie er sich gleich rührte. Er hatte nicht geschlafen.
»Ich friere, so werde ich nie einschlafen.«
»Möchtest du, daß ich komme?«
»Ja, bitte.«
»Recht so!« sagte er glücklich und sprang auf.
Er kam und legte sich neben sie, legte den Arm über sie (eine jahrelange Gewohnheit).
»Gleich wird's wärmer!« sagte er. »Armer alter Eisberg! So ein jämmerlicher Kreislauf!«
Und bald, schläfrig:

»Schlaf schön ein, sei ein braves Mädchen.«
Er schlief.
Sie flüsterte immer und immer wieder:
»Friede. Friede. Friede.«
Hör auf zu denken, kümmere dich um die Kleinigkeiten.
Morgen stehe ich auf, frühstücke, lese Zeitung, sage Annie, daß es Hackbraten zu Mittag gibt... Annie, die, gefangen in der Schöpfungsfalle, für Mr. und Mrs. Fairfax das Essen kochte; die wußte, daß sich die Natur nichts vormachen ließ, daß sie der Zeit nicht entrinnen konnte. Die Zeit zog sie ohne Aufschub mit sich, hin zu dem Tag, an dem sie ein lebendiges Wesen hervorbrachte.
Nein, das war wieder kein guter Gedanke...
Morgen bringe ich meinen Wintermantel zum Wenden zur Schneiderin; morgen bezahle ich die seit langem fällige Klempnerrechnung. Morgen gibt es gestürzten Schokoladenpudding zum Abendessen. Morgen...
Aber was bedeuteten sie – diese Tätigkeiten? Das war nicht das Leben. Wenn sie nur in kosmischen Dimensionen denken könnte, ihre Gedanken wenigstens eine Minute ohne Unterlaß darauf ausrichten könnte – dann hätte sie eine leise Ahnung, was Leben war.
Alles, was sie als selbstverständlich ansah, war ein Geheimnis, jede alltägliche Erfahrung Täuschung. Wahrheit, könnte einer sie nur erinnern, schrieb mit unendlicher Unpersönlichkeit ein Nichts auf alles, das wichtig schien. Selbst die Liebe – Liebe, die Gott ist – war nichts; verschwand mit jenen, die sie verzaubert hatte? Denn Leben ist wissenschaftlich – chemisch, mathematisch, exakt.
Die Welt ist... ist der Sonne entwichenes Gas, das abkühlt und sich zu Systemen verbindet; und Leben ist Abermillionen Atome und Elektronen, die sich in Millionen lebendiger Formen sammeln. Leben war in allen Dingen. Totes Gestein, Holz waren in Wirklichkeit Massen vitaler Energie.
Zuerst Fels und Gebirge; dann das Grün, Wälder, die sich darauf ausbreiten; dann Tiere, Vögel.
Und der Mensch kam aus dem Meer... Der Mensch kam aus dem Meer und stand aufrecht – und dachte.
Und was war dieser stehende, denkende Mensch? Wer waren diese unendlichen Partikel, die Wissen und Besitz ansammelten, sich das

Recht auf Herrschaft und Einsicht über Erde und Meer nahmen; die zu weit fielen, zu schnell, an der Erde zerschellten; die zu tief sanken, schwerer als Wasser, die Wasser tötete? Wer waren sie, die in unsicherem Gleichgewicht in der Unendlichkeit schwebten; in deren Augen die Planeten ein kleines Funkeln waren; deren Gedanken den Raum durchdrangen, ihn mit ihren Mitteln beobachteten, maßen; deren Münder ihren Zustand benannten, überlieferten; oder sie mit anderer Stimme, anderem Blick überlieferten: Bete die Sonne an, fürchte, liebe das Mondlicht, lobe die Sterne. Wer waren diese befangenen Organismen, die sich beliebig vermehrten und dennoch, unvermeidlich, nach kurzem unruhigen Leben zugrunde gingen? Anonyme biologische Gesetze beherrschten ihr Kommen und Gehen. Sie lebten nicht aus lebensspendendem Glück und starben nicht vor tödlichem Kummer.

Ja, und wer bin ich… ich? Was heißt… ich? Was heißt *Erkenntnis*? Was heißt *Sterben*?… *Christina Grace… Tochter… Frau des… geboren… gestorben…* Das bin ich.

Ja, doch das ist nicht alles. Was geschieht mir? Wie kann es enden?

Der hüpfende Rhythmus der Kinderreime:

You are more than the world though you are such a dot;
You can think and speak and the earth cannot.

Du bist mehr als die Welt… War es das? War etwas daran? Wohin führte es, dieses ängstliche, unwissende, fragende Ich?… (Zum zukünftigen Leben, lange geflüsterte kindische Gewohnheit – zum Wiedersehen mit allen, die wir lieben und verloren haben…) Zu Hugh.

…Alle vergangen, ohne eine Spur zu hinterlassen – Grace Fairfax; Hugh Miller (der sein Leben lang durch die Welt zog und Frauen traf, die sich in ihn verliebten); Norah (die gute Ehefrau, liebende Mutter, die ihre Kinder zu Männern heranwachsen sah); all die Menschen, die nun schliefen; die wachten, vor Liebe, Kummer oder in Aufregung; die ein Kind zur Welt brachten; Leute, tanzend, trinkend; Familien und Freunde, Liebespaare, die zusammensaßen, lachten, erzählten, einander zuflüsterten; einsame Menschen in leeren Räumen; Menschen, jäh umgekommen in Katastrophen – See, Luft oder Land –; auf dem Krankenbett, langsam

zerstört vom Krebs; alle vergangen – die Starken, die Schwachen; die Glücklichen und die Unglücklichen; die Geliebten, die Verhaßten… alle, alle vergangen?
O Hugh!… Ist das alles? Wirst auch du zu Staub?
Lauf, sitze an seinem Totenbett. *Mein Liebster, ich rette dich*… halte ihn, hauche seinem Mund Atem ein, bis das Herz wieder schlägt, die Augen sich öffnen…
Nein, er starb zu seiner Zeit; wurde gewaschen, seine Hände gefaltet, die Beerdigung anberaumt. Hugh wurde beerdigt, ein Gottesdienst, Kränze… Der Körper verweste im Sarg… und einer machte sich in seiner Wohnung zu schaffen, ordnete Kleidungsstücke, seine Pfeifen, seine Bücher, las und verbrannte alte Briefe…
Das war das.
Tom rührte sich im Schlaf, drehte sich um. Seine Brust drückte gegen ihre Hand; sie spürte sein Herz.
Dies war Leben – der Herzschlag –, mit ihren Fingern berührte sie das Geheimnis.
Zurück zum Anfang – zum Samen, dem Embryo, erstem Herzschlag, erstem Kreislauf. So erreichte sie ihn immer noch nicht. Über den Anfang hinaus, zu jenen, die ihn gezeugt hatten, zurück durch Generationen. Hinter jedem Leben ein anderes Leben… wo war der Anfang? Wo endete es?
Nein, es war nicht klar, nicht erklärt, nicht untersucht, benannt – wie sein Herz schlug. Der Lebensfunke blieb verhüllt: niemals eingefangen. Der Lebenskeim schuf heimlich in der Dunkelheit: nur um schließlich erkundet, im Reagenzglas versiegelt zu werden? Wenn der letzte Schleier fiel, eines Tages, war dann alles erklärt, sichtbar im unauslöschlichen Licht der Laboratorien? Streute dann niemand mehr Zucker auf die Fensterbank? Kein Glaube, kein Aberglaube? War der Zweifel verbannt, die Angst grundlos?… Hoffnung ebenfalls grundlos?
Was lag hinter dem Schleier – grenzenlose Möglichkeiten, unendliche Lösungen.
Nein, es war noch nicht klar.
Tom war ein unergründliches Geheimnis.
Die Straßenlaterne unterm Fenster warf einen schwachen Schein ins Zimmer. Sie drehte sich um und betrachtete Tom. Sie sah sei-

nen Kopf auf den Kissen – den dunklen Kopf eines Mannes neben ihr, ganz still... Vielleicht Tom. Vielleicht Hugh. Vielleicht auch ein Fremder.
Sie legte sich behutsam hin, rückte näher an ihn heran, schloß ihre Augen; fühlte, wie die fieberhaften Gedanken allmählich zur Ruhe kamen, eine Welle von Müdigkeit überflutete sie.
Aus dem Cottagefenster sah sie einen Augenblick die Sterne, die Heumieten und eine Pappelreihe. Es roch eindringlich nach Nebel; nach Erde und Laub...
Die Pappeln rührten sich, flüsterten trunken...
Tom rührte sich im Schlaf, stöhnte kaum, wachte kaum.
»Schläfst du nicht?« murmelte er.
»Sch! Ja!« flüsterte sie. »Gleich.«
Sie schliefen.

Die erste Nacht draußen. Stilles Sternenwetter, kein Mond, ruhige See.
Hugh ging nach dem Essen an den Bug, lehnte über die Reling, schaute ins Wasser.
Er horchte auf den Pulsschlag der Maschine, die dumpfen Schritte auf dem hölzernen Deckboden. Passagiere unternahmen ihren Spaziergang, schnell und gleichmäßig, in Regenmänteln, Ledermänteln, mit Kopftüchern, Runde um Runde, morgens, mittags und abends, bis sie wieder an Land kamen.
Das Schiff schaukelte leise. Aus dem Salon drang Lachen. Bald ging er dorthin, sah sich um, schloß erste Bekanntschaft mit seinen Mitreisenden, bevor er schlafen ging.
Immer empfand er eine Zeitlang Einsamkeit, Traurigkeit nach der Aufregung, dem Tumult der Abreise. Vor Stunden hatte Clare winkend am Kai gestanden. Toll, daß sie gekommen war, ihn zu verabschieden – blendend hatte sie ausgesehen, in einem fabelhaften schwarzen Kostüm und einem verrückten Hütchen mit Ohrenklappen, wie ein geflügelter Götterhelm, verrückt, aber genau richtig. Ihr Gesicht leuchtete und schimmerte aus dem dunklen Pelz. Sie war so guter Laune. Alle hatten nach ihr geschaut. Schöne Clare – liebe Clare. Wie lange, bis er sie wiedersah? Hoffentlich passierte ihr nichts Dummes in der Zwischenzeit: keine Unannehmlichkeiten mit unerfreulichen Männern.

Er war in einer Stimmung, so finster, daß er sich fragte: *Leben – warum?*
Er starrte ins Wasser. Jetzt einfach über Bord gehen... Viel Kummer bliebe dann erspart, letztendlich das allmorgendliche Aufstehen, Rasieren, Überlegen, was tun – das ganze trostlose Getue.
Kalter Schaum brodelte auf dem Wasser, blitzte und fiel zurück, blitzte und fiel zurück... *Dunkelgewässer*... Oliver hatte es so genannt, hatte das Wort vor sich hingesagt, als er im Rudern innehielt, aus dem Fischerboot aufs Wasser starrte. Dunkelgewässer... komisches Wort.
Die Möwen folgten noch dem Boot, riefen, klagten, hundert heisere Stimmen...
Die Möwen kreisten und fielen vom Himmel, den ganzen Tag auf geräuschlosen Schwingen, schnitten in langem, langsamem, weißem Fall einen blauen Bogen in die Luft. Sie hatten in Cornwall am Strand gelegen, im rauhen Sand, und hatten dem Kreisen und Zanken der vielen hundert Vögel zugeschaut; einen Augenblick hokken sie auf dem Felsen – schwingen sich dann davon.
Tags waren es Vögel, kühn, gierig, wunderschön im Fluge; doch des Nachts... des Nachts waren die Möwen die letzten Stimmen der Menschheit, nach dem Ende der Welt; unversöhnlich widerhallender Protest allen Elends. Damals hatte er das gedacht, damals, in der letzten Nacht, als jedes Bild, jeder Klang seinen Schmerz zu spiegeln, zu steigern schien; als sie beide an jenen Felsen beim Aufstieg im Dämmerlicht, wie auf ein Wort hin, innehielten und schweigend jenen Stimmen lauschten, zänkisch, klagend, spöttisch – die grausam höhnend den Bruch, den endgültigen Fehlschlag untermalten. Sie hatten einander nichts mehr zu sagen. Die Möwen hatten an jenem Ferientag das letzte Wort – sie schrien, alles war falsch, immer.
Olivers Gesicht (sein anziehendes, unharmonisches Gesicht) tauchte vor ihm auf, blaß, hager, entsetzt: Oliver sagte etwas, und im selben Augenblick änderte sich die Julistimmung, die warme, reiche, heiter schimmernde Landschaft...
Vom Felsen hinabtauchen, unter Wasser davonschwimmen, schließlich außer Sichtweite auftauchen, gutgelaunt überlegen, hatte Oliver ihn vermißt... träge zurücktreiben, Oliver finden... Nein, er wollte nicht daran denken – sein Gesicht, wie er leise,

steinern vor Zorn sagte: »Ich dachte, du seist fort«; sagte: »Ein guter Witz, typisch«; sagte, dies sei nur ein weiterer Beweis seiner Gefühllosigkeit, Rücksichtslosigkeit; weiter sagte… sie beide tiefer und tiefer verwickelte in alle aufgestauten Klagen, Anschuldigungen, die er nie, nie erklären, am besten nur vergessen konnte.
Wo war Oliver jetzt? Wen machte er unglücklich? Oder hatte, wie Oliver behauptete, alles nur an ihm gelegen?
Jener junge Mann, der junge Seddon… was war mit ihm? Vielleicht hatte dieser Brief lediglich eine höfliche Mitteilung enthalten. Warum war er so überzeugt gewesen, daß es sich um etwas Intimes, Wichtiges handelte?
Er war ein kluger Mensch, natürlich, künstlerisch begabt, kultiviert – wie Oliver – und wie er selbst eine Weile vergeblich versucht hatte zu werden… Doch war Oliver von so einem affektierten Burschen wirklich eingenommen?
Dennoch, sein Aussehen, seine Anziehungskraft – zugegeben. Zögernd hatte er sich zu ihm hingezogen gefühlt, feindselig und fasziniert, Olivers unausgesprochener Name stand schwer im Raum. Denn das Seltsamste war: Er hätte wetten können, der andere kannte ihn, war auf der Hut – neugierig. Vielleicht hatte Oliver ihm die Geschichte erzählt, den früheren Freund im ungünstigsten Licht geschildert…
Hör auf, daran zu denken, ein für allemal. Es gab viel, auf das er sich freuen konnte. Monate in Freiheit, erst im Sommer mußte er sich eine Stelle suchen. Sein Vater war anständig gewesen – hatte sich leicht überreden lassen. Doch natürlich mußte er sein Versprechen halten: mußte dabeibleiben – egal, worauf er sich als nächstes einließ.
Was hatte sie über ihn gesagt? – ›Immer guter Dinge…‹ Er hatte es versprechen müssen. Versprechen! Komische Ansichten hatte sie über ihn: so übertrieben.
Es war überhaupt eine eigenartige Zeit gewesen.
Er sah sie vor sich, wie sie ihn angelächelt hatte… Er mußte öfter an sie denken. Merkwürdig. Hätte er sonst noch etwas sagen oder tun sollen? Sie schien in Frieden, groß, still – fast wie eine Statue –, doch sie war nicht in Frieden. Er hatte es überdeutlich empfunden. Da blieb sie nun, obwohl sie es nicht mochte, sagte, sie dächte immer an ihn. ›Solange ich lebe!‹ Wie seltsam! Hatte sie es wirklich

gemeint? Er hätte etwas erwidern sollen – ein Kompliment, eine Freundlichkeit. War es das, was sie gewollt hatte? Einen Augenblick hatte er gedacht, er steckte in der Klemme...Es konnte doch nicht sein...?

Sinnlos, daran zu denken. Er hatte wieder versagt; hatte alles verpfuscht. Er verstand sich selbst nicht – von anderen ganz zu schweigen. Er war jemand, der nie einen Menschen fand, dem er vertrauen – den er lieben konnte.

Zeit, zu Bett zu gehen. Zuerst noch etwas zu trinken, vielleicht ein Gespräch.

Aus dem Salon drang Gelächter. Es klang, als sei das Eis schon gebrochen. Vielleicht gab es an Bord jemanden, der sich als besonders amüsant erweisen würde. Zeit, die Fahrt zu genießen.

Das Schiff schaukelte leichthin, knirschte, zitterte; innen pochte es heftig.

Einen Augenblick betrachtete er den mächtigen Schiffsbug, wie er majestätisch ins Wasser tauchte; aus seinem strengen Eisenrumpf zarte Riffeln, durchscheinenden Schaum, weiße Spitzen hervorzauberte, Schaumkronen, wie über eine dunkle Brust gehaucht; über eine atmende Brust... eine schwindende Brust.

Zur Steigerung des Lesevergnügens einige Anmerkungen (d. Übers.):

1 »Oh, Lucky Jim« war als Lied so populär, daß auch der Schriftsteller Kingsley Amis es 1954 als Titel für einen Roman benutzte.

2 »Will Ye Gang...« ist ein schottisches Lied.

3 »Calm of mind, all passion spent« – ein Zitat von John Milton; 1931 erschien Vita Sackville-Wests Roman »All Passion Spent«.

4 Hughs Lektüre:
»Mr. Sponge's Sporting Tour« ist ein 1853 erschienener humorvoller Roman über einen Cockney-Sportsfreund.
»South Wind« ist ein Roman von Winifred Holtby aus den zwanziger Jahren.
»A l'ombre des jeunes filles en fleur«, der zweite Teil von Marcel Prousts Werk »Auf der Suche nach der verlorenen Zeit«, erschien erstmals 1919 bei Gallimard.

5 »Come down to me, o my lilac among women« ist ein leider nicht identifizierbares, besonders lyrisches Zitat.

6 »On an Athlete Dying Young...«, ein Gedicht von A. E. Housman (1859–1936).

7 »O world intangible, we touch thee« ist ein Zitat von Francis Thompson (1859–1907).
»And your own footstep meeting you...« aus: »The Portrait« des präraphaelitischen Malers und Dichters Dante Gabriel Rossetti.

8 Sir Henry Raeburn (1756–1823): schottischer Porträtmaler.
Salvator Rosa (1615–1673): italienischer Schlachtenmaler.

9 »Ye vastest breathers of the air...« aus: Frederick Trench, »O Dreamy Friendly Trees« (1924).

10 »Her children rise up...« von Christina Rossetti, der Schwester Dante Gabriels.

Nachwort

In diesem Buch geht es um das immer gleiche Lied: Frauen und Männer; Paare, Individuen; Träume und Wirklichkeit. Wenn Grace Fairfax sich zu Beginn der Geschichte in ihr kleines Schwarzes zwängt, begibt sie sich in eine Rolle, die ihr nicht paßt, und ihr Mann, dieser gutmütige Biedermann Tom, schlägt den Ton an, natürlich den guten Ton. In ihrem Bemühen, das Spiel ›Ehe‹ richtig zu spielen, erscheinen die beiden eher komisch als tragisch. Eigentlich wirken sie peinlich, so banal, wie sie sind. Und was hat sich am Ende schon getan? – Keine große Solopartie, kein dramatischer Klang: Dies ist ein leises Buch, ein Geschehen mit Zwischentönen, die zum Horchen auffordern.

Rosamond Lehmann, geboren 1901, schrieb »A Note in Music«, als sie Ende Zwanzig war. Ihr Erstling »Dusty Answer« – »Dunkle Antwort«, jene Geschichte des verträumten, dennoch kühnen Mädchens Judith, hatte sie über England hinaus berühmt gemacht; sie hatte ihr Talent gezeigt, gute Kritiken bekommen; ihr Buch galt als Roman über die Nachkriegsjugend. In den Zeitungen erschien eine Fotografie: die Autorin, ein wenig maskenhaft, perfekt geschminkt, frisiert, gekleidet im Stil der zwanziger Jahre, nur der fragende, einen Hauch verletzte Blick verrät sie.

»Dunkle Antwort« (1927) hatte das Ende ihrer Ehe mit Leslie Runciman markiert. Als 1930 ihr zweites Buch »Wintermelodie« erschien, war sie mit Wogan Phillips verheiratet, ihr Sohn Hugo war geboren; ein Großteil des Manuskripts entstand während der Schwangerschaft. Um so merkwürdiger, daß sie die unbeholfene Grace Fairfax zur Heldin dieses Romans macht. Woher kennt sie diese Frau, die wie ein plumpes Kuckuckskind zwischen ihren übrigen Romanheldinnen zu hocken scheint?

Die Geschichte ist eigenartig fern, Echo einer vergangenen Zeit,

und dennoch geht sie nah. Es ist die Zeit, in der Frauen noch Nahtstrümpfe tragen, der Bubikopf macht Furore, Röcke werden gekürzt oder nicht. Männer verbringen ihre Freizeit in Knickerbocker-Hosen, und auf der Straße ziehen sie den Hut. In den Wohnungen macht sich der Art-déco-Stil breit; in den Küchen auch der durchschnittlich Begüterten gibt es noch Dienstmädchen. Autos sind eine Seltenheit, und wenn eins sechzig fährt, ist es schnell.
Diese Zeit ist vom Krieg geprägt. Kein kämpferisches Kriegsgeschehen spielt eine Rolle, doch der Erste Weltkrieg sitzt als überstandenes Unheil allen in den Knochen. Er hat die Jugend aller Beteiligten beendet, hat ihre Partnerwahl, ihre Berufschancen beeinflußt. Ohne den Krieg hätte Grace Tom nie kennengelernt; ihre Freundin Norah hätte kaum Gerald geheiratet, Tom hätte vielleicht studieren können, wäre kein Geschäftsmann geworden; und Gerald hätte es womöglich nicht an die Universität dieser nördlichen englischen Provinz verschlagen. Es ist eine enttäuschte Gesellschaft, auf die der Leser stößt, und die Enttäuschung zeigt sich in Depression, Aggression, in Zweckoptimismus und Zwanghaftigkeit. Diese Industriestadt im Norden, in der auf den ersten Blick alles karg und schäbig scheint, in der die Heizperiode nie enden will, wird zum Sinnbild einer tiefen Frustration.
Rosamond Lehmann kannte diese Stadt, Newcastle. Ihr erster Mann, Bruder einer Studienfreundin, kam aus einer puritanischen Schiffsmaklerfamilie, die obendrein Abstinenzler waren (eine Erfahrung, die sie zeitlebens auf die belebende Wirkung des Alkohols schwören ließ). Dieser Mann war homosexuell, bisexuell; jedenfalls hatte Rosamond keine Aussicht auf »einen Kinderwagen im Flur«, wie sie später diese Zeit charakterisierte; die Ehe war ein Fiasko, aus dem sie sich durch ihr literarisches Talent befreien konnte. Ihren ersten Roman schrieb sie in jener ländlichen Atmosphäre, die sie den Lesern ihres zweiten Buchs begeistert in den Sinn ruft.
Stadt und Land – sie selbst ist an der Themse, bei Bourne End, großgeworden (und in die Themse bei ihrem Elternhaus wurde nach ihrem Tod 1990 ihre Asche gestreut, wie sie testamentarisch festgelegt hatte). Rosamond Lehmann wirkte zwar modern und großstädtisch, doch sie lebte meist außerhalb Londons auf dem Lande und erst nach 1950 hauptsächlich in der Stadt. Die mysti-

schen Naturerlebnisse, in denen sie als Kind und junges Mädchen schwelgte, waren ihr künstlerisches Potential – ein Leben lang machte sie in ihren Romanen die Natur, die Jahreszeiten zu Mitspielern.

Natur und Literatur sind die vertrauten Quellen, aus denen sie in ihren Büchern schöpft. Wenn sie in »Wintermelodie« Paare blindlings in den Bann ihrer Gefühle geraten läßt, benutzt sie die klassische Shakespearesche Struktur. Wie alle Lehmann-Bücher steckt der Roman voller Zitate (die sie selbst bis ins hohe Alter parat hatte); nicht nur Renaissance und Romantik waren ihr vertraut, sie sah sich bewußt im Zusammenhang mit ihren Zeitgenossen. So bezieht sich Norah auf Vita Sackville-Wests Roman »Erloschenes Feuer« (All Passion Spent), und Hugh hat sich Virginia Woolfs »Jacobs Zimmer« ausgeliehen (und nicht gelesen). Der Bloomsbury-Kreis war nicht Rosamond Lehmanns geistiges Zuhause, doch sie haben sich alle gut gekannt, haben sich besucht, gehörten zur großbürgerlichen kulturellen Elite des Landes; es gibt Fotos von Rosamond mit Virginia, Vanessa oder Vita, aber mehr mit den anderen: den Partridges, den Stracheys, Carrington. Rosamonds jüngerer Bruder John arbeitete in Leonard Woolfs Verlag »Hogarth Press«, wo die Literatur der europäischen Avantgarde verlegt wurde. Wenn in »Wintermelodie« die schöne Clare in London für einen Laden Lampenschirme und Papierkörbe dekoriert, dann wird auf den Omega Workshop angespielt, eine Einrichtung der postimpressionistischen Bloomsbury-Maler, die (ähnlich den Künstlern der Wiener Werkstätten) Möbel und Gebrauchsgegenstände oder ganze Räume bemalten. Und der geheimnisvolle, exaltierte Enkel Ralph Seddon erinnert an Vanessa Bells 1918 geborene außereheliche Tochter Angelica, über die sicherlich damals gehörig gemunkelt wurde.

Bloomsbury mit seiner Unkonventionalität, seinem Brechen von Tabus hat seine Spuren in diesem Roman hinterlassen. Genauso scheint er geprägt vom neuen Medium Film. »Das Kino ist unser Ruin«, sagt Grace einmal zu Hugh, gesteht ihre Faszination. Wie im Stummfilm, expressiv gezeichnet und aus sich selbst heraus überdeutlich sprechend, erscheinen Szenen vor unseren Augen: Grace am Fenster ihres Reihenhauses; im Park, immer wieder im Park, allein oder am Ende mit Tom; und – die Bilder könnten dem nach dem Ersten Weltkrieg entstandenen »Kabinett des Dr. Caligari« entstammen – der Rummelplatz: Sinnbild, Zerrbild des Lebens. Sicher ist dieser Roman manchmal überzeichnet, als traute die junge Autorin ihren eigenen Worten noch nicht. Ein anderer Grund mag dazukommen: Alle berühmten Vorfahren der Lehmann-Seite, erzählte Rosamond einmal, waren entweder Musiker oder Maler. Sie selbst wollte immer Schriftstellerin werden, schrieb seit ihrem sechsten Lebensjahr Gedichte, doch auch sie besaß das Talent für Bilder; immer wieder tauchen sie auf, Momentaufnahmen, in denen sich ein tiefer Sinn kristallisiert.

Das einsame Kind am unendlich weiten Strand, das Grace auf ihrer kurzen Hochzeitsreise sieht – ein Bild, das fünfunddreißig Jahre später in der Lehmannschen Autobiographie »Der Schwan am Abend« erscheint: Dieses Kind ist sie selbst, und immer wieder versucht sie – dieser Punkt im Universum –, ihre eigene Position zu bestimmen. Eine mystische Weltwahrnehmung, der Rosamond Lehmann sich in ihren letzten Lebensjahrzehnten zuwendet – genau betrachtet zieht sie sich als roter Faden durch all ihre Bücher.

Sie, dieses belesene, idealistische Mädchen, war auf die Realitäten des Lebens schlecht vorbereitet, wie sie als alte Dame lachend zugab. Und in »Wintermelodie« kämpft sie, so wie nirgends sonst in ihren Büchern, mit Wirklichkeit und Wahrheit. Grace Fairfax – heute würde sie aus ihrer Ehe wohl auf und davon gehen. In diesem Buch bleibt sie, wie auch ihre Freundin Norah bleibt. Beide gehören zur Generation der Frauen, die sich bezähmen, die einen ständigen Kampf um die eigene Integrität führen. »Es war kein Verlust, sondern ein Gewinn – wie sie beabsichtigt hatte«, läßt Rosamond Lehmann ihrer Heldin am Ende selbstbewußt das Fazit ziehen. In diesem Buch geht es um Gerechtigkeit – das mag eine Schwäche sein: Neben der vitalen Frustration, der bodenlosen Enttäuschung über den Ehemann, der kalten Wut über die Kleinfamilie klingt die Vernunft, zu der die Frauen sich rufen, eher lahm. Doch die Tabus werden an anderer Stelle gebrochen. Hier sind sich Frauen nicht zu fein, in die Küche zu gehen; machen keinen Hehl aus ihrer Solidarität mit der Prostituierten Pansy – von der Rührseligkeit mal abgesehen. Nachdem Rosamond Lehmann wegen der lesbischen Liebesgeschichte in »Dunkle Ant-

wort« hart angegriffen wurde, schlägt sie in »Wintermelodie« verhaltenere Töne an. Doch eigentlich nimmt sie kein Blatt vor den Mund, nennt die Sexualität beim Namen. »Vergiß nicht, das haben wir für euch erkämpft«, ermahnte Virginia Woolf sie einmal – wußte Rosamond sich zu erinnern. Gemeint hatte die um zehn Jahre ältere Virginia das Recht, im Beisein von Männern über Sexualität zu reden. Die Männer in diesem Roman, Tom, Gerald, Hugh (der eine Liebeserklärung an Wogan Phillips ist), verkörpern den Alltag, die Unzulänglichkeiten, die Träume.
»Wintermelodie« war Rosamond Lehmanns »Goodbye to Newcastle«, wie sie selbst erklärte: Abschied von der Grace (oder Norah), die sie hätte werden können.
Das Ende des Buchs gehört keiner Frau, keinem Paar, es gehört dem Einzelgänger: Die Ballade vom modernen Menschen wird geprobt, Jazz vielleicht, Synkopen, Schwingungen, Lachen.

Christine Frick-Gerke

Die Frau in der Gesellschaft

Maya Angelou
Ich weiß, daß der gefangene Vogel singt
Band 4742

Mariama Bâ
Der scharlachrote Gesang
Roman
Band 3746

Anna Banti
Artemisia
Roman
Band 12048

Janina David
Leben aus zweiter Hand
Roman
Band 4744

M. Rosine De Dijn
Die Unfähigkeit
Band 3797

Ursula Eisenberg
Mauerpfeffer
Roman
Band 12638

Oriana Fallaci
Brief an ein nie geborenes Kind
Band 3706

Maria Frisé
Wie du und ganz anders
Mutter-Tochter-Geschichten
Band 11826

M. Gabriele Göbel
Amanda oder Der Hunger nach Verwandlung
Erzählungen
Band 3760
Labyrinth der unerhörten Liebe
Roman
Band 12937

A.-M. Grisebach
Eine Frau Jahrgang 13
Roman einer unfreiwilligen Emanzipation
Band 10468
Eine Frau im Westen
Roman eines Neuanfangs
Band 10467

Bessie Head
Die Farbe der Macht
Roman
Band 11679

Fischer Taschenbuch Verlag

fi 20 / 28 a

Die Frau in der Gesellschaft

Carme Riera
Florentinischer Frühling
Roman
Band 12009
Im Spiel der Spiegel
Roman
Band 12008
Liebe ist kein Gesellschaftsspiel
Erzählungen
Band 12007
Selbstsüchtige Liebe
Novelle
Band 11096

Karin Rüttimann
Schwalbensommer
Roman
Band 4749
Warten auf L.
Sylter Winterballade
Band 10885

Claudia Schoppmann
Im Fluchtgepäck die Sprache
Deutschsprachige Schriftstellerinnen im Exil
Band 12318

Verena Stefan
Es ist reich gewesen
Bericht vom Sterben meiner Mutter
Band 11678
Häutungen
Band 11837

Marlene Stenten
Albina
Monotonie um eine Weggegangene
Band 10994
Puppe Else
Band 3752

M. Tantzscher (Hg.)
Die süße Frau
Erzählungen aus der Sowjetunion
Band 3779

Johanna Walser
Die Unterwerfung
Erzählung
Band 11448

Charlotte Wolff
Flickwerk
Roman
Band 4705

Rumjana Zacharieva
Eines Tages jetzt oder Warum verändert Elisabeth Schleifenbaum ihr Leben
Erzählung
Band 12321

Fischer Taschenbuch Verlag

fi 20 / 5 d

Die Frau in der Gesellschaft

Nicky Marone
Erlernte Hilflosigkeit überwinden
Band 11590

Sigrid Müller/
Claudia Fuchs
Handbuch zur nichtsexistischen Sprachverwendung in öffentlichen Texten
Band 11944

R. Sadrozinski (Hg.)
Grenzverletzungen
Sexuelle Belästigung im Arbeitsalltag
Band 11521

Ursula Scheu
Wir werden nicht als Mädchen geboren – wir werden dazu gemacht
Band 1857

Alice Schwarzer
Der »kleine« Unterschied und seine großen Folgen
Band 1805
Von Liebe + Haß
Band 11583
Warum gerade sie?
Band 10838

A. Schwarzer (Hg.)
Krieg – Was Männerwahn anrichtet und wie Frauen Widerstand leisten
Band 11135

B. Sichtermann/
Marie Sichtermann/
Brigitte Siegel
Den Laden schmeißen
Ein Handbuch für Frauen, die sich selbständig machen wollen
Band 12277

Monique R. Siegel
Weibliche Führungskunst
Band 11117

Ruth Simsa (Hg.)
Kein Herr im Haus
Band 12079

Senta Trömel-Plötz
Frauensprache - Sprache der Veränderung
Band 3725

S. Trömel-Plötz(Hg.)
Gewalt durch Sprache
Band 3745

Hedi Wyss
Das rosarote Mädchenbuch
Band 1763

Fischer Taschenbuch Verlag

fi 15 / 13 b

Die Frau in der Gesellschaft

Bonnie S. Anderson/
Judith P. Zinsser
Eine eigene Geschichte
Frauen in Europa
Band 1: Verschüttete Spuren
Frühgeschichte bis 18. Jahrhundert
Band 12049
Band 2: Aufbruch
Vom Absolutismus zur Gegenwart
Band 12050

Elisabeth Beck-Gernsheim
Das halbierte Leben
Männerwelt Beruf – Frauenwelt Familie
Band 3713

Jessica Benjamin
Die Fesseln der Liebe
Psychoanalyse, Feminismus und das Problem der Macht
Band 11087

Susan Brownmiller
Gegen unseren Willen
Vergewaltigung und Männerherrschaft
Band 3712
Weiblichkeit
Band 4703

Roswitha Burgard
Mut zur Wut
Befreiung aus Gewaltbeziehungen
Band 12222

Anne Campbell
Zornige Frauen, wütende Männer
Geschlecht und Aggression
Band 12381

Andrea Dworkin
Pornographie
Männer beherrschen Frauen
Band 4730

Sylvia Fraser
Meines Vaters Haus
Geschichte eines Inzests
Band 4751

Nancy Friday
Wie meine Mutter
My Mother my self
Band 3726

Fischer Taschenbuch Verlag